新原创书系·小说

主编◎倪方六

蛇

快哉风 著

中国国际广播出版社

图书在版编目（CIP）数据

蛇 / 快哉风著. —北京：中国国际广播出版社，2017.5
（新原创书系）
ISBN 978-7-5078-3971-5

Ⅰ. ①蛇… Ⅱ. ①快… Ⅲ. ①长篇小说—中国—当代
Ⅳ. ①I247.5

中国版本图书馆CIP数据核字（2017）第044691号

蛇

著　者	快哉风
主　编	倪方六
策　划	张娟平
责任编辑	孙兴冉
版式设计	国广设计室
责任校对	徐秀英

出版发行	中国国际广播出版社［010-83139469　010-83139489（传真）］
社　址	北京市西城区天宁寺前街2号北院A座一层 邮编：100055
网　址	www.chirp.com.cn
经　销	新华书店
印　刷	环球东方（北京）印务有限公司

开　本	880×1230　1/32
字　数	300千字
印　张	11.25
版　次	2017 年 5 月 北京第一版
印　次	2017 年 5 月 第一次印刷
定　价	42.00元

CRI 中国国际广播出版社
欢迎关注本社新浪官方微博
官方网站 www.chirp.cn

“新原创书系”总序

2016年6月5日，中国第一家纯内容IP交易平台——中国新原创（http://www.ipxyc.com）上线了！

平台何以称为“新原创”？它开创了“内容为王”时代的先河，自然是“新”的。新原创平台是写作者、编辑、读者的共享平台和精神家园，其核心功能是内容交易、出版，兼具写作、阅读、信息传播和图书销售等多重属性；作者可以在平台上找到归宿，编辑可以在平台上发现佳作，读者可以在平台上发现偶像……国内目前还没有哪一家平台具备与新原创相同的功能，能让写作者、编辑、读者均满意，都能找到“趣点”，这完全可以说独一无二，前所未有。

新原创平台实质就是“内容淘宝”。任何有写作能力和使用需求者都可以到新原创上注册账号，发表作品，开设一个属于自己的内容小店（专栏），明码标价出售作品，购买他人作品的使用权，这一切颠覆了当下流行的内容变现方式。这也是未来写作者的创收和谋生的主要手段和方式，是内容付费的一大发展方向。“我的作品我做主”，广告分成、打赏、保底等受制于人的“乞丐写作”变现模式未来不会是主流。

知识付费已成趋势，而这种付费得以顺利实现，最关键的是版权保护到位，新原创平台的又一核心功能便在这里。

为此，平台通过技术手段，实现独特的稿件防盗追踪功能；又成立版权保护事业部，由版权律师团队介入，进行人工干预。

新原创书系是新原创平台当下着力发展的出版业务之一。这一业务面向所有入驻平台的写作者，免费为有价值、质量高，达到出版要求的作品提供出版服务与宣传、推广服务（暂不为非注册者提供服务），不论是名家还是草根，都有享受免费出版的机会，同时获得相应的版税收益。

“让写作者有尊严地写作”，是新原创平台的口号。新原创书系的陆续出版为这个口号作了实实在在的诠释！目前已与包括中国国际广播出版社等多家海内外有实力的华文出版机构达成战略协议，共同打造“内容为王”时代全新畅阅作品。作品内容涵盖历史、考古、探险、科幻、旅游、美食等多个主题，涉及文学、社科、经济、军事、教育、医药等多个领域。

在为写作者完成大陆简体出版服务的同时，新原创平台还将向中国台湾、中国香港地区推广繁体出版服务，向国际输出外文版权。不仅如此，平台还将以公共代理人的身份，为新原创书系作品的电子版权、影视改编权、拍摄权等系列附加权利进行深度开发，让写作者的影响和收益均最大化。

我们一起努力，为华文写作、版权保护和中国文创产业的发展做点事！

新原创平台创始人
新原创书系主编

2017 年 4 月 16 日

目录

第三日

尾　声

序幕

这个土家族老猎人不敢相信自己的眼睛，他的嘴巴惊愕地半张着，下意识地用手抓紧破旧的对襟短衫，再揉了揉浑浊的老眼。然后，他鼓起自己40年猎手生涯残留的勇气，丢下陪伴他多年的铳枪，转身跑起来。

跑回寨子时，他已经面无人色，好在没有别人看到他惊恐的模样。他踉踉跄跄爬上自家的吊脚木楼，关上竹门，在神龛前双膝跪下。他不想告诉任何人在山上看到的情景，除了世世代代保护他们的神灵。

神龛上长年供奉的那只木雕山神，用一贯冰冷的表情默默听着他的祷告。

“嘘！那儿有一只。”

“我看到了——真漂亮！”

他俩趴在一处隐蔽的灌木丛下，一边用单筒观鸟镜贪婪地观察，一边压抑不住兴奋地低声交谈。

头上戴宽边遮阳帽的那个叫山鹰，另一个短发上顶着一张野芭蕉叶的叫夜行客。这是两个观鸟爱好者，他们是“西部观鸟论坛”的元老级网友。当然，名字只是网名，山鹰长着一张胖乎乎的脸庞，夜行客则身材矮小，戴着黑框眼镜。

今天上午，他们已经在四川卧龙保护区这处海拔1200米的僻静山坳呆了整整三个小时。

出现在镜头里的鸟，距离他们有 30 米远，那是一只雄性红腹角雉。这种珍稀的鸟，只栖息在人迹罕至的溪谷山坳。透过树影的阳光映照下，可以清楚看到它的羽冠两侧长着一对蓝色的肉质角，眼睛下方有块蓝色的肉裙，红棕色的羽毛上铺满了银色斑点，显得格外美丽。

它在觅食落叶中冒出的嫩草芽，啄几口就抬头扭动脖子看看四周，警惕性很高。

夜行客屏住呼吸，频繁按动快门，心里得意地想到这组照片将在论坛上引发多少羡慕的回复。他这款观鸟镜带有数码相机转接镜头，可以让数码相机利用望远镜进行超高倍率摄影，清晰度虽然比不上专业的大炮长镜头，但少花了很多银子。

突然，红腹角雉慌慌张张地连跳几下，钻进灌木丛消失了。它受什么惊吓了？夜行客一愣，眼睛离开镜头，发现山坳上空黑压压飞来一群大鸟。

“那是什么?！”山鹰昂着头，惊奇地低喊了一声。

“看不清——像是大杜鹃。”

“快拍下来！”

不用山鹰提醒，夜行客已经急急忙忙把镜头对准了鸟群，那是一大群体型很大的鸟，灰褐色带斑点的翅膀舒展地滑翔，无声无息从他们头顶掠过，眨眼间消失在山谷之间。

“拍到了吗？”山鹰问。

“全煳了！没对准焦距——飞得太快了，来不及拍！”夜行客遗憾地皱着眉头，前后拨动相机的旋钮，液晶显示屏上的画面全都模糊不清。嘿，这张比较清楚——照片上，有一只大鸟飞得偏低，被完整地拍到了头部。

夜行客嚷起来：“我靠！是猫头鹰！”

“扯淡，哪有猫头鹰大白天出来？”山鹰边驳斥边凑近显示屏，然后，他愕然无语。果然是猫头鹰：两只圆溜溜的眼珠嵌在猫一样的脸部，两簇长长的耳状羽倒贴在头顶。

“这是长耳鸮！”山鹰瞬间下了结论。他对鹰隼类猛禽情有独钟，相关的分类、种群、习性知识如数家珍，他的网名也说明了这点。长耳鸮是山区常见的中大型猫头鹰，民间绰号“夜猫子”，种群遍布中国各地。

但是，确认了鸟的身份却让山鹰更加疑惑：长耳鸮是有名的夜行动物，为什么这么多只——粗估有五六十只——长耳鸮同时在大白天聚集？这是很罕见的行为。它们是迁徙吗？但长耳鸮是冬候鸟，每年秋季才向南方迁徙，而现在是四月份，春季。

“奇怪，它们往哪儿飞？”山鹰自言自语。

“不知道。看上去是东面。”夜行客挠挠头。

山鹰眺望着东面的远山，困惑不已。它们为什么往东飞？东面有什么？

第一日

五步蛇

七月的白石镇照旧是烟雾蒙蒙的天色。空气中，山区特有的草木清香混杂着廉价盒饭里浓郁的肥肉味，顺着镇西这幢建于80年代的老式砖瓦楼，爬山虎一样钻进窗口。

张琳靠在二楼靠窗的转椅上，无聊地转动着手中的黑色签字笔。廉价的一次性签字笔，从三甲医院到乡村卫生所，全中国的医院就这个东西是一模一样的，这也有效导致了医生的病历字迹基本一致，都是潦草而毫无笔锋，透着职业性的机械和冷漠。张琳依稀记得她最后一次使用钢笔的时间，那是在大学临近毕业的时候，一个才气出众的男生给她写了封热情洋溢的情书，结果被她委婉地回绝了，而且在回信最后用钢笔工工整整抄写了一首舒婷的《致橡树》与他共勉。

那时的自己多傻啊。张琳盯着自己白大褂袖口露出的苍白手腕，心里苦笑一声。

在远离武陵市区的县城白石镇中心医院呆了八年，她从一个雄心勃勃的优秀医科毕业生蜕变成守成无趣的外科副主任医师，对病人同事她都显得刻板而缺乏感情。她已经满30周岁了。病房的小护士背后都嘀咕说：她该找个男人了。

楼下的急诊室大门传来一阵嘈杂，五分钟后，一群男女行色匆匆涌上二楼。

“张主任，有个游客被毒蛇咬了！”一个年轻护士略有些慌张地快步走进门，紧跟着的是一副担架，担架上的病人是个中年男子，脸色苍白眼神迷离，半谢顶的脑门上渗出细密的汗珠。

他身上一件印着“武陵山”三个龙飞凤舞篆字的廉价T恤，已经被揉得皱巴巴的，露出半截肚皮，休闲短裤下，左边小腿圆鼓鼓的红肿透明，伤口在左脚的大脚趾与第二趾连接处。脚底板上都是凝固的血块，伤口四周涂了一层厚薄不均的黑色中药泥，散发出浓浓的怪味。

腿都肿成这样了！张琳的身体像弹簧一样蹦起，声音变得急促而尖利：“担架放到床上，平躺！其他人都出去！”

屋里开着空调，病人却是满头热汗，嘴巴里咕哝道：“热……”然后不停地摸胸口，说：“闷！”但没过一分钟，他又说：“冷！”还打起颤来，脚也痛得不知道搁哪儿好，更可怕的是，他的嘴角开始渗血。

张琳麻利地用酒精纱布洗去中药泥，止血消毒。观察到伤口后，她迅速做出了判断。接着她尖声指挥有点茫然的小护士：“五步蛇血清，在冰箱最下面一层，快去！8000U！”

现代医学发展到现在，针对毒蛇咬伤，仍然没有口服的特效药，唯一有效的就是抗蛇毒血清。抗蛇毒血清的制作和疫苗一样，首先提取蛇毒少量，多次注射到大型动物体内，一般是用马，然后从马身上产生的抗体经提纯而成。人被蛇咬注射血清后，血清中一种叫作γ球蛋白的物质与毒素结合，使毒素失去活性，并由机体相应的吞噬细胞处理，从而使毒素失去了对人的作用。

不过，特定的抗蛇毒血清只能用于特定的毒蛇，比如五步蛇咬伤只能用五步蛇抗毒血清，眼镜蛇咬伤只能用眼镜蛇抗毒血清。于是，对于医生的临床判断来说有一个生死攸关的考验：鉴定病人是被哪种毒蛇咬伤。

与其他毒蛇相比，五步蛇咬伤有着非常明显的特点：牙印特别大而深，伤者出血多，剧烈疼痛，有点像被狗咬伤。这是半个月来第三个送来的被五步蛇咬伤的患者。张琳想不起以往的年份有过如此频率的毒蛇咬人病例。

一个同来的女人不放心地站在门口，惊魂未定地述说了简单的经过：病人上午 10 点左右在武陵山自然保护区的盘龙岭景区路边被蛇咬，已经在景区的医疗救护站进行了消毒包扎处理，抹上了中药。

两个小时了。张琳很痛恨景区医疗救护站自作聪明的中药处理——这层黑乎乎的中药泥有个屁用，你们应该直接送过来！毒蛇咬伤的头一个小时最重要，百分之九十的死者都是因为没有及时得到正确处理。

注射完抗毒蛇血清半个小时后，病人昏昏沉沉地睡去，被抬进特护病房进一步观察。以后的 48 小时内，根据蛇毒的毒性和病人的体质，将决定他能否保住性命。

张琳暂时松弛下来。

洗手的时候，她提醒自己，要让药房再进一批抗蛇毒血清，除了五步蛇，蝮蛇、眼镜蛇的也要进几支。另外，该给保护区保卫处打个电话。

张琳坐到办公桌前，低头在抽屉底层翻到一本泛黄的通讯册，找到一个号码，侧身拨通了电话。

“被蛇咬伤了……是的。五步蛇。半个月来第三个了，告诉你们一声……不客气。”

挂掉电话，抬头，窗外极目处，千山万壑蜿蜒不绝的武陵山脉灰蒙蒙的，如巨幅水墨山水画一般横亘在远方。

午餐时间已过，她却丝毫没有食欲。

土匪洞

王动弯起中指，敲了敲石桌上那个裂口的大瓦罐，嘴角轻扬，似笑非笑。

明明在旁用胳膊捅了捅他：“你傻乎乎地笑啥？”

“哼哼，这些新开发的景点全一个德性，动不动就拿土匪啊、神仙啊做幌子，十有八九都是骗人——这罐子根本不是1949年前的，掺的泥沙太多，烧得太过了，估计是‘文革’时期的东西。”王动开始向女友炫耀起自己的陶土知识，接着手一指，一本正经地对明明说，“你不信的话，掀开这罐子，罐底肯定有‘人民公社就是好’几个字！”

明明扑哧一笑，心里相信嘴上却说：“就你能。”

他们现在身处于武陵山自然保护区盘龙岭景区，一个叫“土匪洞”的新景点。

“土匪洞”位于盘龙岭的西南面山腰，四面是嶙峋的山岩，洞口上方倒挂下十几条野藤，遮住了一部分阳光，洞口很开阔，足有两人多高，洞壁都是天然岩石，寸草不生，明显带有人工斧凿的痕迹。洞里凉飕飕的，空气有些污浊，每隔几米摆放着一些石桌、石凳、石灶、破罐、破碗，在洞壁悬挂的几个白炽灯泡照射下，显得粗糙而阴森。

距离他们不远处，一个举着三角小旗的女导游正用一口湖南腔普通话，绘声绘色地向一群西北游客讲述着“土匪洞”的历史——

“……湘西四大土匪中的彭玉清，外号叫灵鸡公，杀人无数，威震湘贵两省，对了，他就是电影《湘西剿匪记》里出现的土匪头子。这里就是他逃避解放军追捕而藏身的秘密山洞，大家看这边——这张石凳，相传就是他的座椅……”

王动皱着眉头，拉着明明往洞的深处走，直到听不到女导游的声音，才松了口气。两年前他去过湘西的凤凰古城，“彭玉清”这三个字耳朵都听出老茧了，他特意查阅过历史资料——彭玉清明明是怀化芷江地区的坐地匪，现在给吹得武陵山区到处都有他的踪影，也太没边儿了。何况，王动去过广西的十万大山，那里的深山中也有土匪洞，三面悬空高达数十米，只有一条狭窄的石路可通洞口，那才是一夫当关万夫莫开的藏身洞。哪像这里光秃秃的毫无遮蔽，土匪真要藏在这儿，解放军一串手榴弹就能全解决了。

王动在这个夏天来武陵山旅游，吸引他的绝不是所谓的土匪文化，而是茫茫武陵山区尚未开发的神秘自然风光。

今年27岁的王动是个户外发烧友，用他自己的话说，是个“骷髅级”——之所以不敢自居“骨灰级”，只因为他还是个上班族，只能在业余时间玩玩户外，自知和那些有钱有闲的户外老驴还是差距颇大。

拿到昆虫学和微生物学双硕士学位后，王动没有选择留校搞项目，而是加盟了本市一家前景很好的民营生物制品公司，担任技术监理工作。一周五天乘地铁去市中心上班，周末则驾驶心爱的三菱SUV和几个铁哥们儿去周边的山野户外野营，喝啤酒、吃烧烤、攀岩、观鸟、采集蝴蝶标本，在夕阳下头枕着青草看天边的彩霞。周末之外，每年的春夏秋三季，总是充分利用十五天年假，化身背包客，或三五成群或单枪匹马，足迹踏遍内地的山川。

本来，这样悠闲的单身贵族生活可能将持续到30岁。但他遇见了明明。

去年一次无聊的生物学研讨会上，第一眼在满是谢顶男人和职业装妇女的人群中见到明眸皓齿的柳明明时，王动目光凝固了，心头怦怦乱跳。他梦中的姑娘。

柳明明毕业于南方艺术学院的户外广告系，在本市一家省级文化单位供职。两次气氛活泼而美妙的自驾游约会后，明明愉快地接受了这个和自己一样心地简单、热爱大自然的大男孩。用王动得意洋洋的话说：像一只母蜘蛛接受公蜘蛛交配一样自然。

这番话的背景，是他俩在王动独居的两室一厅大沙发上缠绵时，电视里正好演到《动物世界》，硕大的母蜘蛛贪婪地大嚼着公蜘蛛献上的一只昆虫，瘦小的公蜘蛛不失时机地爬上交配——当然，明明听到王动这般自鸣得意的比喻时，顿时咬牙切齿："得了便宜还卖乖，自然个头！没看那母蜘蛛交配完差点吃了公蜘蛛吗！"

一个月前，在市中心的跆拳道馆里，练习了两小时后的两个人汗流浃背地坐在地板上，王动气喘吁吁地把夏季出游武陵山的计划向明明说起。明明大喜，搂住他的脖子："太好了！我正好请年假，我们做一个礼拜山里的神仙！"王动故意刁难："好什么好，这是户外探险，女性不宜——我和朋友去。"明明将牙齿印在他汗津津的耳朵上，威胁道："试试看——不带我去，就吃了你！"

"行。先交配完再吃。"

"滚！"

一阵刺耳的机器轰鸣突然在洞的深处响起，走在前面的王动不禁皱起了眉头。他看到地上倒着一个黄色的三角形施工警示牌，几米开外，两个头戴安全帽的工人正在施工。

借助昏暗的光线，王动这才发现山洞的通道中断了——前方的通道被封住了，好像是混凝土。一个工人正抱着一台小型钻机开凿，钻机抖动着发出突突的声响深深钻进土中，混凝土块纷纷落下，地面已经积了半人高的土堆。另一个工人则在一大圈黑色电缆和一个拖拉机头模样的电动机前忙碌。

“哎呀，这么快就到头啦。”明明不满地说了一句。对难得出次远门的都市姑娘来说，携着男友的手，在这个凉飕飕的荒凉山洞穿行，很有一种探险寻幽的神秘感，可惜只走了一百来米就此路不通了。

“看看，施工还没结束就迫不及待开放！急功近利！”王动一边继续充当批评家，一边弯腰将那个三角警示牌重新立好。

钻机声停了，那个工人放下机器，漠然扫了一眼两个游客，汗流浃背地原地坐下，从被油渍和灰尘搞得分不清颜色的工作服口袋里摸出半包香烟和一次性打火机。

王动拉着明明转过身，这时他对这个山洞已经彻底失去了兴趣，洞穴他走得多了，这里既无天然溶洞的钟乳石奇景，又缺乏货真价实的人文景观，就是个挂着土匪幌子的普通洞穴而已。

“真没劲，这地方。”

“咦？你不是兴致勃勃要来盘龙岭吗？”

明明是故意的，所以王动懒得和她拌嘴。的确，王动对一切尚未完全开发的新景点都格外有兴趣，那些保持原始地貌和生态环境的地方才能吸引到他。盘龙岭位于武陵山脉中段，因其山体巨大蜿蜒形似盘龙而得名，最高峰海拔 1440 米。这里是武陵山自然保护区今年春天新推出的景区，那份推介海报是这样形容的：“青山幽谷，百洞千壑，深涧清泉，从未向世人一展风姿的武陵山盘龙岭，一定带给你探秘原始自然风貌的冒险快感。”

进入保护区后，王动毫不犹豫地把第一站选在了盘龙岭。

原始自然风貌可不包括轰鸣的钻机。

他们转身刚走几步，就听到身后的工人嘟哝了一句：“你娘的！打火机没油了！”

“烟有卵好吃的，”另一个工人嘲笑起来，“少吃几根烟，多吃几年饭！”

“扯卵淡！你不抽烟懂个卵——娘的！有烟没火！”那个工人不满地发起牢骚。

湘西北山区的男人爆起粗口时，都喜欢把“你娘的”“卵”挂在嘴边，一路上，两人已经听到无数次。明明皱起眉头，王动却听得好笑，忍不住从背包里掏出打火机，转身走过去，冲那个烟瘾发作的工人笑笑：“我借你火。”他不抽烟，但是在户外旅行打火机是必备物品，这个“二战”美军版的ZIPPO已经跟随他好多年。

工人连声道谢，凑到点着的打火机边深深吸了一口，满意地喷出一团烟。

“你们在挖什么？”王动随口问。

“把这堵墙挖开来——不晓得哪年堵住的，里面是空的，肯定还有好大地方。”

“这是混凝土，得挖很久吧。”

工人笑起来，露出一嘴焦黄的牙齿：“你看着结实，其实年代久了，土都松了，不禁挖！要不了一天，就能挖开。”说着他用拳头使劲捶了一下身后的土层，随着“空”的一声闷响，居然应声凹陷了一个拳头大的窟窿。

王动笑了笑，抬手打个招呼，走回明明身边。

“出去吧。”

一出洞口，王动宣布：“我们调整计划，后面这些乱七八糟的挂牌景点一概不去，我们一口气爬到山顶看云海，中午就在山顶吃饭休息。”

“偏不。我最恨爬山了。”明明昂起头，一口拒绝。

王动拉起明明的手，笑嘻嘻地说：“爱妃，你就从了本王吧。”

坠崖

“看，这是一只武陵意草蛉！”王动的眼睛瞪圆了，他把相机调成微距模式，弯腰小心翼翼地按动快门。

纤细的灯笼草叶子上趴着一只身体红褐色带阔长翅膀的微小昆虫，不细看绝对察觉不到。

明明饶有兴致地看着，她不是看武陵意草蛉——她对这些大同小异的昆虫毫无兴趣，而是在看王动。每次看到他脸上出现这样天真的表情，她总是觉得说不出的温馨。一路上，王动的眼睛就像雷达探测仪一样，经常能搜寻出自己根本不在意的东西——树顶上的鸟巢，一簇不起眼的蓝色野花，一个和细树枝一样的竹节虫。他有时故作世故老练，有时却像个孩子一样单纯，但是永远对生活充满热情。我不就是因为这些才喜欢上他的吗？

“武陵意草蛉是西南山区特有的品种，脉翅目，意草蛉科，我在其他地方都没见过。你看它的复眼，闪着金光……”爬山的路上，王动还在喋喋不休地向明明灌输着脉翅目昆虫的知识，明明一边点头应付，一边松开冲锋衣的拉链，她开始冒汗了。

这条弯弯曲曲用石块铺成的山道是才修的，周边的铁质护栏油漆光亮，毫无锈迹。一些狭窄的路段怪石嶙峋，只能容纳一个人攀爬，好在游客并不多，两人很快攀到了一大半。

王动把冲锋衣脱下扎在腰上，上身只穿一件长袖T恤，背着他那硕大的户外登山包雄赳赳走在前面。明明跟在后面，气喘吁吁叫苦不迭："慢点……爬不动了……"

"快了！前面到龙脖子了！"王动鼓励道。他才看过路边一块指示牌，知道距离峰顶已经不远了。

"龙脖子"是指示牌上所标的名称，很形象，顾名思义是接近龙头的地方，这里有一片较平坦的山梁空地，距离峰顶只有最后一段路了。但这最后一段"脖子路"是狭窄陡峭的数百级石阶，笼罩在云雾之中根本看不到峰顶，大多数游客汗流浃背爬到这里，看到这些石阶都会心萌怨恨：妈呀，还有这么高啊！不过，聊以补偿的是：这里的景色很美，云遮雾嶂，天地都被裹在淡青色的轻纱中。

王动和明明爬到龙脖子后，汗淋淋的身体被山风吹拂，无比舒畅解乏。两人喘息已定，不能免俗地找了一块幽静无人处拍照留念。

明明笑靥如花，伸开双臂作临风仙子状，王动不停地变换角度噼啪按动快门，留下女友的倩影。最后，他把相机递给明明——"来，给我照张威猛的！"

他老练的跨出护栏，站在一块悬空的巨岩上，挺起腰杆双手叉腰，冲着相机的长镜头傻笑。

意外几乎是在一眨眼间发生的。

掉下山崖的瞬间，王动清晰地感觉到那只金裳凤蝶擦过脸颊的凉爽。

它就那么突如其来地翩翩飞过，像一只鸟。后翅上金黄色和黑色交融的斑纹在阳光照射下金光灿灿的晃眼，生物学双硕士王动的大脑储存库里自动检索到一串信息：金裳凤蝶，鳞翅目凤蝶科裳凤蝶属。该蝶为中国体型最大的蝴蝶，极其珍贵而稀少。

王动下意识地伸手一抓，却抓了个空——金裳凤蝶灵巧地贴着他的脸颊掠过，王动一着急，身体一晃，脚下一滑，就像一块石头般从巨岩上坠落下去。

他的耳边充斥着呼呼的风声，丝毫听不到明明的尖叫声。王动以自由落体运动坠落了几秒钟后，背部弹上了一株突出的崖松，随即再次下坠，消失在云雾深处。

江大林

在堆满杂物的储物室里，江大林光着膀子在忙碌。

这些憨头就是搞不懂蓄电池不能摆在潮湿的地上！他一边埋怨一边费力地搬动四个沉甸甸的包装箱——每个箱子里装着两块各重40斤的蓄电池，将它们摞在一块3公分厚的木板上。这些蓄电池是保卫处一个夏天的储备。战略储备。这里是电力紧张的山区，最近的南大门距离山下的文明世界也有40公里远，谁也不知道可能发生什么意外。

在普陀景区熙熙攘攘的游客眼里，这个在敞开的小屋里赤裸上身搬东西的男人皮肤黝黑身强体壮，看上去就像个山区常见的当地搬运工。而事实上，他是武陵山自然保护区管理局的保卫处副处长。

虽然保卫处副处长只是小小的正科级干部，但江大林是局里唯一一个既没有高学历又没有硬后台的副处长。

二十二年前，在县里一所厂矿中学熬到高中毕业后，江大林没有填写高考志愿，而是高高兴兴地选择了自己的人生道路。那年夏天的某个凌晨，18岁的少年在饭桌上留下一张纸条，悄悄离开家门，带着积攒的100元钱坐上了前往郑州的绿皮列车，然后通过搭长途车和马自达辗转到了嵩山少林寺。

第一眼看到萧条破落的山门外，只有一个老僧在慢吞吞扫地，少年江大林觉得很吃惊：和电影里完全不一样啊。但山下的派出所民警倒是一点不吃惊，在电影《少林寺》热播后的几年里，他们几乎每天都要“抓捕”几个来自全国各地贸然拜寺学武的青少年，处理起来已经轻车熟路。

当江大林的爸爸在车间老旧的电话机旁接到河南打来的长途电话时，已经是儿子离家三天之后了，他的火气早已消退了。连夜赶过去拽着不服气的儿子坐上回家的列车后，这个老工人忧心忡忡地思考了很久，最后做了决定。

第二年春天，江大林的名字就登记在居委会招兵处的新兵登记簿上了。为此，江大林在未来岁月的无数个时刻，都要感谢父亲当年的英明。

部队三年，江大林如鱼得水。军队的纪律让他改头换面，天生倔强的气质和健壮的体魄使他在军营中出类拔萃。滑稽的是，这时的他终于认识到文化的重要性，训练之余自学了高中的许多课程——高中三年他是在逃课和打架中度过的。公正地说，他不是通常如人们所说的肌肉发达头脑简单，在侦察科目上，他的许多大胆细致的行动都让他的兵油子连长大吃一惊，而在武装拉练、单兵练武、驾驶爆破这些训练中，他几乎在师里独占鳌头。

立功，入党，练武标兵。他表现得如此适合军队生活，以至于到最后，军党委班子举棋不定地看着提干的候选人员名单，在他和一个父亲是军区高干的士兵名字之间犹豫了五分钟。不过，最终选择还是必然的。

退伍在家闲了半年后，他接到了工作分配。单位：武陵山自然保护区管理局。职务：保卫处干事。

二十年间，江大林找了个贤惠的本地姑娘成了家，生了一个胖乎乎的儿子，在市郊分到了一套两室一厅的房子。管理处的领导对这个兢兢业业的退伍兵很赏识，去年给他升了职，正科级待遇，对外正式称谓是保卫处副处长，分管二十几个下属。

江大林觉得生活对他很公平。他不指望升迁，骨子里他喜欢山区生活，当然遗憾也有：不能有更多的时间陪家人。特别是在旅游旺季，他基本长住保护区中心的普陀景区，每天只有晚饭后在电话里和妻子简单说几句，顺便听读小学的儿子喊几声爸爸。

收拾停当后，江大林洗了把脸，大大地伸了个懒腰，坐在屋外的小马扎上，点燃了烟，眯着眼看天色。

普陀景区是保护区的中心地带，说是景区，不如说是办公区和商业区。这里除了管理局的办公楼，还有装潢豪华的休闲度假区，有宽敞的水泥路，游客进出的主干道两旁遍布着形形色色的小商店、地摊、餐厅、娱乐场、露天烧烤场，三三两两身穿苗族、土家族花哨服饰的小贩到处游走，兜售全中国景区都一样的劣质山货和小纪念品。

武陵山区属于高海拔地区，保护区里诸多景点的海拔高度处在500—1500米，普陀景区距离北大门不远，地势较低，但坐在这里不需抬头，碧蓝的天空就扑面而来。

江大林惬意地看着点缀在蓝天上的几丝云朵。天气预报说最近几天可能有较强雷暴雨，真是瞎报。话说回来，在山区，天气这玩意儿谁也说不准。

今天没什么事，江大林打算早点休息。因为他明天还有个任务。

一个中美联合科考队正在武陵山脉进行为期一个月的“溪谷两栖动物多样性”考察，科考队一行十人前天已经抵达保护区，他们将对保护区周边的几条大溪流——仙女泉、落霞泉、蝴蝶泉等进行考察。管理局领导很重视这件事，指定由保卫处负责科考队的向导和保卫工作，他打算明天就亲自跟队。

他们今天应该在仙女泉吧，那里娃娃鱼多。两栖动物有哪些？娃娃鱼、石蛙……蛇和蜥蜴也是吧。江大林搞不清了，这也难怪，毕竟他离开书本已经太长时间了。

想起蛇，江大林突然记起吃午饭时小张告诉他的镇医院来电内容。他有点心烦意乱，掐灭了只抽了一半的烟。

明明不是个脆弱的姑娘，一次加班回家路上，在一条偏僻的巷子，遇到三个酒气熏鼻的小痞子，其中一个把手搭到了她连衣裙边赤裸的肩膀上。她没逃，也没像一般姑娘遇到这种情况那样惊恐哭喊，而是狠狠打开了小痞子不规矩的手，强压心中的怒火冷静而清晰的高声骂道："滚开！别惹我！"小痞子们被她镇定自若的表现弄得心虚，骂骂咧咧地走开了。不过这有个限度。目睹一秒钟前还活生生笑嘻嘻的男友摔下悬崖，使她一时脑子出现了短路，更糟糕的是，周围没有一个人可以帮忙。

她爬到巨岩边探出头，只看到蒙蒙的烟雾，根本看不到谷底，"王动！王动！王动——呜呜……"撕心裂肺地喊到第三声时，她的胸口一酸，开始无助地伏地大哭。

残余的意识催她需要做些什么。明明抖抖索索拿出手机时，被巨大悲痛打击的头脑开始清醒，她从旅行包的夹层口袋翻到保护区的票根，抹去脸上的泥沙，感谢老天，上面有保卫处的号码。

很多人误解了保卫工作。

保卫工作的实质不是处理游客口角、指挥停车、处罚乱丢果皮，以及指点厕所等琐碎小事，而是安全的保障者——景区安全、游客安全。尽管在大多数游客眼中，这群穿着土里土气的保安，面目呆板口音难辨，不那么讨人喜欢而且不显眼，可是他们的重要作用不可替代。

具体说，江大林的职责是让保护区里每个景区没有断裂的护栏、没有不亮的灯、没有塌方的盘山道，最重要的，让每个游客从进入保护区的那一刻，就处在一个正常运转的安全秩序当中。就如管理局领导在安全动员大会上不厌其烦重复的话：“不要以为救人才是英雄——零事故才是英雄！没有意外发生就是你们尽职了，因为你们的努力，把事故的风险降到了零！”

江大林承认，领导的话是对的，有水平的，他自己就说不出这么有水平的话。他只会依照当兵时的习惯，挺直腰杆大着嗓门地对部下交代：“兄弟们，打起精神好好搞！出了事算我的！”不过，把事故降到零是荒谬的，不可能的。拿这个月来说，还没到月底已经有八起事故了：一起翻车，四起斗殴，三起毒蛇咬伤人。好在都没有死人。

翻车是因为那个载货的面包车司机弯道没减速，斗殴则是外地游客和当地宰客小贩之间的家常便饭，没有反而不正常——半个月三起毒蛇咬伤游客，这才有点严重。他想起来，几天前和林区消防支队的几个朋友见面时，听他们说起见到好几条毒蛇，从石板路上大摇大摆地爬过，把他们都吓了一跳。

江大林不怎么读书，也不怎么关注本地历史。否则的话，他可以在市区图书馆找到一本宋代的《太平广记》，那上面有这样一段记载：“山南五溪黔中，皆有毒蛇，乌而反鼻，蟠于草中。其牙倒勾，去人数步，直来，疾如激箭。螫人立死，中手即断手，中足即断足，不然则全身肿烂，百无一活，谓蝮蛇也。”

山南的“山”是指陕西终南山，宋代的山南就是终南山以南，东接荆楚，西抵陇蜀的广大区域。五溪，则是指沅江的五大支流，即西溪、巫溪、武溪、辰溪和渠溪。在古代，“五溪”是“蛮地”的代称，泛指沅江各支流所经的两岸地域，武陵山区恰在其中。

不过，作为土生土长的当地人，江大林对蛇并不陌生，小时候，他只要写作业一偷懒就被爸爸骂——“懒得像条黄花蛇！”从 7 岁时随爸爸爬山第一次见到条盘在草丛里的蝮蛇开始，仅仅在野外，他的人生岁月里已经陆续见到不下几十条蛇，其中不乏五步蛇、竹叶青、眼镜蛇等鼎鼎大名的毒蛇。

对江大林来说，游客被蛇咬伤还不算大事，更值得他担心的倒是蛇咬人的地点——盘龙岭景区。

在去年的工作会议上，他对这个新景区抢在今年黄金假期前推出是投反对票的，理由是地形勘测、水利电力等基础设施准备不足，而且那是个面积巨大的景区，一下把保卫处有限的力量分散了。但是管理局领导自有考虑：新景区的推出固然匆忙了些，不过，增加新景区能吸引更多的游客，而且可以有效地平息保护区门票涨价的口舌。于是，盘龙岭景区还是如期风风光光推出了。

江大林只是个小小的保卫干部，人微言轻，他自己也知道，人家把他安排在保卫处，不是让他给保护区做决策的。

仿佛在验证他的烦躁——相隔十余米的保卫处办公室窗口突然被重重推开，小张的脑袋伸出来，冲着他惊慌失措地大喊：“江头！出事了——盘龙岭有个游客掉下了悬崖！”

林间营地

八顶特大号军用帐篷围成一个半圆，占据了这块林间谷地的大半空间。帐篷前的泥地上，大石块堆砌成一个简易的灶台，几十枚燃烧的干松果上面，一口硕大的行军锅支着，锅里熬着稀粥，一缕青烟袅袅升上半空，被轻风吹散，给蓝蓝的天空打了层马赛克。

他们在忙碌着。

他们全姓韩，12 个人全是一个村的。

领头的韩正龙，50 岁，名片上印的是“西南蛇文化巡展公司总经理”，其他 11 人都是他的晚辈，都称呼他“三叔”，这是按照他在他们家族的称呼。将近二十年里，韩正龙带着他的队伍在西南县级小城市、偏远乡镇不辞辛苦地巡回展出，招牌从最初简陋的“蛇展”发展到与时俱进的“中国十大毒蛇”“美女与蛇同居”等。

豢养、训练动物供人娱乐，在人类文明史上，是个很古老很有传统的行当，但事实上，他们活得并不容易。和一切古老而传统的行当一样，在现代社会光怪陆离的浪潮冲击下，他们的生存空间越来越狭小，从现实来看，他们只是群活在变迁时代的边缘人，迟早要被淘汰。

这几年里，他们的主要收入来源已经不是巡展，而是野生蛇的饲养和贩卖。

蛇是一种经济价值非常高的动物，特别是毒蛇。广泛用于临床的蛇毒比黄金还要昂贵十倍，蛇肝、蛇胆、蛇鞭在市场上也都供不应求。中国广阔的农村，搭几间房子饲养毒蛇来作为发家致富门道的农户数不胜数，但室内饲养毒蛇，在喂食、繁殖、取毒、安全方面有一些很难掌握的技术难关，最大的难关是蛇的换代问题，一代二代的毒蛇产毒率正常，三代以后就差了许多，产毒率大约只有第一代的五分之一，家养蛇的代数越高，蛇毒的价值就越低。简单说，就是家养蛇远不如野生蛇值钱。

道理谁都懂，但野生蛇的捕捉、饲养岂是那么简单？

野生动物的日渐稀少人所共知，别说毒蛇，就连野鸡、野兔、刺猬等以往司空见惯的动物，现在不到偏远农村和山区，也很难见到。人类活动对自然环境的影响之巨大、惨烈，在几十年致力发展经济的中国是最鲜活的例子。而近几年国家相关部门亡羊补牢，对野生动物的一系列保护措施的完善，让捕捉毒蛇真正成为一项难于上青天的活计。

就算在毒蛇宝库武陵山区，现在抓到一条毒蛇也不那么容易，比如蛇毒价格最高的五步蛇，用韩正龙的话说："那玩意儿哪是蛇，就是一堆金子盘在地上！"

韩正龙他们在武陵山脉深处，坨坨峰东南角的这处营帐，位于自然保护区之外，距离最近的土家族村寨也有十几公里山路，从无外人得知。每年夏天，他们在这里秘密扎营，避开林区森林警察的视线偷偷捕捉、饲养毒蛇。这里是这群靠蛇吃饭的人最后一块根据地。可以想见，再过一两年，就连这里都保不住。

韩正龙没时间多想未来的事，这是今年扎营的第二天，眼下，他有许多麻烦的事要处理。

最西边的大帐篷里，一个留寸头的小伙子跑出来喊他："三叔，大黄又不对头了！"韩正龙眉头一皱，快步走了过去。

大黄是一条5米长的东南亚黄金蟒，也是他们所有几百条蛇中最值钱的一条。此刻，它正在它的囚室——长方形的铁笼子里——焦躁地游动，扁圆的小脑袋牵动着庞大冗长的身躯，快速地从各个角落来回爬过，如同一列扭曲的火车在封闭的铁轨周而复始的循环。

受过诸如《狂蟒之灾》《史前巨蟒》等好莱坞惊悚片熏陶的游客，在动物园见到活生生的蟒蛇后，往往奇怪它的小脑袋和大身子的不成比例。但这正是这个物种进化了上亿年的最佳选择：所有大脑袋的蛇全绝种了。

韩正龙一眼看出黄金蟒的异常，不由摇摇头："不对劲——受惊了！"

一般人眼中，蛇这种冷血低等动物，看上去外形丑陋，行动笨拙，应该是种反应迟钝的动物。而事实上，蛇类对外界的环境变化——比如温度、湿度、地形、气味、天敌等非常敏感，远远超出人们的想象。只不过它受刺激后的外在表现并不显著。比如黄金蟒这样的举动，其实已是受到严重干扰的后果，如果它是条狗，早已眼珠发红汪汪狂吠了。

留寸头的小伙子叫韩建林，是韩正龙远房的侄子，他们家族男性的名字都是按辈分排行的，"建"字比"正"字低一辈。韩建林摸摸笼子，不安地问："三叔，是不是喂的东西不对？现在不都说饲养的鸡含啥激素嘛。"

昨天扎营后，他们给黄金蟒喂了一只从市场买来的冻鸡。为了节省成本，他们早已不喂活鸡。蟒蛇体型这么巨大，喂一只冻鸡却足以存活半个月，这是很多人无法想象的。

"不会。又不是第一次，大黄没这么娇气。"韩正龙摇摇头。他说话时喜欢摇头，从小的习惯，因为这个多少有点奇特的习惯被他老子揍了很多回，却越揍越难改。不熟悉他的人，总觉得这个乡巴佬总经理有点苦大仇深的意思。

“遮上布，别没事老看它。”韩正龙吩咐韩建林给铁笼子盖上一层厚厚的黑布，随口问道，“四娃呢？”

四娃是韩正龙的亲侄子，大名叫韩建军，是这个团队除了韩正龙以外，最熟悉蛇性的一个，这条黄金蟒一向由他照顾。

“他去抓蛇。一早就去了。”

“哦，和谁去的？”

“……和小玉。”韩建林露出有点尴尬的表情，他本不想说的。

果然，韩正龙的老脸开始阴沉下来。

“这会儿也不早了，估摸着该回来了。”韩建林补充一句，慢慢溜出帐篷，“我去看看饭煮得怎么样。”

看着小伙子矫捷的背影，韩正龙叹了口气。自己老了，已经管不住年轻人了。半晌，他无奈地摇摇头。

盘龙岭

驾驶那辆老式的北京吉普赶到盘龙岭北面山腰，花了整整四十分钟。江大林将车停在一块土坡上的空地，这里靠土匪洞只有几十米。

熄火后，副驾驶座的小张打开车门，“黑豹”抢先一步敏捷地跳下车，吐着舌头，顺着登山道跳跃而上。

“黑豹”是保卫处唯一一只搜救犬，一只血统正宗的比利时牧羊犬。她刚四周岁，正值生命的巅峰期。

江大林尾随着“黑豹”，喘着粗气一口气爬上龙脖子，把比他年轻十来岁的小张整整落下五十米的垂直距离。他一眼就见到那个表情悲戚的姑娘坐在护栏边，低头拨打手机。周围有几个游客指指点点。

“报警的是你吗？”江大林气没喘匀就粗声问，“人从哪儿掉下去的？！”

手机里一遍一遍传来“您所拨打的手机暂时无法接通”的单调女音，像无情的刀子一样割着明明的心。泪眼婆娑中突然看到一个穿迷彩服的男子，保安来了，她绝望之极的心里燃起一丝火花。

明明站起身，指着王动落脚的巨岩，克制着哭声：“是从这里……呜呜……掉下去的……”

江大林的第一念头是恼怒——谁让他跑到护栏外逞能？这不是找死吗？！不过，眼下不是教训人的时候。

没有生还的希望——这是从云雾蒙蒙的巨岩上探头望下去后，江大林的第二个念头。游客落崖身亡的事虽然罕见，但不是没有，二十年里他亲自处理过两次，一次因为幸运当天就找到了落在山梁上的尸首，另一次始终没找到尸骨，一个活生生的人，就这样随风而逝了。面对从千里外赶来的悲痛欲绝的亲属，他自己的难受一点不亚于他们。他痛恨由自己告诉死者亲属“人是找不到了，你们节哀”之类的蠢话，一个家庭就此破碎，而自己偏偏是负责安全的——负责。扯卵淡。人的生命谁也负责不了。

江大林从扎在皮带扣的皮套里取出32倍军用单筒望远镜，架在右眼上，眯着左眼测算了一下落点方位，回身问栏杆外茫然无措的小张：“蝴蝶泉那儿值班的是谁？”

“啊——这周是老李和小胡。”

“接通老李。”

小张拨通了无线电对讲机。保卫处的景点联络统一使用单一频道的国产数字对讲机，有效通讯距离是5—10公里。在这样的高海拔，数字对讲机明显落伍了，江大林申请添置五部卫星电话的报告打上去半年了，却一直在公文旅行中。

“老李，我是江头！”信号不算好，但勉强能听清说话声。

江大林扯着嗓子尽量简短扼要地说了情况，然后下达指令：“你赶紧带小胡去山下搜救！对，就是走蝴蝶泉那条路！记得多带安全绳！我最快时间赶去会合！保持联系。完毕。”

接着，江大林对小张吩咐：“你陪同家属在这里留守，报警通知110联勤来看现场，我马上去蝴蝶泉。”说完，冲着崖边乱嗅的“黑豹”吹了声响亮的口哨，喝道：“黑豹！走了！”

下了山，江大林刚坐进驾驶室点着火，副驾驶门突然被拉开，一个人麻利地坐上车。先蹿进后排座蹲着的“黑豹”被激怒了，对来人发出怒吼。

明明用手护着头，看着江大林泪汪汪地请求：“我也去……让我也去吧……”

不知是年轻姑娘的明艳还是她红肿的眼睛产生的作用，江大林同情心大起，只犹豫了一下就点点头，挂上了挡。明明把双肩包丢到后座，丝毫不管“黑豹”的蛮不情愿。

山道上，吉普车打着双跳呼啸而去。

蝴蝶泉

武陵山脉位于湘、黔、川、鄂四省交界处，地跨四省七个地区（州）和50个县，为贵州高原向湘西丘陵过渡的斜坡地带，总面积达10万平方公里。20世纪80年代设立的武陵山自然保护区总占地400平方公里，在茫茫武陵山脉中，只能算沧海一粟。

他们现在要去的蝴蝶泉，是保护区周边五大溪流之一，位于保护区辖区的西南边缘端，就在王动落崖的盘龙岭南麓。蝴蝶泉是条四季不干的山间溪流，发源于原始森林深处，蜿蜒数十里最后汇入清江。每到秋季，溪流的中上游林间就会聚集上百万的蝴蝶栖息过冬，自从90年代被发现后，成为武陵山区一大奇观，故称为蝴蝶泉。由于担心游客侵扰蝴蝶的生态环境，保护区早在七年前关闭了这条旅游线路，现在基本处于原生状态。

在蝴蝶泉下游距离南大门10公里处，保卫处长年设有一个值班站点，负责保护景点和维护林区安全。

江大林沿着山道开得又快又稳。绕过盘龙岭的几处山梁后，已经几乎遇不到游客了。前方出现一个岔路，左边的路口比较荒僻，一块插在地上用油漆写着“蝴蝶泉景区”的木牌歪歪晃晃，这块多年前的指示牌早已破损不堪。

江大林打了一把方向，开进了左道。

开车过程中，他已经向明明问清了自己想知道的情况。年轻男子叫王动，是这姑娘的男友，身体健康，有户外旅行经验。这些情况知道了其实也没什么用，从海拔那么高的山腰掉下去，不死的几率估计和陨石砸中脑袋差不多吧。

穿过一片低矮的荆棘林，江大林把车拐进一条荒草丛生的野道，最后在一块林间空地处停下，熄火后迅速跑向不远处的值班室。

“有谁在？”隔着好几米，他就冲着值班室大喊。

铁栅防盗门关着。无人应答。

明明跟过来，茫然看着这间值班室。

这个站点正常有两个人值班，有时会有例行巡逻的护林员来歇脚。本周老李是组长，还有个机灵的本地青年小胡。看来今天值班室只有他们两个在，显然他俩已经出发搜救了。江大林看了看表，距离盘龙岭上的通话已经过去了 39 分钟。

他回到车前，从后备箱里拿出自己的战术背包，背包里是全套的户外装备：帐篷、攀援绳、工兵锹、雨披、毛毯、指南针、高度表、强光手电、多功能刀、医疗袋，当然，还有军用水壶和高能量食品。想了想，江大林又翻开医疗箱，找出一盒云南蛇药塞在包里。

从值班室进入盘龙岭南边谷底，没有正常道路可通，而是沿着蝴蝶泉的溪谷逆流上溯。

江大林和明明沿着一条野草没足的小道走了没多久，就听到了溪流的潺潺水声。他走到石岸边望去，此时正进入夏季多雨季节，溪流的这一段约有三米多宽，水不深，泉水清澈见底，舒缓流淌。

从两行褪色的油漆字“溪流危险，游客止步”木牌旁边，“黑豹”飞快地跃下一米多高的石岸，在溪谷的沙砾地等着主人。江大林瞟了一眼紧随着他的明明——在车上他已经知道了她的名字，有点犯难。这时，江大林有点后悔自己带这个姑娘来了。按说，她是遇难者——

或许这么说还早——起码是遇险者家属，不应该随同前往搜救。那么，让她一个人留在值班室？

明明看上去已经稍微恢复理智了。半个多小时的山道驱车，嗖嗖的山风让她冷静了许多，但她的内心还是热一阵凉一阵。她不愿意相信那么生气勃勃的男友就此遭遇不幸，一个画面固执地缠绕着她：王动落入山下受了伤，躺在地上，正在苦苦等待救援，伤口流着血……

看到江大林犹豫的表情，明明猜到了什么原因。于是，就像半小时前她果断拉开副驾驶门一样，她再一次果断地用行动促使事情的发展：她从岸边一跃而下，背上的双肩挎包丝毫不妨碍行动的轻巧，高帮登山鞋的防滑鞋底牢牢地扒在一块湿滑的石块上，她一仰头，对江大林脆声说："沿着溪流往上游走吗？"

江大林内心里对这个漂亮而挺拔的姑娘颇有几分赞赏。他自己是个粗线条，不喜欢太柔弱的女子，除了青少年时代痴迷武打片，成年后他很少看电影，而且现代电影里那些女明星风情万种的撩人姿态吸引不了他，他就是欣赏能干的、矫健的女人，比如眼前这个姑娘，能打动他的地方就是说干就干的爽快劲头。

"到了山脚下不能呆久。找到找不到他，黄昏前都要送你回值班室等，明白吗？"江大林跳下溪谷，满脸严肃地说。他打算和老李会合后，把明明委托小胡带回来。凭经验，他不指望天黑前能顺利找到遇险者。

"明白！"

"黑豹"轻快地小跑在前面，明明紧随着江大林魁梧的背影，踩着高低不平的溪谷乱石，忐忑而激动地向未知迈进。

谷底

一颗熟透的浆果，从十米高的崖边老树上坠落，不偏不倚砸在王动的鼻尖上，果皮和果肉瞬间分离，鲜红的汁液顺着他的腮帮淌到脖子里。

王动醒了。

我还活着！这是王动睁开眼睛后的第一个念头。随即，疼痛也苏醒了，粗鲁地打断了他短暂的欣慰。

疼。

头疼。下巴疼。手上脚上，浑身上下，全是划伤、蹭伤，到处都疼。最严重的疼痛来自左臂、左肩和左胯，看来是左侧身体承受了沉重碰撞。

王动努力扭动身躯，但是剧痛使他无法转身转头，他的视线到现在为止，还只能看见上方树丛里巴掌大的天空。天空还是蓝的，阳光还在，他判断自己昏迷的时间并不长。

一缕血流到王动嘴边，王动下意识地舔了舔，有点咸。接着是一阵突如其来的眩晕，他努力止住了想呕吐的强烈感觉。

想呕吐是脑震荡的表现，不过看来并不严重。能看到东西，说明眼睛没事。能听到风声，说明耳朵没事。手指头能动，脚趾头能动，说明神经没事。大部分重要器官都没事！就是肩膀和屁股疼，透骨的疼，会不会有地方骨折了？不过，知道疼，说明还活着。从海拔一千多米的悬崖上掉下来居然没摔死，这人品不是一般的好，以后给朋友们有的吹了，哈哈……不好，明明该多着急啊，她一定以为男朋友完蛋了，以她刚烈的性格，她该不会……废话，她当然不会跟着跳，但她敢找个地方下来找，绝对的，这丫头疯着呢！想到这里，王动开始着急了，他不愿心爱的姑娘为他担心，更不愿她为他涉险。

王动再一次努力，终于扭转了身体，他看清了自己的处境。

这是一块林间低洼的谷地，距离黑压压的巨大山体大约有二十米，周边大树的枝叶遮住了阳光。山坡上有一些低矮的灌木，靠近崖边的一溜藤蔓植物被自己的身体滚得乱七八糟。他手指尖触到地上松软的黑泥，毫无疑问，这块沉淀着数以千年计的泥沙、雨水、落叶、树枝、鸟粪的黑泥有效地减缓了冲击力。

因为阳光只能透过十几米高的密不透风的树叶稀疏照进来，这里的空气闷热而潮湿，还有泥土散发出的一股说不出来的难闻味道。突然，王动一阵惊喜，几米外的灌木丛里散落着一团棕色的东西——那是他背包里的一个包装袋。看来，在坠落翻滚中背包散开了，背包不知遗落到哪里，这个包装袋却幸运地落在附近。

哦，但愿袋子里还有什么东西。

王动双手撑地奋力爬过去，尽管很疼，但手还算给力，不过左脚似乎扭伤了筋，无法用力。他使劲扯下包装袋，用左手支撑住身体，右手把袋子的拉链拉开，将里面的东西全倒在地上。这个袋子是装食品的，两听啤酒，一大盒饼干，一袋湿纸巾。啤酒罐的铝皮外壳已经变形，但居然没漏没裂，真不知道是什么奇迹。

袋子里的收获令他哭笑不得。相比食物，他更怀念登山包里的手机、打火机、指南针、手电、头灯、安全绳、瑞士军刀这些重要器材。

看到啤酒，王动不由舔舔干燥的嘴唇，感到有些口渴，他拉开拉环，一口气喝干了他二分之一的储备饮料。扔掉空罐后，他长出一口气，感觉体内恢复了不少热力。

颈背处一阵瘙痒袭来，似乎背上沾满了泥沙。他脱下上身的长袖纯棉T恤——长袖已经磨损得快变成短袖了，胡乱抖动几下，一层白花花的泥粉末扑簌而落——大概是滚落时沾上的泥沙吧。

他一边用T恤擦拭身上的泥沙，一边检查身边的物品。

扎在腰间的冲锋衣早就不见了，结实的登山裤裤裆处绽开了一个大裂口，好在脚上的高帮登山鞋还算结实完整。最后，王动从屁股口袋里，掏出来一盒纸巾，半小袋话梅——这是明明拍照时为腾出手临时塞进去的。

还有一个严重的打击，他的登山表外壳连同表芯全砸烂了，深陷肉中的表带将左手腕勒出一道血痕，他只好满怀遗憾地解开表带，将没用的手表放在地上。这下，时间也没了。

王动掏出一张纸巾，简单擦拭了脸上的血迹，穿好T恤，半坐半躺在一丛乱草上，深深地呼吸了几下。

冷静。不要慌，王动。

他的登山包夹层长年放有一本驴友宝典——《美军野外生存手册》，虽然书随着登山包不见了踪影，但他对书中许多关键内容烂熟于心。他尝试着参照书中所写的“求生”章节，首先做一个形势评估。

A. 形势：

现在的形势明摆着，自己落入悬崖下，孤身一人，无支援。

B. 环境：

这里是武陵山脉的中段，盘龙岭的南麓，除了自己躺着的这块低洼地，周围全是一望无际的树林和高大嶙峋的怪石，空气阴湿。

C. 生理状况：

轻微脑震荡，全身挫伤划伤，左肩、左腰胯、左脚受伤较重，好在没有骨折，伤口不再流血，但短时间内行动较为困难。

D. 装备：

无通讯工具，无照明点火工具，无防寒防雨衣物，无防卫武器；有半袋话梅，一大盒饼干，一听啤酒，一袋纸巾。这是唯一值得宽慰的——就算两天后被人发现尸体，起码不是饿死的。

形势评估完毕。很糟糕。

尽管无数次在泡吧时，几杯洋酒下肚后，自己和一帮狐朋狗友都热衷吹嘘自己的户外经验如何丰富，比如他们最喜欢干的事之一，就是在某个朋友带来新结识的女友后，故意一本正经地问："你上次在丛林迷路后，生吃了几条蚯蚓来着？"但真的把人抛到残酷绝望的现实境地，那些书本上的生存经验苍白而无力。

吃蚯蚓算什么。儿戏。

想点积极的。看到我落崖，明明肯定会求救，也就是说，肯定有人会展开搜救行动，消防武警，保安。不过，王动的书本经验又适时出来泼了冷水：国内的野外搜救水平，限于人员和器材的不专业，搜救成功率几乎为零，搜救基本就是搜尸体。媒体几个月前刚报道过的，四川省四姑娘山的三个失踪驴友搜救行动，出动了五拨搜救队，最后连尸体都没搜到……

还是要靠自己。现在唯一能倚仗的，就是自己的体力、判断力和意志力，以及运气。

趁着白天，赶紧行动。王动想起预先查看的保护区景区地图上，盘龙岭南麓好像有一条较大的溪流，流经保护区南大门，一直通往清江。他做了决定：找到这条溪流。

王动奋力爬到接近山脚的一个高坡，这里视野开阔些，他要寻找出一条能走的捷径。放眼看去，左边是苍苍茫茫的参天林木，右边则林木稀少些，基本是崎岖陡峭的裸露岩石，该从哪边走？才踮起脚尖一会儿，王动的左脚开始剧烈疼痛。不能从石头上走，脚会受不了。

王动咬了咬牙，抬起几近散架的身体，蹒跚着走进深不可测的密林。

黑豹

“黑豹”的叫声突然变得狂躁。

江大林心中一紧，他很熟悉这条比利时牧羊犬，她是只非常驯服温顺的狗，这样的叫声只有在她极端愤怒和恐惧时才会发出。

江大林迅速甩落双肩包，从包里抽出短柄冷钢开山刀，扭头对明明大喝一声：“站着别动！”迈开大步向十米外的“黑豹”奔去。

越过一块岩石，他见到“黑豹”正支着前腿，冲着溪流咆哮，因为极度暴躁，她的鼻子皱起来，牙齿外翻着包着上唇，显得十分丑陋。

溪流有什么问题？它畅快地流淌着，水质清澈，浪花四溅，没有什么异样。

咦，这块石头上是什么？

江大林靠近溪边的一块圆形岩石，看到靠近水的石壁上有一摊黄色的浑浊物，黏黏的，很大一摊。

这是什么东西？一股腥味，看上去就像什么动物的呕吐物。

江大林疑惑未定，看看情绪依旧激动的“黑豹”，难以理解。“黑豹”从来不是个神经质的狗，就算面对山林大火，她都没有惊慌过，上一次看到她如此愤怒咆哮，是在北大门遇到一个东北豪客随车带来的一头小狮子般大小的藏獒。这里，能有什么东西让她如此不安？

历史上，武陵山脉曾是华南虎、黑熊、金钱豹、云豹、狼等猛兽的栖息地，但时过境迁，进入20世纪后，大型食肉动物早已罕见罕闻。90年代后更是基本绝迹。八年前，报纸曾报道过一个苗寨村民见到只野生云豹，还专门成立调查组巡山搜索，一个月下来，只找到几缕疑似猫科动物的毛发，最终铩羽而归。江大林自己在武陵山自然保护区工作的二十年间，亲眼见到的最大动物，是头400斤重的成年公野猪，而那也是两年前的事了。

能让一只纯种牧羊犬惊恐咆哮的猛兽，早已绝种了吧。

江大林走过去安抚地拍拍“黑豹”的头，她摆头龇牙，喉咙里发出呜呜的警告，顽固地对着溪流继续吠了几声，但声音明显缓和了。

明明吃力地用双手提着江大林丢下的背包，慢慢走近，她没看到那摊可疑的浑浊物，只看到“黑豹”的暴躁表现。她不懂狗，只是觉得狗这个东西就是喜欢乱叫，比如她家小区单元里一楼的那条京巴，只要是楼上住户晚上超过10点上楼回家，再轻的脚步也会刺激它汪汪大叫一阵，弄得人心烦意乱，明明几次都想偷偷踢它一脚泄愤——要不是它一直机警地躲在防盗门后的话。

江大林从怀里掏出对讲机，开始呼叫老李。他们已经走到蝴蝶泉中游了，老李应该就在前方不远。

无人应答。对讲机里只听到“啪啦啪啦”的电流声。

因为人在溪谷，信号不好吧。江大林想到在下溪谷之前的小路上，他和小张的对话还很畅通。

小张向他汇报，110联动民警已经到达盘龙岭落崖现场进行了备案，驻扎在白石镇的林区消防支队已经接到报警，他们将组织紧急救援队，在天黑前赶往蝴蝶泉，参与搜救行动。

“江……大哥，到底怎么啦？”明明犹豫了一下，还是决定别把人喊老了，虽然从年龄看，喊“江叔叔”可能更恰当。

“没什么事。继续走吧。”江大林接过背包，对明明轻描淡写地说。

他抬头看看天，太阳的光线已经黯淡下去，远处群山的巨大山影显得黑沉沉的。他深深吸了口气，突然一种不祥的预感袭上心头。

五步蛇

在五感中，王动的嗅觉最差。因为他从小就有过敏性鼻炎，两个鼻孔难得全通，常常被明明讥笑为“香臭不辨，一窍不通”。所以，直到他靠到如此近的程度，才闻到那股腥臭。

20 枚左右浅白色的椭圆形物体，有规则的围成两行，半埋在两棵树间松软的泥土里。

鸟蛋？这是王动看到后的第一反应，但随即否定了。作为大学时代就热衷户外旅游的老手，他在野外见到很多次鸟蛋，山雀、白头翁、山喜鹊、野鸽子，最神奇的一次是在福建武夷山，他爬到一棵歪脖子大树上，给一窝东方黑尾隼的蛋拍了照，那组照片通过电子投稿刊登在次月的《鸟类观察》杂志上，为此他在学校里很是出了阵风头。

自然界的绝大多数鸟蛋都是产在鸟窝里，鸟窝可能在树上，可能在石缝里，可能在草丛中，伴随着鸟蛋周围的都是树枝、羽毛和鸟粪，也有小石子、贝壳甚至硬币、戒指等一切鸟类认为漂亮的杂物。只有极少数鸟，因为周围环境的关系，产蛋在光秃秃的岩石或者沙土里——比如众所周知的企鹅和鸵鸟，但是蛋绝对没有这么多。

出于专业的好奇，王动蹲下来用指尖小心触了触，这个类似山雀蛋大小的东西碰上去软软的，里面有凝固体。

鸟蛋的壳要硬得多。难道是龟卵？

突然，王动心一寒，汗毛竖了起来。

树后，一条大蛇悄无声息地游了出来，在距离王动一米处盘起身子，高高昂起头，无声地吞吐着暗红色的信子，尾梢急促敲击着地面。

王动大气不敢出，眼睛死盯着这个危险的不速之客。这条蛇很大，大约一米五长，粗圆的身躯呈黑褐色，背部生着对称的褐白相间的鳞片，头部呈三角形，吻端有着一块尖尖的凸起，像朝天鼻一样。

这种蛇特征太明显，很好认。

五步蛇。

王动对于鼎鼎大名的五步蛇，并不陌生。几乎一瞬间，柳宗元《捕蛇者说》的开篇文字浮现出来："永州之野产异蛇，黑质而白章；触草木，尽死；以啮人，无御之者。"

永州就是唐代的武陵山区。

五步蛇的学名是尖吻蝮，蝮蛇目的一个亚目。原先还有个绰号"百步蛇"——人被它咬中后走一百步必死，后来在民间以讹传讹，夸大成五步必死，"百步蛇"的绰号也就让位给更加威风凛凛的新外号"五步蛇"。虽然包括柳宗元在内的古人过分夸大了它的毒性，但因为它的活动范围极广，在中国的南北山区，几乎都有影踪，所以这种蛇对人畜的危害颇大，堪称中国民间口碑最差的毒蛇。

王动在野外也曾见过五步蛇，但几次都是草动蛇惊，唰唰游走，只见其尾难窥全蛇，令好学的王动颇生了几回遗憾。没想到，生平第一次见识到它的全貌，居然是这样在野外面对面对峙。当然，他立刻清楚了那堆像鸟蛋的东西其实是——蛇卵。

而且就是这条蛇的卵。

雌蛇毫无光泽的小眼睛盯着面前这个侵犯者，准备奋起保护她的宝宝。

王动处于一个极度无助的境地。他手边没有任何武器，周边甚至连块石头都没有。他只是凭本能知道自己不能有任何猛烈的举动，毒蛇噬人的一瞬间只有零点几秒，想躲过攻击几乎是不可能的。一旦被咬中一口，以目前孤立无援的情况，自己必死无疑。

王动的嘴巴里变得异常苦涩，他明白这来自胆汁。

完了。我的人品用光了。

一个奇特的声音打破了人与蛇的对峙。

一枚蛇卵轻轻地晃动起来，“嘭嘭”的几声微响后，一条幼蛇湿漉漉的脑袋伸了出来。

雌蛇盘起的躯体陡然有了松动，但头部仍然保持高昂，蛇信吞吐，正对着王动。

王动屏住呼吸悄悄退了半步，又退了半步，扭伤的左脚似乎也意识到危险的系数，局部服从全局，丝毫没有拉后腿。

雌蛇微微晃动三角形的头，躯体没动，依旧保持攻击姿态，不过，王动已经退出了母蛇的原地攻击范围。

破壳的幼蛇浑身黏滑地爬过其他蛇卵，带来又一枚蛇卵的轻轻摇晃。然后，更多枚卵动起来，接着是“嘭嘭”的响声大作——幼蛇集体出壳了。

当王动慢慢移动到三米开外后，雌蛇终于解除了警戒状态，游向自己刚破壳的宝宝们。

比起落崖不死，逃过毒蛇攻击似乎低了一个档次。但这次的危险来得如此逼近而真切，所以逃过一劫的幸福感更加强烈。远远兜了个圈子，重新蹒跚上路的王动内心感激涕零——看来我真的命不该绝。老天佛祖菩萨祖宗保佑！保佑我走出困境！

生物学高材生王动心里发出的祈祷，要是给大学导师听到，保证他拿不到毕业证书。

荒洞

四娃狠狠地抱紧小玉的腰肢，汗水如同润滑剂一般，黏在两人赤裸的躯体上。他们紧紧缠绕着，扭动着，像两条蛇。

“四哥，轻点。”小玉哼着，“该回去了……”

“我还……没抱够。”

“再不回去，你三叔该生气了。”

“他生气什么……”嘴上虽这么说，四娃却有点泄气，松开了小玉，四仰八叉地躺倒在地，呼哧呼哧喘气。

四娃大名韩建军，幼年时父母遭遇车祸早丧，从小就被叔叔韩正龙养育，韩正龙自己只有两个女儿，他与韩正龙的感情就像亲生父子一样深厚。和大多数农村孩子一样，他不肯念书，初中毕业后就跟着韩正龙东奔西走，走上了这条与蛇为伍的道路。

四娃皮肤偏黑，身材瘦削精悍，他在族里平辈中排行第四，小名遂叫四娃，而他从小在小伙伴里还有个更出名的外号：“蛇娃”——一是因为他家祖传玩蛇；二是他身手敏捷，不管打群架、爬山摘果还是在河里游泳都灵活异常，让同龄孩子望尘莫及。

上小学的时候，他家距离学校有七八里路，他最喜欢干的一件事是从行驶的拖拉机后面，神不知鬼不觉地跃上后车厢，等到路过学校大门时再轻轻巧巧跳下，从没失手过一次。对一个十岁的孩子，这个举动大胆而危险，为此，他被韩正龙用皮带狠狠抽过，但总是乐此不疲——用韩正龙的气话是“狗改不了吃屎”，用他自己从课本上学的话是“不屈不挠”。有次当他施展这个绝技时，正巧被一个县里下来听课的体育老师看到，他找到韩正龙，建议让四娃去练杂技——他们县的杂技团在省里赫赫有名。不过，韩正龙舍不得孩子离开他，拒绝了这个体育老师的好意。

成年后，四娃被东奔西走的艰苦生活折腾得再无儿时的顽皮，但矫健的身手和倔强的性格却保留了下来。

小玉不姓韩，姓朱，和四娃同村，三年前刚刚加入他们。她是这个团队里年龄最小的一个，也是巡回展中“美女与蛇同居”的女主角。也许，难以抹去的乡村气质，让小玉在城里观众眼里算不上美女，但在四娃眼中，小玉就是天下最美的女人——眼睛大大的，要胸有胸，要屁股有屁股，笑起来还很甜。皮肤黑点，牙齿不齐算什么？最重要的是，她和四娃情投意合。

“我叔叔什么都随我，就是不同意咱俩好，真不明白！老糊涂了！”四娃吐掉一颗落到嘴角的草种，发起了牢骚。

小玉坐起身，捋了捋蓬松的乱发，苦笑起来：“还不因为我是蛇女。”

这话说对了。

在韩家三代玩蛇的圈子里，有个忌讳，就是玩蛇是男人的活，女人不许碰——因为蛇性淫贱，凡是女人玩蛇，都不是什么好货色。女人可以喂食清扫，打打下手，但不能参与到具体活计中。小玉“与蛇同居，与蛇接吻”犯了忌讳，所以，恪守祖规的韩正龙虽然接纳小玉在这个团队里，却无法接受自己亲生儿子一般的侄子娶她做老婆。

“瞎迷信，他那老观念。”四娃摇摇头，动作像极了他三叔，“等过了年，我就到你家提亲，娶你！”

小玉嗯了一声，低头温柔地看着这个男人。

四娃也坐起身，一眼看到几米外的挎包和蛇皮袋，埋怨起来："忙了一天，就抓了两条土呆子，唉！"

土呆子是短尾蝮的民间说法。土呆子也是剧毒蛇，只是蛇体较小，没有五步蛇值钱。

"忙了一天吗？"小玉扑哧一笑，脸红起来，"明明一个下午都在……"

四娃也憨憨地笑了，整个下午他们都窝在这个隐藏在老林深处的荒洞口亲热，也不知道哪儿来的这股劲头，每次只要两人结伴外出，总能找到个偏僻的地方，一亲热就是一两个小时，筋疲力尽为止。幸好小玉也是体质健壮，一般的姑娘要这么做，早走不动路了。

"回去吧。中午只吃了一个馒头，肚皮饿扁了。"

"嗯。"

两人站起身，互相为对方掸拭粘在头发和身上的草种灰尘，开始穿衣服。

"今天没蚊子叮你啊，身上一个包都没得。"四娃的手抚摸到爱侣光滑的腰臀，忽然停住了——小玉的体质很招蚊子，往常在野外蹲下来摘朵野花，手背上都会被盯上几个红通通的大疙瘩。

小玉被摸得发痒吃吃笑起来，有点羞涩地赶紧套上衣服，但她立刻发现四娃的心思并不在此。

四娃若有所思地扫视起周围。

这个高达两米的山洞隐藏在半山坡，上面是密匝匝的树林藤蔓，旁边则是平坦的坡地，长满了低矮的野花野草。山洞是武陵山脉常见的天然花岗岩洞，洞壁上满是深绿色的苔藓，洞里黑黢黢的深不可测，透着一股阴潮的气息。

山洞所处的位置是绝对意义的深山老林，和营帐的直线距离至少有十几里，根本没有路，连野兽踩出的小径也没有，除了四娃这种专业捕蛇人，恐怕只有最擅长走山路的土家族猎人才能到达，这也是他俩敢于肆无忌惮一丝不挂亲热的原因。

“四哥，怎么啦？”

“奇怪，这里怎么没蚊子？”

“没蚊子不好吗，这里比较凉快吧。”

“……是好。”四娃有点发愣，忽然想起另一件事，“这半边的林子我们每年都来，你没发现今年的野兽特别少？”

“嗯。”小玉点点头，“记得去年，你在这边山里还套了只麂子。老表他们还用活扣扣了好几只山猪。”

“别说山猪了，今天一天连只野鸡都没看到。”四娃有点烦躁起来。他熟悉这里，今年绝对有点不对劲。

冷不丁，四娃冒出一句话：“我想进洞看看。”

“啊，干吗要进去？黑咕隆咚的，多吓人。”小玉胆怯地看看洞口，赶紧劝阻。

“没事，我就是有点好奇……进去转一圈看看，没事的，你别跟来，就在洞口等我。”四娃边说边从挎包里找出手电筒，那是一个使用两节 2 号电池的老式铝皮电筒，回头冲小玉笑了笑，慢慢照进洞口走了进去。

看着四娃的背影消失在洞里，小玉独自守在洞口，有点坐立不安。山洞有啥好看的，里面湿漉漉的，万一跌一跤，万一有蝙蝠啥的，蝙蝠就喜欢躲在洞里……男人都胆子大。说起来，自己也是被人说胆子大，敢和毒蛇同居——那有啥，蛇有什么好怕的，都是自己养大的。等过了年，四娃来提亲，以后就正大光明做两口子了……日子怎么过？靠蛇不能吃一辈子饭啊。可是除了耍蛇，自己和他啥都不会。自己只有初中文化，除了敢和毒蛇亲吻、睡觉，就连算个账都困难，幸好四哥肯要我，要不肯定嫁不出去……可以学人家开个小店，或者，搞养殖，就养蛇也不错。我俩都是好手，四哥尤其厉害，从小到大起码玩过几千条蛇了，只被蛇咬过一次……对了，那次就是在武陵山，三年前的事了，自己刚来的那年，那次他失踪了好几天，三叔都急疯了，后来他回来才说自己被蛇咬了，被一个猎人用草药治好了，但是追问详细情况他不肯多说，连自己也没告诉过……他有什么秘密瞒着自己吗？

小玉一边胡思乱想，一边不耐烦地踢着脚下的野花。怎么搞的，进去这么长时间还没出来？

小玉等得心急火燎，走进洞口几米，朝黑洞洞的洞穴深处张望，就在她实在忍耐不住准备呼喊时——洞里隐隐传来一声压抑的惊叫！

是四哥的声音！小玉脸色惨白，尖叫着回应一声，想也没想，就跌跌撞撞地冲进洞中。

眼前一片漆黑，小玉什么都看不见，她摸着粗糙的洞壁，一点一点往里走，嘴里带着哭腔喊："四哥，四哥，你怎么啦？"

回音很大，显然洞穴非常深。但是没有听到四娃的回答，小玉加快了脚步，好在洞穴很宽敞，地面出奇地平坦，终于，她看到了手电光。

前面有一个人影站着。

"四哥！"小玉对着人影大喊，人影慢慢转过身，手电光随即转过来，先照到洞壁上，再照到小玉。

从手电摇晃的余光里，小玉隐约看到四娃僵硬的表情。

"怎么啦？出什么事啦？我听到——"小玉没说完，四娃转过身用手电照着前方，声音沙哑："你看——"

幽暗的电筒光下，一坨白花花的东西映入眼帘。

小玉瞪圆眼睛看着，突然尖叫起来，她认出了那是什么：一张望不到头的巨大蛇蜕。

“天啊！这是啥啊?!”

四娃的脸色死一样阴沉，手电光在抖动。他的身体从刚才起，一直没停止发抖。

蝴蝶泉

对讲机还是没有信号。江大林心里的不安越来越浓郁。

他们沿着蝴蝶泉乱石遍布的溪谷，往上游方向走了已经快一个小时，仍然没有会合到老李他们。刚才“黑豹”在沙石上嗅到一截烟头，从过滤嘴的颜色江大林认出这是老李抽的希尔顿——一个老牌美国烟，这种混合型香烟因为味道过呛，市面上几乎无人问津，只有老李这个老烟枪十年如一日地抽。

没错，老李他们就是从这里走的。

前方的路开始难走，全是嶙峋的巨大怪石，溪流在石缝间穿行，变得越来越狭窄，越来越湍急，江大林知道快走到大瀑布了。

这一带地势险峻，就算蝴蝶泉划为不对游客开放的禁区前，也终年人迹罕至，所以那个堪称绝景的大瀑布并没有命名，江大林只在几年前陪同省里林业局的研究人员考察地貌时来过一次，大瀑布是蝴蝶泉在地面上的源头——瀑布的泉水从山腰岩洞的缝隙倾泻而出，千百年来没有断流过，蝴蝶泉真正的源头无疑和无数武陵山脉的溪流一样，源自山脉深处密林的积雨积雾。北方的冷空气到了密林遮盖的武陵山区，总会在冷暖气流的交汇作用下形成大量水蒸气，形成源源不断的雨雾气候。

江大林背包里侧的夹层里，有张保护区全景地图，他不用看也能记得这里的地形：他们在溪谷的东侧，前面走到大瀑布后，穿过瀑布边上的一大片珙桐林，就能上到一处平坦的山脊，然后再沿着山脊往西北一直走，就能走到盘龙岭的南麓，也就是王动落崖的方位。老李也知道这条路线，此刻他们肯定在大瀑布下扎营休息，等着自己。

明明感觉喉咙又干又咸，两腿沉得像石头。她虽然游泳、羽毛球、健身操、跆拳道什么都爱玩，算是都市白领中少有的运动狂。但背负十来斤的户外背包，走这样崎岖湿滑的野路，还是生平第一次。因为急于赶路，江大林一路上和明明没有多少交谈，只是在攀过一些陡峭乱石时，会停下来搀她一把，说声“小心”。因为极度疲惫，明明此刻的心情更为复杂，悲伤、沮丧、无助加上少许亢奋，只是越走离男友越近的事实，支撑着她咬牙不愿说出“我走不动了”这几个字。

走到一块比人高的巨石前，江大林停住脚步，他留意到了身后明明的呼吸沉重，心里微感歉意。虽然他身上的背包起码比明明的重一倍，但人家是个大城市姑娘，哪里比得上自己这个粗汉？

“累了吧，歇一歇。”

“好……我真的……走不动了。”由江大林先说出歇歇两个字，明明一下如释重负，她忙不迭松开背包，任其重重落在沙地上，然后一屁股坐在一块低矮的石头上喘气。

“喝点水。”江大林也放下背包，拧开一瓶矿泉水递过去，瞧了瞧明明的狼狈神情，安慰道，“你也辛苦了。别着急。”

“谢谢……”明明仰头猛喝了一大口，突然感觉水咸咸的，一滴眼泪流到了嘴角。情绪之门瞬间打开了，明明憋在心里许久的一句话终于涌了出来——

“江大哥，你说他……还活着吗？”

江大林的脸上没有表情，他避开明明的泪眼，靠在石壁上，点燃一根烟，半天才缓缓回答：“说实话，生存的机会比较小，你最好有心理准备。”不忍明明太失望，他又加了一句：“当然，落崖者生还的事也有，要看运气了，比如他落下时碰巧掉在树上能缓冲——”

我在扯什么卵淡！说到一半江大林就后悔地停住了，缓冲？干吗说这些自欺欺人的鬼话？干吗让这个姑娘抱有不必要的幻想？落崖不死、跳伞不死的幸运儿是有，新闻报道里他也见过，但他还是难以相信。

活到30岁以后，他就不相信所谓奇迹。

“你打电话回去了吗？最好先通知他的家人。”

“不，不打！”明明却被这个建议吓得满脸涨红，“我就是他家人，是他……最亲的人。”说着泪珠又吧嗒吧嗒落下。

江大林没再说话，他猛吸了几口烟，丢下烟头，从包里取出毛巾走到溪流边浸湿，擦了一把汗。

银白的溪水哗哗流淌，无休无止。

“怎么一只蝴蝶都没见到？”江大林转移了话题，打量溪谷上方的密林，“往年七月份，蝴蝶已经来不少了。”

“蝴蝶？在爬山时我们看到过好多啊。”明明擦了擦眼泪，回想起来。她到现在也不知道，正是因为一只蝴蝶的出现，王动才不慎落下悬崖。

“山上有，这里反而没有？怪了。”江大林咕哝了一句，抬头望望高耸巍峨的盘龙岭。云雾已经散去，不知何时，天色开始变得昏黄，盘龙岭的峰顶披上了一层暗黄色。

蝴蝶喜欢在低海拔的谷地溪流边活动，山下的蝴蝶应该远远多于山上才正常。

今天的怪事不少。

谷底

密林中，王动艰难穿行于大树中间，瘪瘪的包装袋别在裤腰上，一走一晃。他越走越心凉，因为不知自己走往何方。

他迷路了。

无数野外遇险的幸存者，都会在事后的回忆中提到有关生存的最重要一点：不是食物，不是体力，而是辨别方向。

在野外，迷路是最可怕的。不仅让逃生者迷失通往生存之路的途径，还会摧毁逃生者的意志，让其在盲目的绕圈中耗尽最后一丝体力和求生欲望，束手待毙。

太阳的余晖在前方，显然这里是西南方的谷底，但走出谷底具体该朝哪个方向呢？最郁闷的是，他连落崖处的方位也搞不清了。

户外旅游书上的知识孜孜不倦地告诉读者，在野外寻找方向有无数方法：白天看日光，晚上看北极星，还可以看树木——枝叶茂盛的一般是南面，枝叶稀疏的是北面。诸如此类可以罗列十来种。

但是没人告诉我——在一个能见度很差的密林里，该怎么识别方向！四周全是密匝匝的树林，巨大的阔叶林遮住了天日，这里的树全长得一样，枝叶都同样茂盛！

因为写书的人没有掉下悬崖的经验。王动苦涩地想到。

密林里静谧异常，水雾蒸腾，布满了未知的神秘气息。

那条该死的溪流在哪里？

王动估计自己已经在这片林间走了一个小时，但仍然困在其中，周围一人合抱粗的高大树木简直无边无际，没有豁然开朗的缺口，没有动物踩踏的小路。他时刻竖起耳朵，希望听到哗哗的溪流声。有几次他似乎听到了，但满怀希望奔过去时，才发现是风吹树叶的声音。

水是生命之源。这是谁说的？太对了。对于现在身处困境的王动，找到那条溪流就意味着生命。

地上，一只觅食的灰松鼠突然与他相遇，惊慌失措地跳上树枝高处，吱吱地叫了几声。

我要是只松鼠就好了。王动抬起头，羡慕地看着小生灵飞快跳跃，消失在枝叶之中，他同时看到了昏黄天空中出现的阴云。

该死，千万不要下雨。

虽然现在是夏季，但山区的气温本来就相对凉爽，大约只有 15 摄氏度。如果下雨，对于无物遮身的王动就是灾难。他明白，自己的身体虽然伤痕累累，疲惫异常，但勉强还能行动，一旦天完全黑透，再下雨的话，雨水会迅速带走体温，使他难以支撑一晚。

天黑前，一定要找到那条生命之源。

山洞

动物界里，所有的节肢动物都蜕皮壳，比如我们熟悉的虾蟹，比如所有的昆虫，昆虫一生中要蜕皮六七次。其实，哺乳动物甚至人类也有类似蜕皮的过程。只不过哺乳动物的蜕皮形式比较温和，是皮肤表层老化的皮屑自动脱落，有可能在你睡梦中不知不觉完成。

而蛇蜕皮最被人们印象深刻，因为它总是留下一张几乎完整的皮壳。

蛇蜕皮的原因很简单，因其原来的表皮已包覆不了日益增大的躯体，表皮便会老化成角质膜，在激素作用的控制下，以蜕皮的形式蜕下来。蛇蜕下来的皮叫“蛇蜕”，中医上称之为“龙衣”，是上好的纯天然动物药材。很多户外旅游者，都有无意发现蛇蜕的时候。

四娃和小玉与蛇为伴，更是见过成千上万的蛇蜕。

但这么巨大的蛇蜕，连最可怕的噩梦中都不曾见过。

手电的光照到了十几米处，才照到它的全部。昏黄的电筒光下，巨大的蛇蜕像一条巨龙一样，蜿蜒盘在漆黑的洞穴里，格外狰狞。

蛇蜕的头部在前方，紧贴着右边洞壁，蛇头部位破损得很厉害，但仍能看清扁圆硕大的头部轮廓——蛇总是借助石头、树枝等硬物帮助摩擦蜕皮，而且都是从头部开始。花白干燥的蛇衣足足有一米多宽，背部带有黑色的淡淡块斑，一直延展到尾部。

“……我们……快出去……”小玉牙齿打战。她浑身像瘫痪了一样，死死缩在四娃身旁。

“别怕，这不是才蜕的。它不在洞里。”四娃摇摇头。

这一点很好辨认，小玉其实也知道，是恐惧使得她丧失了思考能力。刚蜕的蛇蜕，柔软而潮湿，而这条蛇蜕却陈旧、干燥，明显是蜕了许久。而且，如果洞里有蟒蛇，洞口周围一定会有蛇粪的。蛇粪的味道，只要你闻过一次就永远难忘：极度腥臭。

“怪不得没有蚊子。”四娃喃喃自语。

野生蟒蛇的巢穴旁边绝少有蚊虫，其中原因，并不是民间常说的两种动物“相克”，比如公鸡和蜈蚣，比如蚊子和老鳖。完全是因为生活环境不同的缘故。蟒蛇性喜凉不喜热，它喜欢选择呆在阴凉潮湿的洞穴缝隙。而蚊虫恰恰相反，喜欢呆在温暖潮湿的角落。在 80 年代的对越自卫反击战中，广西老山前线是战争最胶着的地方，数以千计驻守“猫耳洞”的中国士兵都知道，选择洞穴时，如果碰到阴凉无比而且没有蚊子的洞穴，洞里百分百有蟒蛇。

“小玉，这是条什么蛇？”四娃忽然问。

“这不是蛇，是怪物……”小玉紧紧抓住四娃的胳膊，不敢再看蛇蜕。

小玉说得对，这确实不同于四娃见过的所有蟒蛇。四娃养过很多体型巨大的蟒蛇，基本是亚洲特有的缅甸蟒，他们现在最大的黄金蟒“大黄”也是条缅甸蟒。但这条蟒蛇显然不是。关键是，它太大了——头太大了，身子太大了。

这个世界上居然还有这么大的蟒！

四娃呆了一会儿，接着把手电光笔直地照向前方，这一次手没有颤抖：“小玉，你先出去，我去前面看看。”

“不，不，别去！我们出去吧，它这么大，会吃人的！”小玉带着哭腔，手指尖掐进四娃的胳膊。

“哎哟……没事，没事，我一会儿就回来。”四娃疼得咧了咧嘴，小声安慰道。他现在已经恢复了镇定，强烈的好奇心驱使他前去探寻个究竟。对一个经验老到的玩蛇人来说，这是天大的危险，也是天大的诱惑。

小玉松了指尖，但依然紧紧拉住他，咬牙道：“那……我和你一起去。”

四娃没再说话，牵着小玉的手，小心翼翼地顺着蛇蜕旁边的间隙往前走去。小玉拼命抓紧四娃，身体尽量靠近左边的洞壁一侧，她想离那可怕的东西越远越好。

“二十步。”走过蛇蜕头部后，四娃低声说，声音干巴巴的没有任何感情。

“什么？”

“我数了步子，这东西大约长二十米。”

小玉惊恐地低声哼了一下。蛇蜕的长度一般比蛇本身要更长些，但是就算十几米的长度，也绝对闻所未闻。

在黑暗中久了，他们的眼睛开始逐渐适应，能依稀分辨出周围的大致轮廓。洞穴很长，但几乎没有多少拐弯。四娃一边走，一边警惕地打量四周。洞壁看上去参差不平，湿漉漉的，手电光照上去带着闪烁的反光。

空气越来越潮湿，似乎有一股说不出来的气味，很陌生，四娃感觉裸露在外的手臂皮肤有一种痒痒麻麻的感觉。

约莫走了两百多米，他们什么都没遇到。

“什么声音?!”小玉停住脚步，拉紧四娃的胳膊。

四娃也听到了——

“滴——滴——”那是水滴的声音。

“没事，洞里滴水。”四娃安慰道。他进过不少花岗岩山洞，知道很多洞里都有钟乳石、滴水、小溪流之类。

滴水声越来越大，水珠不断地从他们的头顶滴落，打在脸上清冽无比，地面也越来越湿滑。

前方出现一个拐弯，四娃绕过去时突然踩滑了，打了个趔趄，幸好小玉及时拉住了他。四娃回头冲小玉一笑，却发现小玉的眼睛直勾勾地看着前方，眼珠瞪得老大。

四娃转过头。

一处巨大的开阔地赫然出现。

四娃的第一感觉是，这里就像他就读过的乡村中学的大操场。

没错，露天大操场。因为这片开阔地的顶部透出了光线。

两大块天然巨岩交错架在十几米高的顶部，巨岩间有两米多宽的空隙，上方的光线透过空隙照下来，使得整个开阔地阴一半，阳一半。开阔地的四周被巨大的石壁包围着，无数水滴顺着岩石的表层汩汩流淌，形成一股股细长的水柱，不断洗刷着岩石。岩石在流水中微微闪出碧绿的光，像神话故事里的水晶墙一样。

水柱流到地面后，形成十几股巴掌宽的溪泉，顺着倾斜不平的地面，流向低洼的南面。

他俩被这从未见过的奇景惊得目瞪口呆，半天，小玉松开一直紧紧抓住四娃的手，感叹道：“真漂亮啊！”

“太漂亮了！”四娃下意识接了一句。他和小玉的学习成绩一向糟糕，记忆库里找不到更多的形容词。但人类的书本上能有什么词汇形容大自然的鬼斧神工？

见南面光线很暗，四娃将手电光照过去。他照到了十几股溪泉的尽头，那里好像有一个黑黢黢的通道。

“咦，那边还有个洞。”四娃边说边走过去。他踮起脚尖绕过溪泉，走近后吃惊地发现，洞口不是一个，而是两个。其中之一是个水洞，溪泉在洞口汇聚成一大股激流，流进这个足有三米多高的大洞。另一个洞是旱洞，窄一些。四娃伸长脖子，打着手电往里照，突然，他闻到了一种熟悉的味道。

不！不！

四娃的脸部扭曲了，他使出全力狂喊一声：“快跑！”

他拼命跑向小玉，一把拉住她的手，疯狂地往来时的洞口跑去。

拐弯处，他的肩膀撞到了洞壁，手电筒“当啷”一声摔了出去，他没管，继续拉着小玉往黑暗里狂奔。

他的头脑一片空白，听不到小玉惊惶的喊声，也闻不到那股越来越浓的气味，他只知道：快跑，要快点跑出去！

前方出现了光亮，洞口快到了！

小玉的手突然滑落了，她摔了一跤，四娃想拉她，却找不到她的手在哪儿。

“四哥——”随着小玉声嘶力竭的一声惨叫，一股浓烈的腥臭突然袭来，一个比洞穴更黑暗的巨大黑影瞬间罩住了他们。

大瀑布

水的响声越来越大。

江大林久经锻炼的锐利眼光，已经看到两百米处，那条瀑布玉带一般亮闪闪挂在半空。

这次，江大林和“黑豹”几乎是同时感到了危险。

“黑豹”狂吠着跳跃过去，那叫声和先前一样，充满了恐惧和愤怒。江大林也失去了上一次的谨慎和冷静，以百米冲刺的速度跟着牧羊犬狂奔过去。

瀑布的激流从十多米高的岩石缝隙里泻出，强劲地溅落而下，汇成一块约 20 平方米的水潭，水流跌落冲击水潭的巨响在整个溪谷里回荡。犹如透明轻纱一样的水幕下，大片的旋涡在潭面奔涌回旋，水潭很深，黑沉沉看不到底。

潭左边蔓延的水洼里，那个草绿色挎包赫然醒目，一半在沙石上一半浸在水中，包口敞开着，里面空空荡荡。几米外，一大块黑色的防水布摊在水边的两块岩石中间，两瓶半满的矿泉水滚在沙地上，一支黑沉沉的猎枪斜靠在岩石边。

挎包和猎枪是老李的。

出事了。

一路的不安预感终于落到了实处，江大林反而镇定下来，警惕着走过去拿起那支有特别许可证的双管猎枪，拉开枪栓，枪膛里已经上了子弹。他端起枪，弯着腰像当年在军队实战演习一样警戒着四周，目光炯炯地来回察看，岸边的山林里、溪流里、岩石边——什么异常也没发现。

“老李——老李——小胡——”江大林突然扯起嗓子喊起来。

回应他的，只有震耳欲聋的瀑布声和“黑豹”的咆哮声。

周围没有人。

明明紧张地走近水潭，两手握成拳头，花容失色。她看到了“黑豹”和江大林的警戒不安，也看到那些没有主人的物品。

“江大哥，出什么事了吗？”隔着七八米，明明大声问道。

江大林听不清，朝她挥了挥手，示意她别走近。此刻，他已经放下猎枪，打开强光手电，蹲下身小心照着岩石四周和地面，一点一点地辨认什么。他的身上已被飞溅的水雾淋得半湿，但毫不在意，接着站起身绕着水洼来回巡视了一圈。这次他专门注意河岸上的每棵树，每块岩石，很显然，他希望找到什么。

空气中满是肉眼看不清的水沫，站在老远，明明的头发还是变得湿漉漉的，她垫着脚尖小心地踩着水面的石块走到干燥的空地，突然脚一歪，鞋子滑到了水里，她感到踩到了什么硬物，不是石头。她低头看了看，弯腰将那东西从水里捡了起来。

明明将它高高举起，大喊道：“江大哥，快看！”

那是一支湿淋淋的无线电对讲机。

江大林心一沉，他终于知道老是接不通老李的原因了。

“肯定有意外发生了，他们人全不见了。”江大林终于停止了搜索走过来，开口向尚懵懵懂懂的明明简单介绍了这里的地形和两个下属的情况，说话的时候他始终警惕地扫视四周。

“会不会他们等不及我们，就先进了林子，这些东西是他们忘带了？要不然，他们意外落水——”明明脱口而出，随即觉得不妥停住了。

江大林苦笑着摇摇头，这个姑娘什么也不懂。忘记带矿泉水是可能的，忘记带挎包、猎枪？落水也可能性不大，一个人不慎落水有可能，但两个有山区经验的人全部落水？何况，就算他们落入水潭顺流而下，他俩在路上肯定能看到。

最大的可能是：他们被袭击了。

江大林的脑海里，迅速勾勒出一幅场景：

40 分钟前，老李和小胡到达了瀑布下，他们打算在这里休息等待江大林的会合。老李将防水布铺在岩石上，取下挎包，顺手将猎枪靠在边上，点燃了香烟。小胡则放下背包，开始整理马上进入山林的工具，比如开山刀、攀援绳——小胡是攀岩行家，他的背包里时刻放有一整套专业攀援绳。这时，袭击者突然出现，瞬间将他们打倒拖走——侦察兵出身的老李甚至连拿枪的时间都没有。

这，可能吗？

但是，袭击者是谁？是人还是猛兽？为什么地上、岩石边没有打斗、翻滚的印迹？不管是遭遇歹徒还是猛兽，都应该有打斗的痕迹，有血迹才合乎情理。小胡的背包又哪里去了？

事情来得紧迫而蹊跷，透着强烈的不祥味道。江大林的脊背冒了一阵抑制不住的冷汗。他看到“黑豹”继续昂首对着瀑布，喉咙里发出声嘶力竭般的咆哮。瀑布有什么问题？看来，连训练有素的搜救犬也迷失了目标。

江大林掏出对讲机，他要寻求支援。

咔哒。接着是长时间的电流嗞嗞声。

没有信号。

江大林破口骂了一声，掏出手机，信号格同样显示为零。明明的手机也一样。

奇怪，似乎这个溪谷里，手机信号遭遇到了强烈的屏蔽，一点信号都没有。要知道，就算在海拔 3000 米的武陵山第一高峰梵净山，手机信号也是满格。

这下，麻烦大了！

江大林知道，只有原路返回。回到值班室，报警，集合手下并会合消防救援官兵来搜索。他告诉了明明。

他没有料到，明明的反应这么强烈。

明明的思维很简单，既然已经千辛万苦——对她而言，这一个多小时的溪谷之行算得上生平第一次艰苦长途，好不容易到了蝴蝶泉的源头，眼前就是通往盘龙岭谷底的珙桐林，怎么能就此打道回府？

“穿过这片林子就快到了，我们继续走啊，我们不救他，他就没救了啊！”明明冲着他哀求着，眼睛又现出泪光。

江大林完全理解这种反应，亲人、爱人间的不离不弃，换成是自己，也会选择继续。

但这不是一个明智的选择。

“不要冲动！一定要回去。我理解你的心情，但是现在出了新情况，一定要寻求援助。听我的话，我们先回去，会合到其他人再过来——”

“不，我不回去！”

“不行！一定要回去！我要为你的安全负责！”江大林火了，声音开始变粗，“继续走可能还会出事，你怎么不明白？我的两个部下莫名其妙失踪了，他们更危险！”还有一句话他不忍说：他们是因为搜救你的男朋友而出事的。

明明咬着嘴唇，一声不吭。

眼前这个生气的男人让她突然感到很陌生，是的，他说的都对，肯定出事了，要寻求援助，但是，王动怎么办？他孤身一人更需要援助——不，我不回去，哪怕一个人也要去找他！

见明明不吭声，江大林认为自己已经说服了她，气消了，伸手去接她的背包，声音变得柔和："走吧，包给我背，天不早了，我们抓紧时间。"

明明像受惊的小鹿一样躲开，然后飞快地跑过水洼，跑往瀑布边的珙桐林，嘴里喊着："我一个人去找！"

"站住！"江大林真急了，怒吼一声，"你这个妹伢子！怎么还不明白——你男朋友肯定死了！"

这句话的打击力足够大，远处姑娘的身影猛地停住，像被什么东西重重拽住一样晃了几下，然后她慢慢回头，凄婉的声音在瀑布的轰鸣中断断续续："那……我和他……一起……死。"

扑啦啦，明明拨开树枝，钻进了密密的珙桐林。

江大林呆住了。

一颗雨滴猝然落在他青筋凸起的脖子上，冰凉的。他要做个决断。

王动

雨滴落下时，王动正站在一条陡坡前，判了死刑一样绝望。

20 分钟前，他作了决定：背朝盘龙岭，认准一个方向直线走，这样起码还有机会。

他从大树的间隙间蹒跚行进。密林中并不是人们想象的布满荆棘藤蔓，没有插足之地，相反，参天大树间的空地足够宽敞，很少有其他绿色植物，只有低矮的蕨类植物和菌类，原因很简单——大树占据了有限的阳光，树下的绿色植物根本没出头的机会。树木越是高大，树下的植被越稀疏，只有黑沉沉的腐烂泥土。

他两次因为左脚剧痛栽倒在地，有一段岩石和树木交错的险峻地段，他是硬生生爬过去的，肚皮上又添了几道伤痕。

眼前这个大斜坡呈 45 度左右，横亘在他设定的直线前，斜坡上布满了碎石，还长了些稀稀拉拉的带刺灌木，大约有 30 米长。

不，我过不去。王动呆呆地看着陡坡。

如果不是眼下这个遭遇，在山间行走时，遇到这样的斜坡，是王动最开心的时候，他对自己走山路的技巧很有信心：下坡时保持身体的平衡最重要，要学会控制身体，利用一切可利用的树木石块，甚至是一株草。

要是和明明一起下这个斜坡，自己会多得意啊——

小姐，不要着急，先把鞋带重新系一遍，系紧点，到时候你的脚要使劲撑住地，你不想把鞋子丢掉，光着一只脚下去吧？

慢着，再整理下背包，把那个大水壶放最下面，不然你保持不了平衡，万一倒栽葱摔下去，很没有风度的！哈哈！

别忙，等我先下。学我这样倒退着走，两手尽量张开——放心，万一你滑下来，我可以一把接住你。有我在，一切尽在掌握！

王动的鼻子突然一酸，眼眶发热。

孤单地走在深山老林里这么长时间，他没有失去逃生的信心，没有失去求生的斗志，但一想到心爱的姑娘，他的心一下碎了。

明明这时在哪儿？她一定在哭吧。咦，我也哭了。这是眼泪吗？湿湿的。不对，这是雨滴！

最担心的事还是发生了。没有退路了。拼了。

王动拖动伤痕累累的身体，面朝斜坡，小心地将脚探了下去。

前二十几米，王动进展得意外顺利。但距离平地不远处还是出了事，他受伤的左脚没撑结实，在松散的碎石上猛然一滑，他打了个趔趄之后摔倒在地，接着就滚落下去。

他只来得及做一件事：抱住头脸。

停止滚动后，他软绵绵地躺在碎石中，但脸上、身上又多了一道道深深的伤口，双手鲜血淋漓沾满了泥浆，衣衫褴褛、伤痕累累，肩膀、肋骨、膝盖、脚踝灼痛不已。

雨滴不断地洒下。

王动四肢伸展平躺在地上，嘴里大口喘息着。随着冰冷的细雨不断洒落在脸上，他再也控制不住情绪，浑身颤抖，发出了轻声的啜泣。

雨越下越密。雨点像锋利的细针一样扎在裸露的肌肤上，生疼生疼的，王动几乎睁不开眼睛，迷迷糊糊地感到体温在逐渐丧失，身体开始麻木得失去知觉，甚至产生一种异样的舒适感。他感觉懒洋洋的，就像躺在家里软绵绵的沙发上。

我要死在这里吗？这样下去会死的。

内心最后一丝理智逼迫他做出行动。他艰难地爬起来，找寻可以避雨的地方。雨幕模糊了视线，他几乎看不出周围环境。

那边好像有一片崎岖的巨岩。王动摇摇晃晃地走了过去。

一走一滑了几十步，他看到那块底部悬空的巨岩，底下有很大的空隙，那里可以避雨。最后几米，他双膝支撑不住跪在地上，用尽最后的力气手脚并用爬到巨岩空隙里，头和身体进去了，但脚还露在雨里。他一使劲，又往里面爬了一步，突然上身一沉，翻下一个小斜坡，就在头部接触到冰冷地面的同时，他闭上眼睛，昏睡过去。

仙女泉

在武陵山自然保护区的另一端，两辆黑色的福特山地越野车并排停在雨中的泥泞草地上，不远处的树下是一辆半旧的白色野外多功能车，车的侧面板上用油漆刷着一行大字——“野外科学考察”。

詹姆斯·怀特半靠在一辆越野车的副驾驶座上，盯着中控面板上的电脑显示屏幕，屏幕上正在播放影影绰绰的画面。这是个 3G 车载无线视频监视系统，远端摄像师的摄像机画面通过数字信号，同时传输到车载屏幕上。

怀特是这个小型中美联合科考队的美方领队，他的头衔是美国《自然画报》杂志副主编，他们此行的科考目标是中国西南武陵山区的溪谷两栖动物种群。怀特在昨天的山路上崴了脚踝，不得不呆在车里。

这样也挺好的。瞥瞥车窗外飘落的雨丝，怀特心怀庆幸。

中国山区的天气和美国的不一样，这里白天艳阳高照，一到傍晚就开始下雨，非常有规律。而科考队不得不在傍晚行动，因为两栖动物活动最频繁的时间，就是傍晚 18:00 到第二天凌晨 02:00。此刻，除了怀特，其他人都下到了仙女泉的溪谷。

屏幕上，镜头在慢慢扫向远端，因为雨天的缘故，加了防护罩的镜头上还是不时有雨水溅落，清晰效果大打折扣。

一条长长的溪流出现了，雨点打到溪流中激起无数细小的水花，再远处则是武陵山的千山万壑，雾蒙蒙的看不清。

这就是仙女泉了。怀特面无表情地看着。

镜头推向近端，有两个人身披雨披在溪流边站着。镜头继续前推，放大。一个人开始蹲下身，卷起袖子，手里拿一个大号玻璃试管深深沉入溪水，盛了一管水。怀特认出，取水样的人是中方的队员何再复，30 岁不到的生物学博士，武陵市野生动植物保护所的研究员，一个身材瘦弱戴着高度近视眼镜的书呆子。旁边站着观看的那位头发斑白的是谢书成，60 多岁的老动物学家，中国科学院南方分院动物研究所副所长，中方的领队。

这时，一个身材高大的背影遮住了镜头，他戴着宽檐遮阳帽，那是菲尔·肖博纳，51 岁，美国芝加哥自然历史博物馆两栖爬行部主任，动物学博士。肖博纳打着手势，在笑着和人说话，他说话的对象是个姓赵的中国青年，保护区派来的司机兼向导。

他们在用中文交谈哲学吧。怀特嘴角露出一丝讥笑。肖博纳是闻名遐迩的动物学专家，却对东方文化特别感兴趣。在来华航班上的交谈中他时不时冒出庄子的妙语，让怀特茫然不知所云。

镜头再次推向溪流边，这次对准了一男一女。他们在交谈。男的四十来岁，是中方队员陈阿南，西南大学生物系副教授，两栖爬行动物专家。女的很年轻，身材娇小留着马尾辫，她叫彭三妹，是武陵市林业局科技处外事办的工作人员。

镜头继续缓缓移动，突然剧烈地一晃，看来是摄像师滑了一下。摄像师乔治·山姆，是《自然画报》杂志的王牌野外摄像师，身强力壮，有着多年野外工作经验。这次的中国西南山区之行，他将拍成一部完整的纪录片。

似乎有人喊了句什么，所有人都围拢过去。画面在迅速移动，显然山姆扛着摄像机在快步走着。接着，镜头扫向一处低洼的溪谷，这里乱石嶙峋，溪流在这里变得很狭窄很湍急。一个金发女人两脚支开踩着两块凸出水面的石头，俯下身在观察什么。那是米切尔，29岁的美国哥伦比亚大学生物系研究员，一个长着娃娃脸的性格活泼的标本专家。

镜头对准溪流推到最近，一动不动，显然摄像师拍到了什么，但是从显示屏上，怀特看不清。发现了什么？大概是某种石蛙。怀特觉得很无聊。反正那些该死的两栖动物都差不多。

除了哈姆森和盖尔，科考队的所有成员都出现过了。

哈姆森一定在上游摆弄他那些设备了，虽然这个德州人脑筋有时并不好使，但他从事这项专业已经十年了，首屈一指的行家。相比之下，盖尔几乎是个外行，只能背背包打打下手。

这已经是他们野外考察的第五天了，这个该死的地方溪流如此众多，是怀特没想到的。

但愿今天有进展。

陈阿南的眼睛没在观察溪流，而是盯着溪谷上方。

仙女泉是武陵山最负盛名的溪流之一，令其出名的，不是苗族传说中仙女沐浴的地方，而是一种中国原产的珍稀两栖动物——大鲵。

大鲵，民间称之为娃娃鱼，是生活在中国中南、西南山区溪流里的一种古老的两栖动物。武陵山是野生大鲵数量最多的地方，而仙女泉则是武陵山的大鲵之最，大约有五六十只。联合国教科文组织已经把这里列为濒危动物保护基地，中国林业局也把这里列为大鲵保护基地，每年下拨经费用于保护和科研，但另一方面，每年都有成千上万的中外游人慕名而来。

溪谷上的林木稀少了，被游人踩出了无数条野道。一些白色的东西缠在灌木上随风飘荡，那是塑料袋。

他们迟早会把这地方毁了。陈阿南忧郁地想到。

陈阿南是个书生气颇重的大学老师，今年42岁，瘦高的身材，长脸上生着一双黑而有神的眼睛。他的学生们，经常会在校园的竹林边见到这个貌不惊人的老师在独自散步，而了解他的人都知道，这个不喜欢抛头露面的生物系教授，其实是国内两栖爬行动物领域真正几个顶尖专家之一。早在十年前，他就著有《西南山区两栖爬行动物调查》《西南溪谷动物研究》等一批专业调查报告，在国内动物学界算得上颇有名气。

比起授课出书，陈阿南的兴趣更在于野外考察。每年春、夏、秋三季，他都会带学生穿行于西部的大山溪谷，研究环境，采集样本，是个学术界公认的野外考察派，同时也被一些同行在背后讥笑为“只会野采不懂理论”的“野教授”。不过他对这些都不在乎，而只关心他钟爱的大自然和动物——走在天高云轻的野外，他就会心情舒畅，有时甚至都会怀疑自己到底是喜欢野外考察，还是厌恶城市束缚。也许两者都有。

一声惊喜的喊声使陈阿南扭转了头，喊声发自米切尔之口。

陈阿南走过去，站到高大的肖博纳身边，往溪流望去。

“啊，我看到了！”说话的是彭三妹，她的大眼睛闪着喜悦的光。何再复弯着腰，不断推着眼镜，笨拙地张望着：“在哪儿？在哪儿？”

陈阿南一眼看到了，清澈的溪流里，果然有条长约三四十公分的大鲵，静静地贴在水底，它的躯体和溪流底部沙石的颜色几乎一样，若不是它粗大的尾巴偶尔轻摆一下，真的很难看出。

一条三个月大的大鲵幼体。

仙女泉是陈阿南熟之又熟的地方，对于这条溪流的大鲵种群、数量，都了如指掌。他之所以参加这次科考队，一方面是出自谢书成所长的隆重邀请——他是自己最尊敬的前辈之一，一方面是他有自己的小小目的。

他希望借助这次一个月的时间，寻找到另一种珍贵的两栖动物。

他们仍然在观察着那条大鲵，米切尔兴致勃勃地拿出相机拍照，彭三妹叽叽喳喳说个不停，红头发的山姆更是聚精会神地推近镜头拍摄着。

活像一群观光客。

陈阿南苦笑着摇摇头。经验告诉他，所谓中外联合科考，大多如此。目的既不明确，分工也不细致，走马观花，形式大于内容。

他独自冒雨往前走去，手里攥着根结实的紫竹杖。这是跟随他多年的宝贝，可以探路，遇见蛇虫的时候还可以充当武器——他称之为“赶蛇杖”。

细雨中，在空寂无人的溪谷独行片刻，他的心情重新好转，脑海里不由自主浮出几句宋词，他大声念了出来：“竹杖芒鞋轻胜马，谁怕？一蓑烟雨任平生。”

极目处，有两个微弱的人影，是哈姆森和盖尔。他俩总是背着一大堆仪器，远远地走在前面。谢所长介绍说这两人是搞技术的，所以看起来不太合群。

确实不合群，甚至有点神秘。陈阿南不无厌烦地想到。小个子盖尔还好一点，脸上总是堆着笑，大胡子哈姆森成天沉默寡言，每到一个溪流周围，总会摆弄他的那一套设备，是通过热成像仪之类的东西来寻找隐藏的两栖动物吧。

身后传来踢哒声响，是彭三妹追上来，笑嘻嘻地打了招呼：“陈老师，等等我。”

珙桐林

明明在密林里只走了几十步，就开始陷入恐惧。

这是一片国内罕见的珙桐林。珙桐树是种古老的濒于灭绝的树种，向有“活化石”之称，民间称之为鸽子树，因为其白色花瓣盛开时，就像成群的鸽子展翅欲飞。它的花期是3月到6月，这时树上的“鸽子”基本凋谢，地上的落花也开始腐烂。

因为下雨，天色变得更加昏暗，林子里的能见度很低。

林地的树叶杂草里有不少尖石，高一脚低一脚杠的明明脚趾生疼，一截突然冒出来的树枝扫着了脸，除了湿漉漉的水痕，还给她的脸蛋留下一道红红的印子。

密林中满是雨滴打在树叶上的啪啪声，明明的脖子里灌进了不少水珠，湿漉漉的头发耷拉下来，模糊了她的视线。她用手将黏在脑门的头发往两鬓捋去，狠狠揉了揉眼睛——路在哪里？我该往哪里走？

突然，一道明亮的光柱透过雨丝射在前方。

“啊！”明明吃了一惊，猛地回头，看到十米外江大林魁梧的身躯。

“江大哥！”明明惊喜地叫了一声，视线一下又模糊了，这次不是雨，而是感激的眼泪。

江大林跟来了。他只能做这个决断。

不是作为保卫处副处长的立场，而是作为一个男子汉的立场。

不错，事情很糟糕，肯定有暗藏的危险存在。但他不能任凭一个弱女子独自冒险，况且这个弱女子还是自己带来的。

“别乱闯！跟着我走。落大雨了，帽子戴起来！”江大林的气多少还是没消，对眼前这个任性的姑娘，他现在恼怒多于欣赏。

“好的。”明明脆脆地答应一声，将冲锋衣后的帽子罩在脑袋上，转而甜甜一笑，“江大哥，你真是个好人。”她是个乖巧的姑娘，知道这时候该收敛脾气，老老实实听话。

江大林将强光手电交给明明，自己举着开山刀在前开路。他有数，这片珙桐林距离前方的山脊并不长，走直线的话，大约只有几百米。

“咦，那只狗呢？”明明突然发现少了什么东西。

“我让黑豹自己回去了，带了信。她速度比我们快，回去后就会有人跟过来。”这是江大林急中生智的办法。他撕下笔记本里一页纸写了一个简短的求援信，折叠后用塑料袋包起来，系在“黑豹”的项圈上，指示它回值班室。“黑豹”很聪明，以前也做过类似的事情。

明明听了直点头，脑海里立刻闪现出很多电影中的类似镜头——忠犬报信，随后就是无数的救援人员，越野车、救护车、直升机……

不过，眼前只有一个男人挥动砍刀在吭哧吭哧地砍树枝。

明明在后面打着手电为江大林照亮，手电光不时掠过江大林宽阔的肩背，他斜挎着猎枪，身上是没有防雨功能的迷彩服，虽然有长长的背包遮护，还是丝毫没用，雨水将衣服湿漉漉地紧贴在身上。这个一言不发的壮实男人，突然让明明想起了父亲。她的父亲是中学数学老师，比江大林文弱得多，但那种给予她的信赖感是一样的。

像山。

王动给她的感觉不一样，他没有那么厚重，他像一棵挺拔的树，一棵风吹过来会哗啦啦响的树。自己是藤吗？生死与共缠绕着树的那种？

“到了。”江大林喘着粗气，用刀砍向最后一棵树的茂密枝杈，珙桐林到此为止，山脊光秃秃的岩石触手可及。他先解开背包和猎枪，举起来使劲将它们放上去，接着借助一块凸起的石块，攀上身体，最后伸手将明明拉了上来。

这座裸露的山脊位于大瀑布的斜上方，由千万年来不断风化侵蚀的黑色沉积页岩堆积而成，山脊之上就是盘龙岭巍峨的山体。

江大林费力地爬到一处高耸的岩石上，左手搭着凉棚，右手用望远镜确认着方向。

没错，顺着山脊再往北走大约三四公里，就是王动落崖的位置。如果幸运，他们只需再走最多半个小时，就能找到王动。或者是尸体。

江大林回头看了看明明，她正坐在湿漉漉的地上喘息，脸色被冷雨淋得青一块白一块，还有一道红通通的血印。不容易，这姑娘。

“江大哥，你带雨披了吗？给雨淋着会感冒。”明明关心地问。

感冒？今天发生这么多乱七八糟的事情，感冒是最安全的一个。江大林心中苦笑，嘴上却回答：“带了。”

“在包里吗？我给你找出来。”明明说着蹲下身，江大林的背包在她脚旁。

“外面夹层里。”

“好的。”

明明拿雨披的当口，江大林再次尝试拨打对讲机和手机，还是无信号。

该死的落后对讲机！卫星电话申请始终批不下来——比起人命，哪个更值钱？江大林怒火中烧，唯一值得稍稍安慰的是，刚才过去了半个小时，“黑豹”应该已经快到值班室了，顺利的话，正好和消防支队派出的救援队会合。

“走吧，天黑前正好能赶到山脚。”江大林披上明明递过来的薄塑料雨披，紧绷的肌肉松弛了许多。比起身体，心里温暖的感受更明显，他点头示意感谢，随即叮嘱明明，“落雨天石头滑，注意别崴了脚。”

“知道了，江大哥。”

陈阿南

“陈老师，娃娃鱼是最大的两栖动物吗？”彭三妹喊他老师，并不是纯粹的客套称呼，他确实算是她的老师。彭三妹就是毕业于西南大学，虽然学的专业是英语系，但她早就听说过生物系这个知名的“野教授”。

毕业后，彭三妹因担任学生会干部期间表现优异被市组织部选调，安排到林业局科技处外事办，成为一个捧铁饭碗的公务员。这次的中美科考活动，林业局领导很重视，特意指派她作为陪同兼翻译。

“是的。最大的个体能长到接近两米。”

彭三妹吃惊地“哦”了一声：“两米，那多可怕啊。”

“放心，再大的大鲵也不会攻击人，它们只吃其他小型动物，比如昆虫、鸟、鱼，还有蛇。”

“蛇也敢吃？我看电视上动物世界，大蟒蛇能长到七八米，比娃娃鱼大多了！”

“当然，大蟒蛇它们吃不了。”陈阿南笑了笑。这样幼稚的对话让他想起自己八岁大的女儿，眼前这个彭三妹，却是个大学毕业生。话说回来，对于大多数城市人来说，对蛇、娃娃鱼这些动物知识都是停留在八岁吧。

“武陵山最大的蟒蛇有多大？”

“看什么时期了，”陈阿南的兴趣上来了，仿佛回到了课堂，“从现有的记录来看，1976 年有农民抓到一条 6 米多长、70 公斤的缅甸蟒，要是从古代看，就没有记录了——不过，我认为最大的蟒蛇应该在 10 米以上。”

“有这么大？”彭三妹的大眼睛瞪得滚圆。

“中国古代西南地区有个民族，叫巴族，你一定知道吧。”

“我知道。有种说法，说我们土家族人就是巴人的后裔。”

“是的——哦，我倒忘了你就是土家族。”陈阿南点点头，边走边继续说，“我相信，古代巴人和土家族很有渊源，我去过不少土家族寨子，现在的村民崇拜白虎，家家神龛上摆着白虎的木雕。但在古代，巴人崇拜的并不是白虎。我有一个同事是专门研究少数民族图腾物，他跑了很多地方，写过几本专著，考证出土家族的早期图腾，是蛇，而且是一种长着巨大脑袋的蟒蛇。”

彭三妹听得很入神。关于自己民族的历史，她了解甚少。这不是她的错，在 KTV、肯德基、星巴克占据中国无数个大中小城市繁华区的今天，让一个英语说得比普通话还流利的土家族后裔，熟悉他们祖先刀耕火种时期的图腾物，确实有点困难。

“《说文》中，巴的解释就是蛇。《山海经》你看过吗，上面记载有这么一句：‘巴蛇食象，三岁而易其骨’——就是说巴蛇吞了一头大象，三年后才吐出骨头。晋人郭璞在注释中说，食象的巴蛇就是蟒蛇。当然，现代的学术界都认为吞象是夸大之词，但我认为，远古时期武陵山一带完全可能有巨型蟒蛇的存在。”

“陈老师，蛇在地球上的历史有多久？比人类早吗？”

“比人类早多了！”陈阿南被这个门外汉的问题逗笑了，“最早的蛇类化石发现在白垩纪初期的地层里，距今大约有一亿三千万年。但实际上，蛇的出现比这还要早些。在距今一亿五千万年前的侏罗纪，大概就有蛇了。”

“侏罗纪？”彭三妹想起了好莱坞那部著名的电影，吃惊道，“那岂不是和恐龙一个时代？”

“是的，蛇是我们这个星球上最古老的动物之一，所以人类的祖先免不了把它作为图腾。不仅是少数民族，汉族也如此，长江流域的伏羲部落 11 个氏族，大多数都是以蛇做图腾，还有传说中的女娲也是蛇身人面——国外也一样，非洲的土著直到现在，在匕首和盾牌上还画着蛇的图案，相信它有特殊的魔力，就连《圣经》里，最早和亚当夏娃一起出现的动物也是蛇。”

“说了半天蛇，其实我最害怕蛇了！”彭三妹吁了口气，她刚才不经意间上了一堂蛇类知识的科普课。她看着陈阿南，担心地问，“你说的那种巨蟒早已绝种了，对吗？”

“超级巨蟒已经丧失了可以生存的地球环境，不过——”陈阿南轻轻摇摇头，此刻他的思维完全进入了学术状态，“以往，确切地说是 2002 年之前，学术界普遍公认，史上最大的蛇类，名为塞雷洪泰坦蟒，那是一种生活在 6000 万年前的蛇类，体长 13 米，重量超过 1000 公斤，它们的猎物包括巨鳄等大型动物。但是 2002 年，印尼的婆罗洲村民们活捉到了一条巨蟒，是东南亚特有的网纹蟒，居然长达 14.85 米！这一下，打碎了所有爬行动物学家的眼镜。”

彭三妹想象着 14.85 米的长度，下意识地捂住了嘴，耳朵却听到陈阿南继续说：“……理论上，只要有合适的生存环境，比如人类不再砍伐树木，不再滥捕野生动物，婆罗洲巨蟒的长度还有可能被超越。”

“哎呀，说得人毛骨悚然。”彭三妹放慢了脚步，胆怯地看看周围，天色更加昏暗，雨下得更密了，“我们这里，不会有巨蛇出现吧……”

“别担心，这里不会的。”陈阿南笑了笑，心里却在想：科学的态度应该是：并不排除这种可能。

昏暗的天空中，突然闪出一道耀眼的电光，把仙女泉瞬间照得雪亮。

“这鬼天气！”陈阿南脱口而出，皱起了眉头。

寻踪

第一道闪电闪过时，江大林和明明已经顺着山脊走了一千多米。

“不好，要打雷了！”江大林熟知武陵山的夏季雷雨气候，有闪电就有雷，有第一声雷就有无数声雷，他们此刻浑身都是雨水，在光秃秃没有遮挡的山脊行走，很容易被雷电击中。

明明打了个寒噤，突然感到头颈处痒痒的，似乎有蚂蚁在爬，接着江大林毫无预告地猛扑过来。明明带着压抑的惊叫，一下被江大林沉重的身体压倒在地。

“轰隆隆！”一声炸雷擦着他们的身体击落，震得山脊似乎都在颤抖。

好险！江大林迅速爬起，拉起地上发蒙的明明，焦急地喊道：“要找地方躲起来！”

明明总算明白了江大林的那一扑，其实是救了她。她不顾胳膊和膝盖的疼痛，指着前面对江大林大喊：“那里有棵大树！”

“不能躲那儿，会被雷击的。”江大林瞟了一眼，简洁地否定了，他左右环顾，想找到一个妥当的避雷处，但在昏暗的天色中目光所至，只是密密麻麻的雨幕。

又一道耀眼的闪电划过半空。

江大林突然发现亮光里，一个小小的黑影飞快地从左边树林掠过，往上方的山脊跳去。

什么东西？江大林心里一紧，下意识地抓住了猎枪的枪带。

“是个猴子！”明明看得很清楚，在盘龙岭上山途中，她和王动已经见过好几只野生猕猴。

“哦，对了。”江大林松了口气，确实是猴子。武陵山野生猕猴众多，看来自己有点草木皆兵了。

“可怜的小猴子。”明明小声嘀咕道，说话间又有几声炸雷在附近震响，不远处传来树枝断裂的可怕声音。

明明不经意的怜悯一下提醒了江大林——猴子知道哪里能躲雨！他冲明明喊道：“快，我们跟着猴子跑！”

果然，顺着猴子掠过的路线跑过去没多远，他们看到一处底部凹进去的高大岩壁，加上岩壁上方的岩松遮住了雨水，形成一个天然遮雨所。他们迅速冲了进去。

那只猴子就蹲在岩壁距离他们十来米高的一块凸起的石头上，深棕色的皮毛被淋得半湿，见到他们靠近，猴子龇了龇牙，吱呀叫了两声，但没有逃走。

一下从雷电交加的雨幕进了安全地带，江大林和明明都心里一松，开始抖落身上的雨水。按照江大林的吩咐，明明摘下了脖子上的白金项链——在雷雨天，一切金属的项链、发卡都可能引来雷击。

“别靠在石壁上，会导电。”江大林一边叮嘱明明，一边看着外面此起彼伏的闪电，心里发愁：雷雨很难停下，眼看天色已近黄昏，这样下去，搜救将更加困难。

吧嗒。头顶上落下个小石子，是猴子蹭下的。

江大林抬头看了看，移开了一点位置，忽然猛地再次抬头，眼睛直盯着猴子，一边轻声招呼明明：“看看，猴爪子里有什么东西？”

“什么？”明明抬头张望，但在她的位置上，只能看到那猴子半个通红的屁股。

江大林不再说话，他轻轻端起猎枪，拉开保险栓，移动两步，将枪架在一处石壁的缺口上对准猴子，眯起左眼慢慢地瞄着。

他根本无需这么谨慎，武陵山自然保护区是禁猎区，这一带的野生猕猴丝毫不怕人，它们虽然不敢像峨眉山猴子那样拦路公然向游客讨要食物，但和人类隔着十来米，丝毫不认为会有什么威胁。

明明僵硬着身体，她不明白江大林为什么要开枪打猴子，但她没敢说话，只是不安地看着。

江大林把准星瞄准猴子肩膀上方的石壁，屏住呼吸，手指搭上扳机——在部队里，他的枪法是团里最出色的之一。这支老式双筒猎枪的精度不算高，但区区十米的距离，他不可能失手。这支枪他用过很多次，亲手击毙过不下五只糟蹋苗寨庄稼的野猪。

砰！子弹准确地击中距离猴子几公分的石壁，溅起的石屑反弹到猴子背后。猴子惊慌失措地吱吱大叫，丢下爪子上的东西，跳起身飞快地消失在石壁外的岩松里。

巨大的枪声几乎从耳边响起，把明明吓了一跳，下意识"啊"了一声，捂住耳朵。除了大一时的军训，她这辈子很少见到真枪，更别说目睹真枪发射了。直到她看到江大林放下枪，蹲下身捡起什么，她才勉强止住狂跳的心脏，瞅了一眼江大林捡起的东西——

她一眼认出了那是什么。

"手表！这是他的手表！"明明瞪大双眼，大喊道。

江大林毫无表情把手表翻来覆去地看了半天，才递给明明。手表的表壳、机芯已经破损不堪，完全失去作用。明明摸到这只熟悉的手表，泪水一下模糊了视线。这只带指南针的登山表，是她买给王动的。

"这是我送给他的……生日礼物……呜呜……"明明泣不成声。

"呵呵，别哭，"江大林却咧开嘴笑起来，这是他中午以来的第一次微笑，“你男朋友还活着。”

江大林说得并不大声，但对于明明，却不啻于在她耳边又开了一枪。

“什么？啊！你说他还活着？！”

“是啊，他活着。”江大林重复了一遍，指着手表，“你看出来吗，手表虽然表壳摔坏了，但是表带一点没受损。”

明明还是激动得有点糊涂，结结巴巴的重复一遍：“表带……”

“这是你男朋友的手表，被猴子捡到了，对吧——但是猴子为什么能捡到？”江大林微笑着解释道，“因为手表芯子摔坏了，已经没用了，所以你男朋友就解下它扔掉了。这种表带是用扣子的，猴子可不会解。”

“对啊！猴子可不会解！是他解开的！他还活着！”明明嚷起来，激动得无以复加，一下扑到江大林肩头，紧紧抓住他的衣服，哭得稀里哗啦。

几个小时积压的惊慌、恐惧、不安、委屈、压抑，一下释放了出来。

江大林站直身体，轻轻拍着姑娘的后背，心里同样洋溢起一股喜悦。

这个下午太难熬了。不过，看来世上真有奇迹。

明明慢慢停止了哭泣，她有点不好意思地离开江大林，掏出纸巾擦拭起眼泪和鼻涕，笑容抑制不住地绽放。

“你看，前面那片林子就是盘龙岭的下方，猴子刚才从那出来的，肯定就是你男朋友掉下山的地方，大范围肯定没错。”江大林用手指点着方位。

正巧，一道闪电照亮了那片巨大的树林。

“我们快去吧！他一定受伤了！”明明迫不及待，此刻的她感觉身体充满了力量。外面的电闪雷鸣，似乎也不那么可怕了。

“好，我们等这阵雷打过就去。”江大林权衡了一下危险程度，决定冒着雷电过去。虽然肯定王动掉下来时还活着，但几个小时过去了，难保遇上什么危险，别的不说，如果腿摔骨折了，动都动不了，在这样的恶劣天气下就是等死。以前在部队拉练时，他亲身经历过一次重大事故：一个外号“小安徽”的战友不小心掉下陡坡摔成重伤，当时无人发现，整整半天后才被救出，因为耽误了治疗，后来半身残废。江大林当时是第一批下到坡底救援的，他永远难忘当时“小安徽”躺在血水和泥泞中的惨状。

他们冒着雷雨走进那片树林，明明一进林子就大声呼喊王动的名字。江大林也打开强光手电的爆闪模式四处乱晃，希望能引起王动的注意——如果他还在这片林子的话。

20 分钟后，他们终于发现了那块洼地。地上有王动遗弃的杂物：一张被雨水淋得稀烂的纸巾，还有个喝空了的啤酒罐——看来，猴子只对亮晶晶的手表感兴趣。

看来还不算太糟糕，他至少还有心思喝罐啤酒。江大林松了一口气。

明明却没有好心情。她的嗓子喊哑了也没有他应声，脸上失望之极。很显然，王动早已离开这里了。

“就是从这里滚下来的，看来他落在什么松软的东西上——”江大林一边仰头看着高大险峻的盘龙岭，一边不胜感慨。直到现在，他还是不敢相信，血肉之躯的人从这么高的地方摔下来，居然还能活着。

最起码，得要落在十个海绵垫上吧。

“江大哥，他会往哪儿走呢？”明明开始紧张起来，就算王动还活着，但是这么复杂的环境，又下雨打雷，他一个人多危险。

江大林用手电仔细察看地面和周围，雨水把痕迹冲得干干净净，根本无法辨认王动的方位。半天，江大林抬起身子，抹了一把脸上的雨水，问道："你说他有野外经验？"

"他和朋友去过西藏、青海，还徒步去过皖南、大别山……"明明今天总算真正见识到了什么叫野外，什么叫生存，所以对这个问题答得有点犹豫。我看他也强不到哪里去。

"那他一定有山区常识。往山外走的话，我们有句老话叫'走石不走林'——石头连着山，不容易迷路，他应该是穿过这片林子，从左边山脊走的，正好和我们错过了。从山脊一直走，可以走到大瀑布的西面。"江大林对明明大声说，"我们也从这边走，追上他。"

明明答应一声，跟在江大林身后深一脚浅一脚，忍不住扭头看了看另一边的林子，问："那边通到什么地方？"

"不知道，"江大林边找路边回答，"那一边树林全是原始老林，无边无际，从来就没人去过。"

蛇穴

霹雳般的雷声惊醒了王动。他已经熟睡了一个小时。

王动迷迷糊糊地躺在冰冷的地上，浑身难受，他身上无数的伤口经过雨水的淋湿浸泡，变得又疼又酸，左腿更是肿胀疼痛，动一下都艰难。外面的雷声虽然震耳欲聋，但是他宁愿继续睡下去。

一个滑溜溜的东西忽然滑过他的嘴边，冷冰冰的，带着一股似曾相识的腥臭味。

王动一惊，猛地睁开眼睛。

一条蛇的黑色躯体正在缓缓爬过他的脸，距离他的眼睛只有两公分，以至于他能清晰地看见细密的鳞片。他随即惊恐地感觉到，还有好几条蛇正盘在他的身上——手臂，肩膀，大腿，裆下。

肾上腺素的剧烈分泌使王动的脸部由于充血而涨得通红，但他一动不敢动，甚至连眼睛都不敢眨一下。

他认出那是条五步蛇。

那条蛇终于爬过了他的脸，随后觉得他脖子后的位置不错，于是盘成一团不再游动，冰凉的躯体紧贴着王动的肌肤。

王动头部僵硬着，眼珠微微转动扫视四周，然后他看到了一幕让人魂飞魄散的诡异景象：

这个底部悬空的巨岩内部，形成了一个空阔狭长的天然空间，无数条五步蛇缠绕在一起。蛇挤着蛇，蛇压着蛇，堆成了几个巨大的球体，蠕动的球。

蛇球。

代表危险的三角形头，扭曲的躯体，腥臭的气息，暗红的蛇信发出嘶嘶的低响。这一切让王动觉得恐惧而恶心。

人类为什么厌恶蛇？

蛇浑身冰凉，眼睛残忍，外表丑陋，气味难闻，它们出没在阴暗污浊的角落，它们没有脚，它们在地上爬，它们有毒牙，它们会暴起伤人——正是这一副处处违反人类审美学的丑陋外表和习性，蛇几乎是地球上最容易激起人类反感的动物。

王动的大脑被无尽的恐惧刺激得亢奋起来，他想起了最近在生物学杂志上看过的一篇文章，文章的作者是加州大学的人类学家琳恩·伊斯贝尔。她通过长年研究猴子意识到，对蛇的恐惧在灵长目动物进化史上根深蒂固。她在文章中称，蛇是已知捕食灵长目动物的最古老食肉动物，为了应对危险，灵长目动物的视神经比其他哺乳动物要发达，比如人类能分辨颜色，拥有出色的三维视觉。人的视网膜上有一个凹处，能捕捉到细小的物体移动，比如灌木丛里的蛇。

她做了个新颖的推断：人类的视力发展源自对蛇的恐惧。

她说得太对了。我看得越清楚，就越恐惧。

王动估计这个蛇穴里起码有一千条蛇。

蛇为什么不攻击我，按说，我只是堆毫无反抗的肉……这是个令人沮丧的结论，但事实如此。也许它们看不到我？

不对。王动学到的知识跳出来反驳：蛇虽然视力很差，但它们的眼睛和鼻子之间有个叫作颊窝器的小凹坑，能够像雷达一样感知红外线和一切热源物体，即使在黑暗中，蛇也能清晰并确立发现其他动物的位置。肯定有什么地方出错了，它们居然没有注意到我。王动的心脏怦怦乱跳，此刻的心情就像一个被处决的犯人突然发现枪响后自己居然还活着一样，既充满侥幸又惶惶不安何时等来第二枪。

我该做些什么！但脖子边的冰凉感觉让他苦恼地意识到——他什么都做不了。

蛇球令人恶心地不断蠕动，“球”的最上方不断有蛇被挤落，但随即再次游上去，球体越来越庞大，直径达到了三四米多，看上去，所有的蛇都争先恐后往里钻，好像“球”的中央有巨大的吸引力——

王动突然恍然大悟——蛇在交配。

自然界里，雌蛇的体型较大但数量较少，它们是最受欢迎的公主，交配季节里，一条雌蛇身边会聚集许多条急不可待的雄蛇。为了将自己的精子成功注入雌蛇的泄殖腔孔里，它们争着爬到雌蛇的身上，和对手打斗——看似缠绕搂抱的亲热举动，其实是雄蛇间激烈的打斗。值得一提的是，雄蛇争夺交配权时，绝不使用毒牙，这一点上，尽管蛇类是低等的爬行动物，却比许多哺乳动物表现得更加君子。而哺乳动物到了发情期，争夺配偶时的打斗，就是生命互搏，猛兽中的狮子、虎、豹用牙咬用爪抓，就连看似温顺的食草动物也一样，野牛、鹿、羚羊用角顶，野兔用脚踢，唯恐对手不死。作为哺乳动物最高等的人类，更别提了，对情敌无所不用其极。

但是，蛇不是在春天交配吗？王动努力回想爬行动物的知识，思绪变得混乱。

一条体形庞大的雌蛇大约是不堪重负，从众多求爱者的重压下艰难钻出，不过，只有几秒钟，她就被周围更多游荡的单身汉包围。王动惊喜地发现身体的压力减轻了：盘在自己身上的几条蛇也匆匆游走，加入了竞争队伍。最后，脖子边的那条蛇也离开了。

趁现在快逃，出口就在几米处！王动大大出了口气，悄悄活动了下麻木的手脚，鼓起力气，飞快爬上斜坡，钻出岩洞缝隙。头和肩膀顺利钻出来了，但是腰部被什么东西卡住了。

他的包装袋勾住了石缝锐利的边缘。

他感觉到有蛇游到他的小腿上。

妈的！王动绝望地大叫起来，狠命地朝后踢了两脚，使出全身力气往外一挣，袋子断了。他钻出身子，拼命跑进了雨幕中。

王动跑得一瘸一拐，他不敢回头看，其实，没有一条蛇追他。

他慌不择路地跑进远处一片稀疏的树林。他只知道离开蛇窝越远越安全。雨水瞬间将他淋成了落汤鸡，鞋里全是积水，每迈一步都沉重无比。

天色很昏暗，雨中他看不清方向，也看不清路，只是努力而机械地跑着。突然，他一头撞上一棵树，头部嗡嗡作响。

一道闪电照亮了树林，王动眼前一亮，就这一瞬间他依稀看到，树林不远处有一间屋子。

王动无暇多做思考，踉踉跄跄跑过去。

直到相隔三四米距离，他才惊喜地看清：确实是间简陋的小木屋。

木屋的门虚掩着，说是门，其实是几截粗大的树干绑在一起。王动猛地撞开门，里面很狭窄，空空荡荡，只有一堆干草之类的东西堆在地上，大约有什么动物在里面呆过，有股腐烂而发霉的味道。但屋里还算干燥，居然不漏雨。

深山老林里怎么会有一个木屋？王动超出体能极限的身体却不容他再做思考，一头倒在干草上，疲倦击垮了他。他再次沉睡过去。

避雨

陈阿南带着彭三妹快步离开溪流，爬上溪谷边上密密麻麻的树丛中。

“先避避，在溪谷里遇到雷电很危险。别站在水洼里。”陈阿南一边提醒彭三妹，一边打量四周，“这里地势高了，已经到仙女泉中游——”

轰鸣的雷声打断了他的话，两人不再交谈，缩在宽阔的枝叶下，各自扣紧雨披挡住飞溅的雨水打湿身体。

十几分钟后，雷声终于变得稀疏，暴雨却丝毫没有减弱的迹象。从两人的眼睛看去，近处的溪谷和远处的群山就像被一张千万条银线织就的大网罩住，天地间再无别的生气，只有唰唰不断的雨声。

见树丛里光线昏暗，彭三妹从背包里取出头灯戴上，无聊地不断按动灯罩上方的按钮，近光，远光。突然她停止按动，指着灯光照射处的一个泥坑，大声说：“陈老师，那里有只小癞蛤蟆！”

癞蛤蟆？陈阿南疑惑地转头看去。海拔这么高的溪流里，从来没有癞蛤蟆。然后他在头灯光下看到了那只小小的动物。

头部扁平，躯体肥胖，浑身灰黑色，大约六七公分长，静静地伏在泥坑里享受雨水的洗礼。

不，它不是癞蛤蟆！

陈阿南激动地涨红了脸，走近几步，小心翼翼地蹲下来，借助彭三妹的头灯光线仔细分辨。没错，和资料照片上一模一样：它的上颌边缘有几枚黑色的角质刺。

这是一只雄性髭蟾。

“陈老师，这是什么？”

“太好了，太好了！这就是髭蟾，又叫角怪，胡子蛙，你看它的上颌，1、2、3……一共8根短刺，像不像胡子，哈哈。”陈阿南半跪在地上，雨披帽子松了，雨水瞬间从他敞开的头脖处灌入，但他丝毫没有觉察，满是雨水的脸上洋溢着说不出的兴奋。

“它很珍贵吗？”

“是的，非常珍贵——比大鲵还要珍贵！它是中国特有的濒危两栖动物，以前只在四川峨眉山的溪流发现过。我猜想，同样海拔和地理环境的武陵山应该也有，整整找了两年了，今天终于找到了！哈哈！多亏了你！”

彭三妹看到陈老师激动得像个孩子，情绪也跟着兴奋起来，尽管她并不真正懂得这个灰不溜秋的小蛤蟆有多么珍贵。

“我们抓住它吗？我有塑料袋。”

“嗯，我们抓住它，不能用塑料袋。”陈阿南开始手忙脚乱地解开雨披，从包里找工具。

“抓回去解剖用吗？”彭三妹忽然想起中学生物课上的解剖蟾蜍。

“不！不！只要测量它的自然数据，拍照，然后放生。”陈阿南连连摇头，他已经找出了工具：一个铜丝编成的小巧的捕捉罩，一个广口的半透明玻璃瓶。他把玻璃瓶递给彭三妹，自己握住捕捉罩。

彭三妹把头灯调到最亮，照准髭蟾。陈阿南屏住呼吸，对准它轻轻罩去。

髭蟾跳了出去。

陈阿南笨拙地再次一罩，还是差了一点。

髭蟾滚圆的眼珠瞪着，肚皮微微起伏，却没有再跳。

髭蟾和所有的蟾蜍同类一样，躲避天敌依靠的不是像青蛙那样有力的长腿跳跃，而是和周围环境融为一体的保护色，总的来说，它的行动极为迟缓。

陈阿南明白，两次失手是因为自己太过爱惜了，他不敢使劲，怕罩子的边缘压伤这只珍贵的动物。他丢下罩子，索性用双手合拢，慢慢靠近。

合在手里了，但是髭蟾奋力挣扎，黏滑的身躯一下挣脱开，掉在地上，连爬几下，钻进了前方几米外低矮的蕨丛中。武陵山海拔 400 米以上的溪谷、河沟周围遍布着这种叶片如羽毛般的蕨类植物，称为武陵山耳蕨。

彭三妹一声惊呼，陈阿南也是心里一紧，手忙脚乱地拨开蕨丛，却毫不费事地再次找到它——它蹲在一块黑色防雨布上，防雨布鼓鼓囊囊的，显然下面盖着什么东西。

陈阿南无暇分神，他的注意力全在髭蟾上，慢慢弯下腰。这一次他抓的力度恰到好处，髭蟾在他手心里无法挣扎。

“抓到啦！”彭三妹高兴地将玻璃瓶递过来，髭蟾被装了进去。陈阿南拧上透气的网丝盖，长舒了一口气，抹去脸上的雨水。

他这才想起那块突然出现的防雨布，他掀开防雨布，看到一个形状古怪的仪器。愣了下，抓在手里。

铝制外壳，有一个细长的探测头，液晶显示屏开着，上面有一排英文字母和数字显示，显示屏下方是两排按键，另一头是手柄。整个形状看起来就像一个电吹风。

这肯定是一个便携式手持仪器，有点像红外热成像仪。陈阿南想着，随手将仪器转动了一下方位，显示屏的数字开始闪烁变动——不对，这不是热成像仪。陈阿南在学校里用过国产的手持热成像仪，热成像仪的工作原理是利用物体的温度差，把热量源变成可见光，显示在屏幕上，这使得它广泛用于野生动物的追踪上。但这个仪器不像那么回事，而是类似某种数字测量仪。

这可能是哈姆森带的。他人在哪里？

仪器上没有品牌，只有显示屏上方有一行小小的英文文字。他有点犹豫。

“那是什么？电吹风？”彭三妹伸头过来。

“不是。你来看看，这行英文。”陈阿南知道彭三妹是英语高材生，他自己则是口语还不错，但书面语一般。

两人对着“电吹风”开始研究，但对于这种专业仪器的词汇量都少得可怜。到头来，他们只确定一个单词。

放射性。

这是一个测量放射性的地质仪器。

因为热衷野外考察的关系，陈阿南在野外遇见过几次矿物勘探队。他见过一些辐射仪，专门测量矿石放射性含量的物探仪器，只是形状不大一样而已。

他们为什么要带这个找矿的专业仪器？

回想起哈姆森和盖尔几天以来，每到一处都携带仪器，远远地避开队伍，陈阿南心头的疑团越来越大。

“喂！”一个不那么友好的声音传来。

哈姆森臃肿的身躯印入眼中，他四十五六岁年纪，留着大胡子，脸上带着长年户外工作的沧桑痕迹，他本身并不胖，但穿着件带雨帽的肥大雨衣，背上鼓起一块——那是另一种四四方方的带天线背携式仪器，在黄昏的雨天整个形象像只大狗熊。看到两个中国人拿着他的仪器，他的表情明显变得不高兴。

哈姆森有点粗暴地从陈阿南手中夺过仪器，嘴里低声说了几句什么。

彭三妹对着他耸了耸肩膀，扭头对陈阿南一笑："他责怪我们乱动他的东西。"

陈阿南看着哈姆森，用英语问道："这是什么仪器？"

哈姆森一愣，随后言辞模糊地回答了一大段话，大意是这是探测溪流地质用的仪器，用于保护青蛙的生态环境。

保护青蛙？胡扯。他在撒谎。

如果说看到一个测量放射性的仪器只能让陈阿南怀疑的话，现在哈姆森公然当面撒谎则证实了他肯定另有所图。

他不是来考察两栖动物的。陈阿南盯住哈姆森的眼睛，没有说话。

哈姆森急急忙忙走开了。

陈阿南盯着他的影子逐渐消失，疑惑不定。他决定等谢所长上来时，这事要告诉他。

"这么小，它是幼体吗？"彭三妹没有想那么多，好奇地盯着玻璃瓶里的髭蟾。

陈阿南的心思被拉了回来，今天亲手捕捉到髭蟾，终于证明了武陵山也有这种珍稀动物，让他大有一偿夙愿的幸福感。他笑起来："不，它成年了。髭蟾是小型动物，成年髭蟾体长只有60—90毫米。"

"它一动不动哦，瓶里要放点水吗？"

"对，最好再放点泥巴，从刚才发现它的地方挖一点。"

两人忙碌起来。

哈姆森走出一百米，到了一处偏僻的大树后，回头看了看，雨雾中什么人都看不见，他低头拨通了手提电话。

石头

福特越野车里，怀特抓起了卫星电话。

“出麻烦了。”哈姆森的声音听上去有点紧张，“我想，有人发现了我们的目的。”

“谁？”

“那个研究青蛙的中国人，那个大学教授。还有那个年轻的中国女人。”哈姆森和他一样搞不清两栖动物，他把所有的两栖动物统称为青蛙。

“陈？他看到了什么？”怀特的脸上没有表情，心里估算着问题的严重程度。

“看到了我的辐射仪，我临时放在草丛中——我去拉肚子，你知道昨晚那些难吃的中国菜，呃，只去了一会儿——他好像不相信我的解释。”

“你怎么解释的？”怀特努力压住怒火。

“我说……这是用来判断青蛙的生态环境。你知道，我只能这么说。”

蠢货！因为你这个愚蠢的解释，才让他怀疑。

“你们现在的位置在哪儿？盖尔呢？”

“盖尔在我前面避雨，雨太大——我们都在中游位置。”

“陈在你旁边？还有别人在吗？”

“不，其他人都在下游。只有他和那个中国女人，他们也在避雨。”

“好的。你和盖尔看住他们。我立刻过去。”

麻烦来了。他需要立刻解决，但是怎么解决？

怀特迅速穿好雨披，背上包，下了车走进雨中。

连珠的雨水瞬间打湿他的衣领，淋湿了他的裤脚，雨水流进鞋帮里。糟糕，走得太急，忘记换长筒雨靴了。他没有浪费时间再去换鞋，打开手电照亮，慢慢走下溪谷，崴伤的脚踝还有点不舒服，他深一脚浅一脚地走在泥泞里。

该死。我为什么不舒舒服服呆在洛杉矶的办公室，而跑到中国这个偏僻的山区来。

全是因为那块石头。

那是一块让人过目难忘的石头，拳头大小的多面菱形晶体，外表光洁晶莹，泛着淡淡的绿色荧光。

那是一个周末的傍晚，怀特驾驶着捷豹跑车从山里的别墅返回城里时，路过一个小酒吧。他有点口渴，停下车，打算进去喝一杯。他以前也来过这个不起眼的小酒吧，知道这里是一群收藏爱好者定期聚会的场所。

一进门，他就见到了它。

它就那么随便地摆在那张餐桌的中央，桌上还有其他几块形状不一的石头。怀特一眼就认出了那是什么。

石头的主人名叫古德尼·强森，一个发胖的中年男子，大约快50岁，满脸不加修剪的络腮胡。他是一家大型汽修厂的汽修工，早已离婚，没有孩子，性格孤僻，几乎从不参与同事间的任何娱乐活动。

他只有两个爱好：旅游和收藏。

收藏石头。

强森不是个专业的玩家。他出生在距离洛杉矶二百公里外的一个小镇，他没有上过大学，对矿物学、岩石学、宝石学几乎一窍不通，他只是单纯的喜欢。说起来，这份爱好源自他小时候的生存环境，他的父母在他出生后不久就离异了，他随着母亲生活。母亲在城里的酒吧当招待，假期里他就孤单一人呆在家里。他总是一个人到镇外一条僻静的河边玩，那里的河床满是奇形怪状的鹅卵石，他喜欢去捡，捡回家一个个排在床头。那些石头，陪伴了他全部的少年时代。

工作后，他离开小镇搬到了城郊，接着迷上了旅游，开始是国内。等到短暂而平淡的婚姻结束后，他更是把所有积蓄都用来旅游。每年都要去世界各地的峡谷旅游。他喜欢峡谷、河床、溪流多的景点，每次都要带回来很多五彩缤纷的石头。

没事时，他喜欢倒上一杯咖啡，一个人把玩、注视那些石头。沉默的石头，让他的心灵安静。

“嗨，这儿没人吧？”怀特解开衬衣扣子，卷起袖子，大大咧咧地走到那张桌子的空座前。他懂心理学，知道该如何与各类人打成一团。

他叫了一杯杜松子酒，和在座的另一个男人聊起了天气。然后，装作不在意地瞄了一眼桌上的石头，“嘿，我说这块人造水晶石还有点意思，在哪家店买的？”怀特随随便便地问。市面上的珠宝礼品店里，产地亚洲的人造水晶石价格大约每磅 40 美元。

“它是天然的。”强森抗辩道。

旁边的那个男人咧开大嘴笑了，他证实道：“老强森的东西，全是亲手采集。”

“哦？我是说它看上去太光滑了，有打磨的痕迹。”怀特打着马虎眼，随意地拿起它，手腕一沉。它和预想的一样重，比重几乎等同于黄金。

“它当然是天然的——就在那条溪流里。”强森再次强调，他把“天然”两个字说得很重。

溪流里捡到的？上帝啊。

“有意思，伙计，说说看，你怎么捡到它的？”

强森的老脸上浮出红光，这块石头是他最得意的收获。他告诉怀特，去年秋天，他到中国西南部一个叫武陵山的山区旅游时，在一条满是蝴蝶栖息的溪流里，捡到这块漂亮的石头。

怀特屏住呼吸，一个字不漏地听着。中国？武陵山？麻烦来了。但那是以后的事。

“你的运气不错，是块漂亮的石头。”

东拉西扯了一会儿，另一个人起身去卫生间，怀特趁机对强森说：“伙计，你知道，我是专门收藏水晶石的。这一块能转让给我吗？价格，我可以出 300 美元。”

“不，我不卖。”强森笑起来，他不缺钱，缺的只是理解。这块漂亮的石头为他赢得了很多赞誉，他怎么可能为了钱卖掉它？

“我说，你可以说个价啊，比如 500？ 800 美元怎么样？”怀特盯着他的眼睛，他实在太想早点把它拿到手，送进实验室。

“不，老兄，给多少钱我都不卖。”强森摇摇头，他小心地捧起这块石头，靠近眼睛，像母亲端详婴儿一样温柔多情，“瞧，它多美啊！”

这个倔强的老家伙。怀特勉强笑了笑，又想出一个主意：“我拿其他的水晶和你交换好吧，冰岛紫水晶？南美白水晶？两块换你一块。”

“不，不，老兄。”强森还是摇头，“它是我唯一一块中国石头，我这辈子不会再去中国了，你知道吗，连那个中国保护区的票根我都保留着——我不买也不换。”

你根本就不知道它是什么。怀特心里波涛汹涌，脸上却保持着平静，他喊来侍者添酒，顺便替强森也添了一杯，然后不动声色地继续询问关于他中国之行的种种细节。

两个小时后，强森带着醉意摇摇晃晃起身告别，他没忘记带走那块石头。

怀特起身走进卫生间，仔细用香皂洗了两遍手，用纸巾擦手的时候他的脸正对着镜子，镜子里的男人若有所思，表情冷酷。

一周后，强森下班回他的公寓时，发现房门被人野蛮地撬开，卧室被翻得乱七八糟，抽屉里一些零钱被偷了，最糟糕的是，客厅里两排玻璃橱窗全被打碎了，他四十年来收藏的几百块石头标本，狼藉一地。

他报了警，警察到了现场就意识到这肯定是街头吸大麻的青少年所为。很显然，除了这些小混混，谁会对一个汽修工简陋的公寓感兴趣，谁会为了十几块零钱撬门而入？警察做了例行侦查拍照后走了。强森花了两个小时仔细清点完房间后，才发现有几块色彩艳丽的石头丢失了。其中，有那块来自中国的水晶石——肯定是那些该死的垃圾孩子顺手拿去到地摊换钱了。他懊恼了整整一夜，却没有留意连那张压在石头下做纪念的中国保护区门票票根，也同时不翼而飞。

于是，怀特只付了他打算付给强森的一半钱，就从一个小混混手里神不知鬼不觉得到了那块石头和那张票根。

他并不觉得有什么愧疚。

怀特今年 36 岁，单身汉，丰厚的薪水，开名车，住豪宅，有一个如花似玉的情妇，有两家顶级高尔夫俱乐部的会员证，这一切完全是凭借他优异的头脑和明晰的判断力。

他毕业于加州名校斯坦福大学的地质学专业，25 岁时以优异成绩拿到博士学位后，立刻成为全美几家著名地质矿物公司争相聘用的高级人才。他选择了其中一家，干了五年后，接受了现在这家公司更优厚的条件，带着前一家公司的诸多商业机密，跳了槽。

怀特的人生理想很简单：成为亿万富翁。他对实现这个普通人看来遥不可及的梦想毫不怀疑，他有才能，有头脑，最重要的是，他雄心勃勃。

和许多同样年龄的野心家不一样，他没有把希望寄托于瞬息万变的金融市场，而是寄托在自己的本行——找矿。他不是沉迷于实验室和数据库的专家。他每年总会有相当多的时间在世界上飞来飞去，考察新项目，进行商业谈判，加拿大、澳大利亚、刚果、秘鲁、哥伦比亚、西亚。十年前，他在哥伦比亚科迪勒拉山脉的丛林考察金刚石矿床时，遭遇洪流和山体塌方，他们考察团被迫栖身偏僻村落两个月之久，缺医少药，病死了一个人，自己也患上了重度痢疾，但终于熬了过来。三年前，他在一个非洲小国和当地首脑进行采矿权谈判中，被蛮横的黑人卫兵用 AK47 冰冷的枪口顶住头，忍住呕吐在合同上签了字。

既然这个躁动的世界可以随时夺去他的性命，他当然也不在乎夺去一个汽修工的晚年纪念品。他务实而冷静的头脑里，只有一句格言：世界就是丛林，到处充满机遇、风险、阴谋和掠夺，强者存劣者汰。

老板和下属

怀特任职的麦克迈拉矿物资源股份有限公司大厦，坐落在洛杉矶繁华的商业区第六大街，他是这家跨国公司的拓展开发部部长。

石头被小心翼翼放进一个密封的玻璃容器里，送进了分析部的实验室。他特意交代，这份样本的报告只能交给他本人。

因为，那是一块极其罕见的钙铀云母晶质矿石。

第二天一早，怀特拿着由分析部主任道斯博士签名的实验结果报告，敲响了位于顶楼的董事长办公室的门。

“该死的，你肯定道斯做实验前没喝酒吗？”坐在宽大的皮转椅上，乔什·西蒙斯把那份报告轻轻扔在办公桌上，目光炯炯地看着年轻的手下，“氧化铀含量超过 10%——这是什么意思？”

乔什·西蒙斯是麦克迈拉矿物资源股份有限公司的董事长，兼美国第三大核电公司——杜克能源公司的常务董事，年已六十，满头银发，但就像年龄并不能阻止他满面红光精神奕奕一样，年龄也不妨碍他对业务的精通——全世界范围已知的铀矿物有 170 多种，但具有工业开采价值的铀矿只有二三十种。由于铀的化学性质很活泼，所以自然界几乎不存在游离的金属铀，它总是以化合状态存在着，比如常见的硅镁铀矿等，氧化铀含量超过 5% 的铀矿，被称为富铀矿，绝大多数铀矿的氧化铀含量仅有 0.1%—2%，被称为贫铀矿。这其中，澳大利亚占据着全世界富铀矿的 95%，是目前世界上铀矿储量第一大国，占全世界总储量的 41%。

这个矿石样本的氧化铀含量达到 10%，意味着它的背后，是一个绝无仅有的世界第一富铀矿。

西蒙斯当然知道他的分析部主任不会出错，他等着听解释。

怀特已经习惯了老板的坏脾气。一方面，老板脾气火爆容易让下属无所适从；另一方面，这个火爆脾气同样具有果断做出重大决定的双重特性。他心平气和地说："还有一件事，这份报告上无法显示。"

他把下面这句话放慢了节奏："这个样本，是一个美国游客偶然在一条溪流里捡到的。"

他很满意这句话在老板脸上产生的效果。

西蒙斯粗大的鼻孔翕动着，咕哝了一句。捡到一块 5 公斤重的纯天然铀矿晶体，这意味着几乎百分之百有大型矿床的存在，意味着可以进行成本低收获大的露天开采，意味着庞大到无以复加的利润。

"那条溪流的河床上无疑隐藏着可供大规模开采的矿床，溪流在山区，绵延十几公里，杳无人烟，没有其他人知道铀矿的存在。如果那里的铀矿石大量以晶体的形式存在，我粗略估计应该在 80 万—120 万吨左右，就算 100 万吨，按照 10% 的氧化铀含量，商品铀的储量约为 10 万吨。"怀特说完，看着老板。他知道老板能简单计算出来——

全世界已探明的铀矿储量是 362 万吨，整个美国的铀矿储量是 12 万吨。10 万吨商品铀按照现在国际市场每磅 60 美元的价格，价值 132 亿美元。

"价值百亿！他妈的！一个宝藏！"西蒙斯站起身，兴奋地转了一圈，接着追问了一个最重要的问题，"这个溪流在哪里？"

“这里有一个障碍。”怀特顿了顿，轻声而清晰地回答，“是在中国。”

“中国？”西蒙斯怀疑自己听错了。人所共知，中国是贫铀国，已探明的铀矿储量为 11 万吨。而这个矿床，起码蕴含着相当于中国全部储量的铀资源。

怀特解释了这块石头的来源，当然他没有说明石头最终是怎么到手的——西蒙斯从不关心这些“操作”上的细枝末节，这个世界上，他关心的只有两件事：第一，利益在哪儿。第二，怎么把利益搞到手。

西蒙斯挪动高大的身躯，走到办公室西侧一张特制的世界地图前，这张巨大的世界地图上，从东半球到西半球，甚至在大海上，都插上了各种五颜六色的标记，那些都是公司拥有开发权或者合资经营权的矿产，遍布三大洲五十六个国家，那是他的王国。不过，东半球那个比美国国土还庞大的国家，却是空荡荡的没有一个标记。那是中国，一个与他的王国不接壤的遥远的社会主义国家。

自从 80 年代后期开始，麦克迈拉矿物资源股份有限公司的主要开发点已经转移到国外。美国是矿产资源大国，但是本土开发的限制太多，每当你费尽心力发现一片矿床时，总有无数机构跳出来横加阻挠。拿铀矿来说，公司在两年前勘探到美国大峡谷蕴含开采量巨大的铀矿资源，但是因为国内环境保护者疯狂的反对，称其将毁掉美国最壮丽的景点，最后能源部顺从民意宣布道：禁止开采。

因此，他的同行现在甚至已经考虑去月球开矿了。

怀特在一旁指点着武陵山在中国的具体位置——昨夜，他几乎彻夜未眠地在电脑上做足了功课，西蒙斯盯着那条象征山脉的粗黑线条，露出狮子盯住一大群野牛时既贪婪又无奈的表情。

如果矿床是在非洲或者南美洲，按照常规的商业程序，首先他将派亲信去那个矿床的所在国谈判，给他们看实验报告，取得勘探权后立即派出勘探队伍去实地全方位考察，等到结果出来后，凭借雄厚的资金和专业团队，取得独立或联合开采权，当然，要商定好利润分成。必要时，动用人脉资源打通上层关系，甚至是商业贿赂。

但是，中国行不通。

作为大量应用于核弹制造和核电站建设的铀，在世界各国一直作为重要的战略资源存在，中国人一直实行国家专营。早在十年前，中国的国家发改委就宣布，对中国稀缺或不可再生矿产资源不再鼓励外商投资。一些不可再生的重要矿产资源不再允许外商投资勘察开采，比如铀、钨、钼、锡、锑、萤石等。

“你有什么建议？”西蒙斯深吸一口气，目光转向怀特。对面前这个看似文质彬彬的下属，西蒙斯非常了解，既了解他的才能也了解他往上爬的野心。西蒙斯对他始终怀着八分欣赏和二分戒备，因为骨子里他们是同一类人。

他知道这个精明的拓展开发部主管不会愚蠢得因为一个无法得到的宝藏，一大早来到他办公室。

“是的。我有一个建议。”怀特清了清喉咙，开始说话，“从地质生成来说，这类钙铀云母矿石只生成于两种结构，第一，是高温热液矿脉造成的沥青铀矿。第二，花岗伟晶岩带。对于花岗伟晶岩，您当然清楚。”

不错，西蒙斯当然知道花岗伟晶岩，业内称之为“宝石岩”，绿松石、祖母绿、电气石、黄玉这些珍稀的宝石，都形成于花岗伟晶岩。对于矿物公司，找到一处花岗伟晶岩的矿床，甚至比找到钻石还稀罕。

“那又怎么样？”西蒙斯没明白。他的脑筋有时比不上这些年轻人快捷，对这一点他很厌恶。

“中国只是公布了八种不可再生的重要矿产资源禁止外资介入，这其中没有绿松石、祖母绿等宝石矿，”怀特有条不紊地解释，“比如，我们在那条溪流里找到了花岗伟晶岩——那是一定的。然后只需要声明，和中国共同开发诸如绿松石之类的矿床，他们不会拒绝。中国人对搞经济很狂热，特别是这些中部不发达地区，他们需要宝石矿，他们需要我们的技术力量，我肯定这一点。”

不错，听上去可行。西蒙斯心想。

“这其中当然牵涉到一些技术问题，比如资质。对本国矿产资源，中国只接受合资经营，我们可以在香港注册一家全资子公司，就可以以子公司的名目参与勘探、投标。而投标中的易如反掌——我们拥有别的外资公司没有的优势，我们先行了一步，我们熟知一切，我们在掌控全局。再往后，派遣专业开采队伍，工程师、技术人员我们出，当地只需要出些劳务人员而已。”怀特侃侃而谈。

瞒天过海。

西蒙斯把全盘过程在脑子里迅速过了一遍，忽然想到一个明显的漏洞。

“你忘记铀矿的放射性吗？如何掩饰这一点？”

“我没忘记。报告上有数据，这个样本矿石的辐射量不大，15毫西弗——只相当于拍一次胸部CT，只要不抱着睡觉不会造成身体损害。不过，如此高的铀含量，矿床的放射性应该很强，开采时一定需要专业设备，这一点瞒不住。但这一点不必要瞒，宝石矿同样有放射性，同样需要专业设备——”怀特看着老板脸上的质疑神情，忍不住微笑起来，“您没看最近的新闻吗？印度的毒宝石事件，媒体炒得很厉害，估计现在连一般老百姓都知道，买宝石要先做放射性检测。”

西蒙斯想起来了。怀特说的是几个月前印度的一个绿松石矿，被发现放射性元素超标，可能会导致人体受到严重病变威胁，遭遇舆论重压后，该矿已被限制开采。

从他们矿业专家的角度看，这个事件很愚蠢：宝石矿的辐射量微小到可以忽略。印度的毒宝石事件要么是误测，要么是出了意外，比如辐射元素是后期加工时带入的。但不管怎么样，那不是件坏事。就像打仗时的烟幕弹。

西蒙斯围着办公室慢慢走了一圈，最后停下，下了决定。“就这么做。不过首先你要亲自去实地，把矿床和花岗伟晶岩找到，多采集些样本，确定它的开采规模。按照老路子，不能以矿产勘察的名目。”

“当然，我已经有了个计划。天衣无缝。”怀特微笑起来，说了他的计划。

三个月后，一个以“武陵山脉两栖动物多样性考察”为名目的中美联合科考队，在武陵山市的中心大酒店召开了小型新闻发布会。

手机

“叮铃铃铃——”江大林怀里的手机突然响了，吓了他一跳。

他此刻正双手攀着湿滑的藤蔓，准备下一个五六米高的陡峭石坡。手机信号有了？可是这电话来得太不是时候了。

他用脚蹬在一个凸起的石棱上，勉强支住平衡，左手抓紧藤蔓，右手艰难地掏出手机，显示屏上是一个熟悉的号码。

保卫处办公室。是小张。

“小张？我是江头！”

“……在哪里……雷暴雨……出问题了……你们一定不能……”电话里小张的声音断断续续，异常模糊，遥远得像是从几万公里外传来的。

“什么——我听不清！”

“……雷暴雨……消防支队……时间来不及……”

“喂！喂！我听不清！你能听到我说话吗？”江大林急了，大声对着手机吼起来。这时候一定要抓紧时间，说明老李失踪的情况。

“……你们现在一定……电压……赶紧……”

“你别说了！我听不清——你听我说，老李——”信号倏然断掉，变成单调的嘟嘟声。

“你娘的！”江大林忍不住骂了一句，支撑脚突然踩滑，左手扯断了藤蔓，身体顺着滑溜溜的石壁直摔了下去。

“啊，江大哥，你没事吧！”看到江大林突然摔下，明明吓得大喊起来。她两分钟前刚刚拽着安全绳先下了石坡，提心吊胆地看着江大林收好安全绳，徒手攀下。

“没事。”江大林哼了一声，爬起身，他的左膝盖被岩石狠狠撞了一下，裤子破了一个洞，露出斑斑血痕。倒霉的是，手机摔得四分五裂。

雨量已经减弱了许多，但天色已经昏暗，明明用手里的小手电照到他膝盖的伤口，赶紧打开背包，要找酒精替他消毒。江大林拉住她的胳膊示意不要，大声让明明拿手机出来，拨打保卫处办公室号码。可是拨过去后，只听到占线的忙音。

江大林陷入紧张的思考。听起来，小张想告诉他什么紧急的情况，“雷暴雨”这个词出现了两遍，显然小张是在警告他们，但是现在雷暴雨已经下了，还能怎么办？按照时间推算，林区消防支队的搜救队伍应该赶到蝴蝶泉了，难道因为雷暴雨出了什么问题？还有，“黑豹”的信到底有没有送到？

“江大哥，我……我怀疑我们走错了。”

江大林疑惑地看着明明满是雨水的脸，听她继续说道：“这里的路这么难走，他一个人，身上可能还带伤，而且没绳子……”

一语惊破梦中人。江大林猛然发觉，自己犯了教条主义的大错误。

走石不走林，这话没错，从这条路走是生路，但同时也是险路。没有帮手，没有攀登工具，一个刚刚死里逃生的人，怎么可能顺利通过？

要不得了啦！事情给我搞砸了——江大林黑红的脸上，现出痛苦的神情。

小张在办公室来回踱步，急得要吐血。

窗外是一片人仰马翻的混乱情景。因为雷暴雨突如其来，大量周边的游客开始前脚后脚返回安全的普陀景区，现在景区里所有宾馆和餐厅全部爆满，连外面的亭子、橱窗、广告牌下也挤满了避雨的游客。

雷声暂时停止了，但雨水还是哗哗地下着。

这场突如其来的雷暴雨打乱了搜救计划。半小时前他接到了两个电话。一个来自南大门值班室：通往南大门的盘山路出了事故——几块从山坡滑落的山石砸中了一辆送货卡车，散架的卡车完全挡住了唯一的山道，司机受伤被卡在驾驶室里动弹不得，保安和协警正在冒雨组织抬石抢救。另一个来自林区消防支队：他们的搜救队警车被堵在山道上，进退两难。本来，从南大门进入后，距离蝴蝶泉边的值班室只有 20 分钟的车程，但现在道路被堵，要么搜救队员步行，要么警车掉头绕路从北大门进入——不管哪种方法，在这么恶劣的雨天，就算顺利，时间都要在两小时以上。而眼看着，天就黑了。

最糟糕的是，江头、老李的对讲机完全没有信号，手机也打不通——好不容易刚才打通了，江头居然听不清自己说话！

他要报告一个重要消息。一个小时前，市气象局通过电台、电视和手机短信，连珠炮一样紧急发出橙色、红色警报：未来半小时里，本市将有今年最大的强雷暴雨袭击，提醒市民不要在户外行走。预计明天傍晚，将有更大的雷暴雨袭击。警报的最后，安慰了市民：雷暴雨的中心地带不在市区，而在山区，并提醒山区各地注意加强可能引发的泥石流、局地山洪等灾害的防范工作。

该死的坏消息！

管理局的所有部门乱成了热锅上的蚂蚁，从局长开始已经全部人马出动了：每个景点要紧急通知，游客人群要用喇叭疏散，广电信号发射塔要做避雷保护，电力线路要维护，同时，门票要停售，还要安抚愤怒的远来游客。保卫处的所有人都下到各个景点，处理各种乱七八糟的事情。

小张是大学毕业刚三年的年轻人，在保卫处里担任江大林的助理，第一次遇到这么多突发事故，早已不堪重负。办公室两部电话不停地响，多数是找江大林的。光是接电话，他都接到手酸。

江头在吗？有情况要汇报——这是保卫处的下属值班室；

你们江处长呢？我找他有急事——这是管理局的同级科室；

叫江大林接电话！——这是管理局领导。

全世界都在找江大林，江大林到底在哪儿？

没有人还记得中午那起游客掉崖的事故了。小张悲哀地想到。

日光灯突然暗了一下，又亮了。开春进入雨雾天后，景区的电压一直不稳，早该修了。保卫处催促过后勤部门多次，总是因种种情况拖延。

他一筹莫展，只有一遍遍拨打江大林的手机。

嘟！嘟！嘟！没有信号。

怀特

怀特顶着暴雨，沿着溪谷小心前行。他看到前方一团人影闪着灯光，慢慢朝他走来。

“怀特先生，你怎么也下来了？”怀特听出说话的女人是米切尔，他抬头看去，却被对方头上戴着的一体式头灯刺得睁不开眼。

人群渐渐走近，怀特看清楚了。小赵背着一个人。

谢书成。那个中国的老动物学家。

谢书成的右腿摔断了。他太忽视自己的年纪了，在暴雨中，他尝试下到溪谷，去帮助何再复鉴别一簇蝌蚪，结果滑了一跤，小腿重重撞到一块石头上。据医疗经验丰富的肖博纳初步诊断，疑似胫骨骨折。

今天的考察工作显然进行不下去了。身强体壮的小赵背着他，肖博纳、何再复、米切尔跟随，山姆则落在后面负责打电话通知中上游的另外三人。

谢书成的表情很痛苦，疼得脸色煞白。越野车上有医疗箱，肖博纳打算先给他的伤处敷上冰块，然后由小赵开车，最快速度送到镇医院治疗。大家都同意，怀特更是觉得这是好机会，可以在人数最少的情况下解决那个麻烦。

“一起回去吧，这里危险，溪水开始涨了。”肖博纳招呼怀特。

怀特笑笑：“你们先走，我等等他们。”

溪水确实涨了，水流夹杂着上游冲刷而下的泥沙，浑浊不堪。怀特没再前行，站在原地等待。雨渐渐变小，20分钟后，等到了他们。

山姆、哈姆森和盖尔走在前面，陈阿南和彭三妹跟在后面。

“嗨！詹姆斯，你能走路了？”见到怀特，山姆的大嗓门先招呼起来。哈姆森只是点点头，脸上表情僵硬。盖尔则冲着怀特露出习惯性的微笑，但是笑容里有些不自然。

怀特笑着回答：“好多了。你今天收获怎么样？”

“非常棒！看看陈的宝贝吧——在那个瓶子里。”山姆扛着沉重的摄像机在雨中行进非常困难，但心情显然很愉悦。半小时前他已经见到了那只珍贵的髭蟾，拍了很多特写镜头，还特意绕过去，在彭三妹的指点下，拍摄了捕捉地的那个小水坑——很完美的一个片段。他已经构思好这段画面的画外音：

> 在中国西南山区海拔1000米的溪流里，生活着一种极其稀少而珍贵的两栖动物——髭蟾。瞧，我们的野外专业摄像师山姆的镜头里显示的，就是这种被当地人称之为胡子蛙的奇特动物，它是在一个雷雨交加的傍晚被研究人员在一个小水坑里捉到的。

陈阿南和彭三妹也和怀特打起招呼，把那个装着髭蟾的瓶子拿给怀特。怀特接过来凑到眼前，显出很感兴趣的神情，问了很多问题。

前面的路比较平坦，一行人边走边聊。

“陈教授，有件事我要和你解释一下。”怀特用轻松的语气说道。在来的路上，他已经想好了解决方法。

陈阿南放慢了脚步：“怀特先生，请说。”

“半个小时前，哈姆森先生给我打了电话，他说很后悔，对你们说了谎话——”怀特很直接地开门见山，这是他解决难题常用的方法，很有效，“你们也能看出来，哈姆森先生并不是两栖动物专家。他是研究地质的，身边带着的那些仪器是用于地质勘探的。盖尔先生是他的助手。”

所有人都停住脚步。陈阿南静静地听着，没插话。山姆、哈姆森和盖尔在一旁则有点摸不着头脑——上帝啊，他在说些什么？

“你们当然知道，这次来中国考察的费用——聘请专家、飞机票、设备运送、制片成本这些，是由西蒙斯野生动物研究基金会出的，一个私人基金会。基金会主席西蒙斯先生，同时还拥有一家上市矿物资源公司，哈姆森先生就是这家公司的高级雇员，专门从事野外勘探。不瞒你们说，每次由《国家地理》《自然画报》等传媒牵头组织的世界范围科学考察活动，都有类似的附加条件，就是在考察队伍里安排一两名地质专家，专门做地质勘探。你们知道，野生动物活动的领域越来越少，集中在山区、峡谷、丛林、溪流，这一点和矿物的生成环境很相似。一旦地质勘探有所发现，西蒙斯先生的矿物资源公司就可以到所在国建议开发，参与招标，共同赚钱。当然，程序上是完全合法的。”怀特这番话有实有虚，说得很明白，也很坦诚。

陈阿南不完全是书呆子，他当然明白谁出钱谁是老大的道理——就是在科学领域也毫无例外。没有金钱的辅佐，一切科学技术的进步都是镜中花、水中月。

但是还有个问题。

“不过，哈姆森先生的仪器为什么要测量放射性？据我所知，只有铀、钍等少数矿物具有放射性。”

“啊哈，陈教授，你懂宝石矿吗？绿松石、祖母绿？”怀特终于回到了自己的专长，话语变得更加轻松自如，“宝石矿的生成有苛刻的特定条件，比如在这样海拔的山区，一种叫花岗伟晶岩的矿床里，才有宝石的存在。宝石矿也有放射性，只有用专业辐射仪才能测量出来——哈姆森先生就是宝石矿的专家，只不过他太过专注自己的专业了，生怕遭到别人阻挠，哈哈。”

宝石里有辐射，陈阿南依稀记得确实看过类似的新闻报道，好像是印度。没错。当时生物系的女老师们还叽叽喳喳讨论要不要把家里的珠宝首饰做个检测。

“我明白了。我们并不是阻挠，只是这个事情如果事先知道就更妥当。比如你们可以告诉谢所长。”

“我理解你的感受，也请体谅我们的苦衷。”怀特苦笑了一下，这倒是发自内心的，“对于科学考察来说，这是不能公开的秘密，一个灰色地带，你明白我说的意思吗？”

当然。潜规则。陈阿南总算解了心头的疑惑。怀特的一番话，是能说得过去的解释。

“哈姆森先生找到宝石矿了吗？”彭三妹插了一句。

“没有。没有。”哈姆森连连摇头，他听到这时终于舒了一口气。

“我估计，这次西蒙斯先生的算盘要落空了。他是个异想天开的百万富翁，总以为会在溪流里捡到宝石。”怀特哈哈大笑，开起了玩笑，“这一次，陈教授却是捡到了宝贝，一只——”

他忘记了髭蟾的名字。

陈阿南却没笑出来。他对眼前这个笑容可掬的《自然画报》副主编说不上好感，也并无反感，但想到单纯的两栖动物考察，突然夹带着矿物勘探的目的，心里很不是滋味。

深深的矿井，轰鸣的机器，头戴安全帽的工人——他无法想象静谧的仙女泉有朝一日会变成这样。幸好他们没有找到宝石。

“陈，对不起，我没事先告诉你。”山姆拍拍他的肩膀，一脸歉意。

“没事。”陈阿南摇摇头。

这群美方人员中，陈阿南最熟悉山姆。确切地说，与其说是熟悉山姆这个人，不如说是熟悉山姆这个名字，这个红头发，这张脸。在中国研究动物的专业人群中，很少有人不知道《自然画报》的野生动物摄像师山姆。他拍摄的很多动物专题纪录片光碟、高像素动物照片画册，都作为重要资料，整齐地叠放在大学和研究所的书橱里。

说话间，他们走到了岸上的停车处，半小时前小赵已经驾驶一辆越野车载着谢书成和肖博纳先走了，米切尔和何再复则在多功能车里等着他们。

“上车吧。我们天黑前赶到3号宿营地。”何再复摇下车窗，在车里招手。

“OK！”山姆挥手打了个招呼，扛着机器第一个上了越野车。

盖尔上车的时候，用胳膊碰了一下怀特，脸上露出狡黠的笑容，轻声说：“他还算起了点作用。”

怀特嘴角撇了撇，哼了一声。他也听到了刚才山姆对陈阿南的抱歉，但他不喜欢盖尔的说话口吻。

这次麦克迈拉公司的秘密行动，只有怀特、哈姆森、盖尔三个人完全知情，三个人分工如下：怀特是头，负责全盘；哈姆森是技术主管，负责具体探矿；盖尔名义上是哈姆森的助手，但实际上他肩负着其他的作用。

盖尔是爱尔兰后裔，笑容可掬的外表看上去很具有欺骗性，但怀特很了解他的底细。盖尔住在芝加哥，自幼父母离异，13岁起就成了一伙街头青少年流氓团伙的成员，他们活跃在南美裔街区里，以诈骗抢劫、偷盗汽车、私卖大麻为生，直到这个小团伙涉足贩卖毒品之前，他们的小日子过得还算滋润。但他们决定涉足“大生意”——偷卖可卡因后，触犯了一个专业毒贩团伙的利益，于是很快得到了教训——某个夜晚，为首的小子横尸街头，他的两个同伴膝盖骨被子弹打碎。17 岁的盖尔没有随行，所以侥幸逃过下半辈子坐轮椅的悲惨结局，也从此得到了很好的教训。他知道再混下去迟早小命不保，于是他离开了芝加哥，西去洛杉矶投奔他的一个律师叔叔。叔叔通过关系，把他推荐到一家私人侦探所打杂。凭着与生俱来的机警和街头锻炼出来的心狠手辣，盖尔干得很出色，成为侦探所最卓有成效的侦探。在一次偶然的机会，西蒙斯发现了他的才能。

当时，西蒙斯手下的一个财务主管，突然携带公司巨款人间蒸发了。因为这笔款项本身存在法律问题，所以西蒙斯没有报警，而是委托了这家侦探所查询。两个月后，这个财务主管被发现在圭亚那群岛醉酒驾车身亡。当皮肤晒得黝黑的盖尔回到洛杉矶时，西蒙斯专门抽出时间请他吃了次午餐。这事干得很漂亮，很简洁，虽然那笔巨款已经被死去的主管藏匿了大半，但关键是这事的结局让西蒙斯满意——他不允许背叛，背叛者要付出代价。

时时注意物色人才的西蒙斯看中了盖尔，没过几周，他用高薪将盖尔挖到了麦克迈拉公司，成为公司内部事务部的高级雇员，专门替公司做些人事调查之类的工作。怀特当然知道“人事调查”这个词的含义，简而言之，盖尔就是替老板做“黑活”的行家。

盖尔身材矮小瘦削，脸上永远浮现着一副笑脸，但怀特不喜欢这个流氓出身的家伙，他容易让人联想到鼬鼠一类的动物，机警而狡黠，感觉随时会冷不防咬人一口。

西蒙斯先生指派丝毫不懂探矿业务的盖尔同行，用意不言而喻。

那个老东西，不相信任何人。

山姆是局外人，他知道的东西基本就是怀特刚才说过的那些。不完全是谎言，但绝不是真相。

怀特的中国之行计划是这样实施的。首先由西蒙斯名下的野生动物基金会联系到山姆，接着怀特与他见面，在明确提出全资提供出国拍摄一部中国山区两栖动物纪录片的邀请后，又主动提供了一笔三万美元的“顾问费”，条件是自己以《自然画报》副主编的名目加入——这个身份虽然是编造，但无碍大局，纪录片里不用提及，中国方面更不会有人能识别。

山姆没有拒绝。

接下来的事情就很简单了。由山姆联系到芝加哥自然历史博物馆两栖爬行部主任肖博纳——他们曾多次合作，再联系到哥伦比亚大学的米切尔，美方专家这一边就算搞定了。

肖博纳是中国通，立刻发电子邮件联系上老朋友谢书成，得到老动物学家的热烈响应。于是，中国方面由谢书成牵头，陈阿南、何再复这两个专业级的晚辈顺理成章加入了队伍。官方方面，武陵市林业局更是毫无障碍，每年都会有类似的联合科考活动，何况这次的经费由美方出。林业局领导对此有八个字原则：“热情欢迎积极配合”，因为说到底，不管考察结果如何，他们在年终做总结报告时总会郑重写道“取得了重大进展”之类的定论，这是政绩。

越野车点上火，打开大灯，山姆开车跟在多功能车后面平稳起步。怀特坐在副驾驶座位，看着窗外的雨中夜景，心平气和。说到底，这个世界就是由一小部分专业人士和一大群傻子组成的，不是吗？

明明

“不能再走了。”江大林果断地停住脚步。

天色已经快黑透，他们到了一个陡峭峡谷的上方。这里还处在蝴蝶泉的上方山脊，江大林预计距离大瀑布还有两三公里的距离。虽然不算太远，雨也下得小了点，但黑灯瞎火走在这样复杂的地形，实在太冒险了。

“你包里带帐篷了吗？”江大林问明明。这个姑娘的体力明显到了极限，脸上已经没有一丝血色。

“有一顶单人帐篷。”明明说话声已经无力了，她实在太累了，全身又冷又湿，骨头像散了架一样，到处都是酸酸麻麻的。

“拿出来，还有防潮垫，就在这宿营。我来扎帐篷。”江大林找好了一块平坦的背风平台，从自己背包里取出帐篷和防潮垫。

明明一只手扶住膝盖，一只手打着手电照亮，看着江大林把两顶帐篷卸开，支上架子，铺上防潮垫。

刚才，江大林已经把自己的判断告诉了明明。走错了路固然令她大为失望，但最为担心的是，王动既然没走这条路，显然选择了走树林，那条路多危险，他会迷路的！

但此时此刻，她已经没有丝毫力气和勇气重走回头路，甚至连提都没提。她把所有的选择权全交给了蹲在地上忙碌的江大林。

她只想好好睡一觉。

江大林终于忙完了。两顶帐篷相隔两米远，牢牢支在雨中的岩石地面上。这里的地势很高，山脊又是倾斜向下的，雨水顺着岩石流到下方的峡谷，所以不需要做排水沟，这让他省了力气。

在暴风雨中看到支好的帐篷，一下让明明冰冷的躯体感到了无比温暖。她取出睡袋想丢进自己的帐篷，却被江大林拉住了——“你睡这顶。”他指着自己的帐篷。

明明懒得问为什么，就转身钻了进去。她只想快点脱掉潮湿的外衣，快点躺下，快点钻进温暖干燥的睡袋。

江大林看着明明钻进自己那顶双层加厚的牛津布帐篷，拉好拉链，才放下心，他唯恐这个倔强的姑娘不听话，非要睡自己带的那顶——那种简易帐篷的面料是尼龙布，可能会漏雨。

他没急着进帐篷睡觉，而是点上了一根烟，用手掌小心挡着雨，一口接一口猛吸。今天发生的事情太多了，他这个保卫处处长心里的负担太重了。

明明的男朋友明显是走错了路，从树林走肯定会迷路，往乐观里说也是“生死未卜”；老李和小胡在大瀑布前的失踪，更是离奇，他们还活着吗？从小张断断续续的来电判断，林区消防支队的搜救队在这个恶劣的天气里，肯定遭到了什么困难。

对讲机完全失效了，明明的手机现在在他身上，但从接到小张电话的那会儿起，一直没信号。

现在的自己，失去了外界联系，是孤军。

一阵克制不住的疲倦突然袭上身体，真想立刻倒头睡觉啊。江大林不情愿地意识到，自己再也不是当年部队里那个精力无穷的健壮小伙了。

他丢下烟头，克制住立刻钻进帐篷的诱惑，从背包里取出一盒高能量饼干，逼着自己吃下去。补充能量很重要，山区夜间的低气温是外人无法想象的。

他打算喊明明也吃点东西，扭头瞧了一眼却放弃了，帐篷没有丝毫动静，明明显然已经睡得很死了，算了，睡眠对她更重要。这个妹伢子真不容易，遭遇到这么严重的打击，还坚持走了这么多山路，一直没叫过苦。我年轻时怎么没遇到这样的姑娘？妻子和儿子的形象突然浮现出来，瞬间打消了江大林这个奇特的念头。妻子这会儿已经洗好碗在看电视吧，儿子呢，多半坐在地板上摆弄遥控汽车——一股暖洋洋的温馨感猛然涌上心头，老天待我不薄。

江大林再次检查了帐篷周围的石面，很好，没有积雨。这才收拾背包和猎枪，解开雨披，钻进帐篷，拉上拉链的那一刻，他暗下决心。等明天，一定要帮她找到男友。

王动站在悬崖边，笑嘻嘻地向她挥手，奇怪，他怎么站在空中？他脚下那块石头突然不见了，两条腿就站在云雾里。她焦急地大喊，冲过去想拉他，可是根本够不着，隔得太远了。王动的身影越来越小，越来越模糊，他好像还在笑，可是已经看不清他的五官了，只看到一只手在挥，不停地挥——突然，一道闪亮的雷电打过来，云飞雾散，他掉下去了——

明明猛地惊醒了，惊恐地看到眼前黑压压的。噼里啪啦的雨点打在帐篷上，一丝凉意袭来，她下意识地缩了缩身子，才发觉自己正躺在睡袋里。

原来那是个梦。

自己睡了多久，现在几点了？她看看手表，凌晨两点。

明明感觉有点内急，她钻出睡袋，拉开帐篷拉链，看到另一顶帐篷黑乎乎的影子，雨声里隐约传来江大林熟睡的鼾声。她心里油然生出感激之情，这个外粗内细的保卫处处长，为帮助自己辛苦了整整一天！

明明套上半湿的外衣，戴紧帽子，打开手电，轻手轻脚钻出帐篷。

外面的雨小了点，到处黑洞洞的，山脊上吹来一股冷风，她忍不住缩了缩脖子。手电的电量已经不足了，只能照出微弱的光线，但勉强能用，她小心照着路面，往十几步外的一块岩石边走去。

迅速解决后，她刚站起身，就听到两米外的峡谷里传来一阵奇特的声响。

不是风声，也不是雨水流淌的声音。

明明探头望了望，底下的峡谷黑乎乎的什么也看不清，但声音的确存在，沉闷而缓慢，有点像压路机压过马路——不可能，自己耳朵出现错觉了。她战战兢兢用手电往下照去。

手电微弱的光亮在雨幕中更显得微弱无比，看上去峡谷里的一切都是雾蒙蒙的，不，似乎有什么东西移动——像是黑沉沉的岩石在缓慢地移动！

老天爷，那不可能！明明的心一下悬到嗓子眼，两腿不由自主地打战，她想喊却喊不出来，手突然一抖，手电筒坠落下去。

啪嗒，啪嗒。风雨声中，手电筒连续撞击到岩石的两声很细微，但是明明却清晰地听到了，她甚至听到那个压路机的声音变大了，像是某个东西在迅速移动——如果真有东西的话。

然后，那个声音倏然消失了，甚至风声也消失了，只剩下熟悉的唰唰雨声。

明明悄然站在风雨中，脸色惨白。半天，她的心跳才恢复正常。傻瓜，什么都没有，你出现幻觉了。

挪回帐篷的短短十几步，明明的腿还在发软。好在是幻觉，她只庆幸自己先解决了内急。

第二月

清晨

王动这一夜睡得非常香，梦根本进入不了疲惫至极的身体。他醒来后的第一眼，就看到屋顶缝隙里透出的晨曦。

天亮了。雨停了。

王动爬起身，惊喜地发现身体状态恢复了许多，虽然身上的诸多伤口依然疼痛，但好在没有发炎感染，左肩、腰胯和左脚的疼痛也减轻了许多，只是小腿肌肉非常酸。身上的破 T 恤基本被体温焐干了，但鞋子里还是湿漉漉的，两脚像陷在滑腻腻的烂泥里。

他随即感觉饥肠辘辘。

也难怪。从落入崖底到现在，他一直处在不断逃生的悲惨境地中，除了一听啤酒，没有任何东西下肚。可是，装饼干的包装袋已经丢在蛇窟里，身边一点吃的都没有。

他无奈地吞了口口水，推开门，森林里一股清晨特有的清新气息吸入口中，雨后的天空透出淡淡的白晕，树木葱葱郁郁，林间不远处传来几声婉转的鸟鸣。

王动走出木屋，想撞大运看看有啥可填肚子的。他发现了一些大树底下的灰白色蘑菇，但颜色和形状令人生疑，他不敢冒险，只得找到一处石凹处的积雨，贪婪地喝了个够。然后重新回到木屋，坐在门口，脱下湿透的鞋子放到通风处晾着，开始用赞美的眼光仔细打量这个意外出现的庇护所。

木屋显然是就地取材用林间原木搭建的，屋身是藤条连接的儿臂粗连皮松木，屋顶则是松枝和松毛铺成的，没有钉子，没有榫头，显然是一种古老的、原始的建造技巧，但非常有效，结实，从松木的纹理、印迹来看，这间木屋很有年头了。

建造者是谁？看林人？还是猎人？王动猜想多半是猎人。

他猜得没错，这是土家族猎人搭建的临时猎屋。历史上武陵山区是土家族、苗族等少数民族生活繁衍的地方，特别是土家族人，千百年来一直依山而居，大大小小的村寨在湘、鄂、黔、渝的偏远地带到处扎根。土家族男人都是好猎手，他们的生活来源就是大山。弩射矛扎之外，做绳套、布陷阱、设铁夹，土家族猎人的足迹几乎踏遍了山区每个角落，他们往往一进山就是几天甚至数周，直到收获到足够多的猎物为止。

在山里讨生活的严酷生活环境，使得土家族猎人在狩猎时形成许多严格的规矩，比如土家族的第一条猎规就是“山上赶肉，见着有份”，一个猎人捕获了猎物，全村寨的人都可以分享。这座木屋也是遵从这个原则，由第一个来到此处宿营的猎人搭建，他放置好可以遮寒、点火取暖的干草，还有一点点盐巴和可供一个人吃一顿的谷米。其目的是为了让后来者方便，甚至是救命之需。而按照不成文的规矩，受益者将在下一次来此时，携带同样的简单生活物资补充，如此循环。

时至今日，原始的大规模捕猎活动早已在中国绝大部分山区被禁止。武陵山区也严格划定了禁猎区和禁猎期，每年的秋天才允许在划定的区域捕杀保护动物以外的猎物。于是，这个遥远的山中木屋就此荒废已久。王动当然无从知晓这一切，但他却是实实在在的受益者。

更重要的是，木屋的存在，不啻给王动打了针强心剂：既然有人能来这里，说明就出得去。

他只短暂休息了一阵，肚子就咕咕叫起来，于是等不及鞋子干透，就胡乱往鞋帮里塞了把干草，套好后，开始寻找路径。

他找到了。

距离木屋南面十几米处，一棵高大粗壮的杉树树干上，隐约留有刀砍过的浅色痕迹。接着，相隔十几米处又发现一棵同样带有刀砍痕迹的树。看来，这就是传说中的“猎人之路”——猎人行进在茂密的森林里，会用砍刀在沿途的树干上砍出记号以防迷路。王动庆幸自己记得这个常识。

他不假思索地做了决定。这时再去刻意寻找那条直通景区的溪流是不明智的。

他无法忘记昨晚的蛇窟惊魂，捡了一根结实的粗树枝，一路拨打草丛，沿着树上的猎人记号，饿着肚子满怀希望地走下去。

怀特今天起得很早。

3 号宿营地在保护区的西南端，一处地势平坦的杂树林边。四顶双人帐篷交错排开，米切尔和彭三妹一顶，陈阿南和何再复一顶，怀特和哈姆森一顶，山姆和盖尔一顶。

怀特出了帐篷，满意地看到雨过天晴，不由心情舒畅，伸了个大大的懒腰。

“早啊，怀特先生。”几米外的树边，何再复正在洗漱，一手拿着牙刷一手端着个大号不锈钢杯子，龇着满嘴牙膏沫冲怀特打招呼。

“早，何博士。”怀特有点惊讶有人比他更早，扭头看看陈阿南和何再复的帐篷，“陈教授还在休息吧？”

“他五点不到就起来了，说是到外面转转。”何再复咕嘟几下漱完口，笑着说。

这时，其他人也陆续钻出帐篷，静谧的宿营地开始热闹起来。

十分钟后，陈阿南回来了，两手捧着个碗口大的深棕色乌龟，那根赶蛇杖横在大拇指下，满脸笑意。

“看看我找到了什么。这东西力气不小呢。”

“好家伙，这是只四眼斑水龟！”何再复凑到近前，一口报出它的名字。这种龟的头部后方有两对鲜明的斑点，就像多了四只眼睛，很好辨认。因为不甘被捉，它的长脑袋和四爪拼命伸出壳外挣扎。

“哇，陈总是有收获啊。”山姆赶紧扛起摄像机，打开镜头盖。

“雨停后，动物都喜欢出门散步。这个没必要拍了，它可不是两栖动物。”陈阿南随后向米切尔点头微笑，“请米切尔小姐做个常规记录，就可以了。”

山姆没有放下机器，相反，他跟随米切尔上了多功能车后的工作台，拍摄了米切尔做常规记录的标准流程：拍照、测量体重和身长、鉴定雌雄，在科考日记上记录并编号。最后，四眼斑水龟被放生了。

简单的早餐后，一行八人收拾好帐篷杂物，聚在车旁。

“我刚刚和谢所长通了电话，他已经住在镇医院里治疗了，确诊是胫骨骨折，上了石膏，情况还不错，他请大家放心，按原计划继续考察。另外很遗憾，肖博纳博士今天无法赶到了——来的路被山坡塌方堵住了。”作为中方目前年纪最大的队员，陈阿南主动担任了科考队的领队，他开始交代今天的行程安排，“后面两天的考察地点，按计划是蝴蝶泉。路程不近，也不通车，看这个天气傍晚可能还要下雷雨，我们今天时间充裕，白天就开始考察，早点出发。”

“蝴蝶泉……”怀特愣了几秒钟，他隐约记起什么。那是一个极其细微的记忆碎片。

“那里蝴蝶很多吗？”彭三妹问道。

“对，以前很多，因为一度是蝴蝶的栖息地而命名。不过现在还没到季节，可能看不到几只。蝴蝶泉是一条大溪流，长度和宽度都大于我们昨天经过的仙女泉，90年代中科院的专家在那里发现过几种稀少的无尾目两栖动物，有大绿蛙、合征姬蛙、棘指角蟾……”陈阿南继续介绍。但怀特已经听不进他后面说的话了。

蝴蝶。该死。怀特终于记忆深处捕捉到了那块碎片——那个捡到铀矿石的汽车修理工，那个固执的老家伙，在酒吧里不是提过蝴蝶吗？那条发现铀矿的溪流里好多蝴蝶——我怎么忘记了这么显而易见的线索，白白浪费了多少时间！

“那里没有大鲵吗？”米切尔在插话，她还是念念不忘大鲵。

“迄今为止没有发现过。我们在调查中发现，大鲵是种很敏感的古老动物，只居住在固定的溪流里，周围环境的细微改变都会影响它的栖息，比如水温、水质、地质——”说到“地质”一词，陈阿南下意识看了怀特和哈姆森一眼，发现他俩都有点心不在焉。他停下来，故意问：“怀特先生，你认为呢？”

“哦——大鲵，”怀特意识到自己走了神，赶紧笑着打马虎眼，“陈教授才是权威。大鲵，听说它的叫声像小孩的哇哇哭声，是吗？”

陈阿南微微摇头，没有回答。他低头看看表，宣布道：“现在是早晨6点50分，十分钟后——7点整出发。请大家最后一次检查装备。”

“江大哥，人在疲劳时会出现幻觉吗？”

“幻觉？什么样的幻觉？”

“就像是……就像你的耳朵突然听到一些奇怪的声音，眼睛看到一些莫名其妙的东西。”

“哦，你看到什么啦？”

“不知道……江大哥，这武陵山里有怪物吗？”

“什么怪物？你在说什么？”

“……没什么。我可能眼花了。”

江大林停下收拢帐篷的手，抬头看看心神不定的明明，他被明明的问题弄得一头雾水，看来这个姑娘受刺激过度了。

半个小时前，江大林醒来后钻出帐篷，欣喜地看到雨过天晴。简单活动了四肢，他随即叫醒睡眼惺忪的明明，一起吃了早餐——比起江大林包里寒酸的高能量饼干，明明包里的法国面包、德式香肠、卤蛋、巧克力棒、松子仁、芒果干琳琅满目，把江大林忍不住逗乐了，敢情这姑娘千辛万苦背着这么多小吃。

不过明明食欲却不怎么样，而且心事重重。

江大林昨夜却休息得很好，尽管发生了那么多事，但丝毫不影响他的睡眠质量。事实上，江大林一直为自己无论在什么环境倒头就能睡着的特殊能力颇感得意。在部队里，他们那个四川籍小个子连长经常在训话里说一句话：“要做到泰山崩于前而不变色，才是个好兵！”那番话用四川口音抑扬顿挫地说出，效果特别好，令连里每个士兵都印象深刻。

自己算是泰山崩于前而不变色吗？扯卵淡。光是“不变色”顶屁用，要做出些实际的。从昨天中午忙到现在，他觉得自己一事无成。

在醒来后再一次拨打手机没有信号后，他已经彻底放弃了靠电波联络的方式。还是得靠两条腿。他想好了，原路返回王动落崖处是不可能完成的任务，只有继续一条道走到黑，下到峡谷，走到大瀑布的位置。然后，自己沿着他们来时走过的珙桐林，单独重新上路，从树林里寻找王动。他坚信自己不会迷路，一定会找到明明的男友。而同时，让明明沿着蝴蝶泉回去，回值班室找人求助。

不能让这姑娘继续和自己冒险。让她一个人回去虽然也有风险，但好在雨停了，现在又是白天，应该可以顺利到达。至于明明到时候会不会同意，他没多想，毕竟，经过昨天的艰难跋涉，她应该知道跟随自己只能成为累赘，去值班室求援则更有希望早点营救男友。

计划就是这样，不会更改。

他走到平台前，将安全绳的一头牢牢绑在一块巨石上，另一头丢下峡谷，然后用手拉着绳子的中段，招呼明明先下。他在抛下绳子的过程中带动了一些积雨沉淀的泥沙，纷纷扬扬朝峡谷滚落下去，发出一阵下雨般的响声。

明明胆怯地低头看看峡谷，现在虽是白天，但山里起了雾气，她看到底下那些犬牙交错的乱石，掩映在团团雾气中，像一个个狰狞的怪兽。她开始央求江大林：“江大哥……我们换个地方下去，好吗？”

“别怕啊。很安全！”江大林有点奇怪，一路上这样的下法好几次了，没见她这么犹豫。从这里直接下，距离最近，如果绕道就耽误时间了。

明明脸色苍白地一动不动，在山坡吹来的晨风中，像一株摇摇欲坠的小草。

“好吧，我们绕路走。”江大林叹了口气。

蝴蝶泉

八个人冒着晨雾，沿着雨后的泥泞小道走了将近一小时，终于听到溪流的声音。

“到了，这就是蝴蝶泉。”陈阿南用竹杖指着前方。

“哇，这么宽，就像是条河！”走到溪岸，彭三妹惊叹道。昨天几个小时的雷暴雨，把溪流的面积扩大了几乎一倍，原本清澈平缓的溪水因为夹带上游泥沙的缘故，变得浑浊而急促。

陈阿南来过蝴蝶泉两次，但都没什么收获，而且，最近的一次也是四年前了，他满心希望这次能有更多的发现。“就从这里下溪谷吧，大家小心点，不要滑倒。”他指着面前的一道斜坡，招呼道。

他们身处溪流的西边，雾气弥漫在溪流上空。他们当然看不到，两公里之外的溪流东岸树丛里的那辆北京吉普。江大林的车。

哈姆森和盖尔照例第一批下了溪谷，昨晚，怀特已经悄悄告诉了他们有关蝴蝶的回忆，坚信这里就是他们的终点。现在，只需要仪器来证明了。

其余六个人鱼贯而下，怀特不是不想走在最前面，而是意图避免引起陈阿南的注意——他察觉到那个中国教授对找矿的反感。在成功在即的时候，更要谨慎从事。他业余时间喜欢看名人传记，多少威风凛凛的名字，就是因为在面临巅峰时，某个细节的处置不当，最后惨遭滑铁卢，成为后人的笑柄。这样的错误他可不想犯。

溪谷里雾气很大，能见度只有几米，加上雨后湿滑的沙石地，每个人都小心翼翼。哈姆森和盖尔却脚步很快，消失在迷雾中，陈阿南等人则并排而行。怀特独自落在后面，他在用矿产工程师的眼光打量这块陌生的地方。

溪边参差错落的岩石都是灰褐色的沉积岩，岸边堆积着厚厚的砂土层，显示这里的地质年代足够长；岸上树木茂盛，显示出这里的土层很富营养，这些都是矿床的必要条件。

不过，溪水太宽了，这将是施工的一大障碍。怀特一边盘算，一边扫视着浪花四溅的溪水，忽然听到身后有响声，回头一看，一个黑色的动物头露在水面，正从对岸凫水过来。

是条狗。

怀特吃惊地停住脚步，盯着那条黑狗划动四肢从溪流中游过来。他原先并不知道狗游泳有这么好。

黑狗在他身后几米的地方上了岸，抖抖湿淋淋的皮毛，汪汪叫了两声，就冲着他小跑过来。

怀特一眼就看到狗项圈上系着的塑料袋，袋子里似乎有张纸条。

狗的叫声惊动了其他人，他们回头看去，见到那条狗正绕着怀特，呜呜地嗅着他的裤脚。怀特在抚摸她的头。

“这狗哪儿来的？”众人走近后，彭三妹抢先问，她的声音带着惊喜。

怀特耸耸肩：“从对岸游过来的。”

“好像是条牧羊犬，我说不上名字，她很乖啊，看来是人驯养的。”彭三妹家里养过宠物犬，多少懂点狗的品种和习性。其他的几个动物专家，却是术业有专攻，没有一个熟悉狗。

“她脖子上有个项圈，看看上面有没有字。”陈阿南注意到了项圈，却不知道那上面原本还带有张纸条——怀特迅速取走了它。凭着直觉，他不想那张纸条被其他人看到。在现在这个特殊时段，特殊环境下，任何有可能形成的障碍和麻烦，他都要扼杀。

“没有字。”彭三妹蹲下来查看，狗驯服地贴近她。

“肯定是和主人走失了，可能是哪个看林员养的——三妹你带着她在后面吧，别让她影响工作。”陈阿南挥了挥手，继续前进，他不想为这些小事耽误时间。

彭三妹怜惜地摸摸她背上的乱毛，柔声说：“可怜的狗，你饿了吗？”

“可能是昨天下雨时走失了，在外面流浪了一夜。你看她的腿似乎受伤了。”怀特没有跟随大家，而是停下来，算是给自己找了一个借口留在队伍后面，他对寻找两栖动物毫无兴趣。

此刻，前方走着的四个人已经开始进入了工作状态。米切尔和何再复开始在溪边进行测水温、采水样、采土样的常规工作，陈阿南则独自走在前面一点，不时用竹杖往溪边石头上敲敲打打，偶尔蹲下来用手电筒往岩缝间的洞口里照射。山姆跟在后面，扛着摄像机一刻不停地拍摄。

卫星电话突然在怀里震动——他把来电调成了震动模式，是哈姆森。怀特装着不经意地走出几步，瞥了一眼彭三妹，她正背对着自己蹲在地上，拆开一袋牛肉干喂狗。他迅速接通电话。

“发现一处异常点！”电话里哈姆森的声音很兴奋。

“知道了。”怀特努力控制住情绪，压低声音，“继续。”说完挂了电话收起来。

没错，就是这里。

队伍继续走走停停，绕过一大块岩石群时，那只狗突然对着溪流恶声恶气地叫起来。彭三妹柔声安抚她也没用。

怀特依靠岩石的遮挡，取出那张皱巴巴的纸条，展开一看却傻了眼，是汉字。此时此刻，当然没有请教别人的道理。管它是什么呢。怀特随手将纸条揉成一团丢进溪流，瞬间被冲得无影无踪。

电话又来了，哈姆森这一次的口气不再是兴奋，而是有点忧心忡忡。

“詹姆斯，有点不对。你猜怎么了？我发现了至少五个异常点——”

“好极了——”

“不，从来没有过！你知道，我干这行十几年了，从来没发现这么密集的异常点，就在一百米内——还有，伽马辐射居然高达2000毫西。”

“2000？！”怀特震惊不已。毫西是毫西弗的简称，毫西弗是辐射剂量的国际标准计量单位，一般来说，铀矿勘探时找到超过1000毫西弗的异常点，就意味着可能有大型矿床的存在。

“你确定没搞错吗？”

“你听我说，要么这里一个月前刚刚爆炸过核弹！要么这里是一个从未有的巨大矿床！”哈姆森在电话里大声说。

“你们的位置在哪里？”怀特忍住心脏的狂跳。

“在上游，我快走到溪流的源头了，这里有个瀑布——你最好过来看看，太惊人了，还有这里的植物。”

“听着——”怀特深吸了一口气，“你控制住情绪！我马上过去。”

受到哈姆森来电的刺激，怀特不再谨慎，加快脚步，从岩石群外围绕过安抚狗的彭三妹，接着绕过围在溪边的其他四人——他们多半又发现了哪种蛤蟆吧。

蛇

狭小的盘龙岭景区医疗救护室里挤满了病人和家属。何医生满头大汗，眼镜片上一片模糊，心里知道自己快崩溃了。

这个医疗救护站点，是保护区内 8 个救护站点之一，配有两名医生和若干护理人员，但这周另一个医生请了事假，只剩他一个。

他其实并不是正规的专业医生，只是一个受过半年医疗培训的保护区工作人员。他是当地人，因为熟知几种治疗外伤的中医方法，所以被节约成本的领导派到医疗救护室协助工作。他日常的工作基本就是帮不慎跌倒摔伤的人擦酒精消毒，敷上中药泥，或者帮感冒的孩子冲杯药水之类的。

他套着件不合身的白大褂，半蹲在地上，在用中药泥帮一个病人的脚踝敷上，病人龇牙咧嘴喊着难受。

两个护理人员出出进进地忙碌着，不断向他请示处理方法。他抹了一把汗，心惊肉跳地看到：两张病床上已经横躺着四个病人，还有三四个病人在家属的搀扶下在墙角东倒西歪，地上一片狼藉。一个保安在门外大声吆喝着，阻止更多的人进来。

全是被毒蛇咬伤的游客。

盘龙岭的游客并不多，昨天黄昏雷雨后基本回到景区中心地带，但早上放晴后，避了一夜雨的游客就像遇了大赦的犯人一样，纷纷早起去山上欣赏日出。结果从早上6点开始，到现在的两个小时时间里，居然有这么多游客被蛇咬伤，陪同来的游客们异口同声说，山腰上出现好多条毒蛇，它们不怕人，伤者都是猝不及防被咬伤的。他看出这些咬伤全是毒蛇，像是五步蛇或者蝮蛇，伤口很大，病人都萎靡不振，有两个人已经出现昏迷。

“要送医院！我这里治不了！”何医生两个小时里一直这么说，嗓子已经哑了。外敷的中药泥，是用武陵山中采集到的半边莲、马齿苋、七叶一枝花和蛇含草煎晒成粉，对于延缓毒素发作有一定的效果，但中药和蛇药一样，并不能根治蛇毒，而且不是对所有人有效。他很清楚，如果几个小时内再不注射抗蛇毒血清，有病人会丧命的！

“医生，求求你快治啊！我爸爸已经疼昏过去了！”

“镇医院怎么去？路上全堵了！”

“我们游客是买了门票的，被蛇咬了全是你们保护区的责任！”

“你不是医生吗？怎么治不了？你是什么鸟医生！”

“快打电话派救护车来啊！”

……

游客冤枉他了。保护区有两辆急救车，但已经全部在昨天上路去镇里，运送受伤的游客，还没回来。

120急救电话他早就打过了：接电话的人很抱歉地告诉他，镇里的救护车全部用于其他抢救了，让保护区派车送去。再打电话给保护区的车队，车队队长却诉苦道，他的所有车辆一早都被调集出去了。

盘龙岭是新景区，并没有配备游览电动车，只有南北大门的十几辆车，但远水解不了近渴。

驻扎在普陀景区的保卫处还有车！电话里保卫处的小张说还剩下一辆车，他立刻派人开过来，但是不敢保证通往镇医院的山道已经疏通。

一辆车，可这里起码有十个病人。

何医生到现在也无法理解，为什么暴雨后突然出现这么多蛇？

江大林和明明绕过了峡谷，他们选择了一条远路，越过一个灌木林，沿着一个布满青苔的石坡往下走。明明走在前面，她张着双手，连跑带滑地下了坡。接着，她就惊呆了，差点一屁股坐在地上。

地上有东西在蠕动。这次不是幻觉。

透过晨雾，她清楚地看到，坡下的地面上，灰扑扑的一大群蛇向她迎面游来。一阵恶心涌上咽喉，她发出尖叫。

江大林在身后大喝一声："快爬到石头上！"

明明手忙脚乱地爬到附近一块巨大的椭圆石头上，江大林跟着爬上来后，下意识地去摸枪，但随即意识到枪没有多少用。他嘘了一口气，拔出开山刀。此刻，蛇群已经游上了土坡，有几条接近了大石头。

三角形头，土灰色的身躯，短而粗的尾巴，是蝮蛇！江大林倒吸一口冷气，哪来这么多蝮蛇！

蝮蛇是喜欢低海拔的蛇类，大多栖息在山坡下、农田边、村庄旁，因为与人类居住劳作的环境重合，是最容易对人类造成伤害的毒蛇。不过，蝮蛇是种习性懒散的蛇，它捕食时不是靠敏捷的追击，而主要依赖近似泥土的保护色，守株待兔，伏击小型啮齿类动物、两栖动物和昆虫。

江大林的记忆中，连两条蝮蛇在一起都没见过，更别说成群结队出现了。

它们在干什么？

蝮蛇的队伍不疾不徐地从泥泞的草地游走，两人不敢发出声响，紧张地注视它们的行动，闻到了它们身上难闻的气息。

一条被挤到外围的蝮蛇，在大石头边缓缓游动，似乎被两个人的气味所干扰，忽然昂起身子，三角形的脑袋探出石头，蛇信弯曲一吞一吐。

明明拼命缩着双脚，抱着膝盖，恐惧地盯着面前这只丑陋的爬虫，喉咙发干，身体发硬。

那条蛇的上半身游上了石面，尖尖的嘴巴移向明明的鞋子，越来越近。明明终于发出惊叫，与此同时，江大林一刀剁下，“仓啷”一声，刀刃砍断了蛇头直剁到石头上。蛇头飞出去十几公分高，“吧嗒”一声落在地上，断了头的蛇身扭曲着同时落下去。

蛇群丝毫没有觉察，它们就像是匆匆忙忙赶赴约会一样，已经远远游到他们后方，消失在视线外，只有烂泥地上残留着它们凌乱弯曲的痕迹。

“没事了。”江大林跳下石头，一脚拨开血淋淋的蛇身，蹲下身用刀尖拨弄着兀自张着嘴的蛇头，突然，蛇口猛地合拢死死咬住刀尖。

“狗日的，好凶！”江大林喃喃道，甩动刀尖抖下蛇头，一脚踩得稀烂。他知道，毒蛇就算被砍下脑袋，神经还能维持几个小时甚至更长时间，如果被毒牙咬中，也能致人死亡。

明明还缩在石头上不敢下来，战战兢兢问：“江大哥，这是毒蛇吗？为什么这么多……”

“是蝮蛇，剧毒。我也不知道，我从来没见过这么多蝮蛇。”江大林一边回答，一边在草丛上擦拭刀刃上的血迹。

“它们是在迁徙吗？”明明突发奇想。她记得曾经在报纸上看过新闻，蛇、老鼠、癞蛤蟆这些动物都有成群结队迁徙的习惯。

江大林愣了愣，努力回想着自己在保护区的年代，却想不起有类似的事情。

“可能是大雨冲毁了它们的窝。你看，它们在顺着山往上爬。”江大林拿出指南针，确定了一下方位，“这群蛇是往东走的。”

“往东？那不是往保护区走吗？”明明终于下了石头，四下张望着。

江大林阴沉着脸，远眺雾蒙蒙的东方。明明说得没错，蛇群行进的方向就是普陀景区。

矿床

怀特看到白练一般的大瀑布时，已经累得半死，他看了看表：9点50分。他整整走了1小时20分钟。溪谷的路太难走了，雾气越来越大，路上他滑了一跤，弄得满身泥浆，还有一次差点滑进湍急的溪流，吓得脸都绿了：中上游的激流远远超过下游，一旦落水不堪设想。

瀑布的巨响震荡在耳边，空气中满是湿润的水汽。

绕过一块矗立的巨石后，他被盖尔吓了一大跳。

盖尔脸上毫无笑意，一脸戒备地蹲在巨岩背后，右手放在小腿处，怀特知道那里绑着一把锋利的地中海式匕首——他见过那把又薄又窄的利刃，那是作为“解剖工具”放在设备箱里托运来的。怀特毫不怀疑，如果不是无法通过海关，盖尔一定会携带一支手枪。

“啊哈，瀑布声太大了，差点听不到你的脚步！”盖尔看清是他，重新露出鼬鼠般的笑容，手离开小腿，站直了身体。

“哈姆森呢？”怀特不想多理会他。

“坐在那里思考人生。”盖尔用手指了指，故作幽默地回答。

哈姆森坐在水潭边一块平整的低矮石头上，身后一块巨岩遮住了喷溅的水沫，背包和仪器堆在一边，手里拿着块亮闪闪的东西在发呆。猛地看到怀特后，他霍地站起，嚷道：“上帝啊，你总算来了。看看这里，看看这块石头！”

丰沛的积雨使得瀑布流量倍增，大瀑布下的空地完全被水流淹没，原本不大的水潭，几乎成了个小湖泊，浑浊深邃不见底。

瀑布飞流急坠的压力在谷底形成了一股气流，怀特顶着扑面而来的水汽，踩着几块勉强露出水面的石块，终于走到近前。他立刻认出了哈姆森手里的石头：一块铀钙云母晶质铀矿石，和自己搞到的那块样品一模一样。

“你相信吗？这块晶质铀矿石就在这水里找到的，到处都是！”哈姆森吐沫直喷，胡子翘起来。

怀特直到这时才肆无忌惮地放纵自己的喜悦，大笑起来：“成功了！我就知道会成功的！”

“詹姆斯，异常点和带全集中在这一片。这个瀑布周围三英里之内，我估计有上千个！”哈姆森指着瀑布大喊。瀑布奔流的声音巨响无比，他们要大声喊叫才能听见。

怀特抬头看着白沫飞溅的瀑布，有点目眩。

哈姆森指着水潭边上浓雾笼罩的树林，接着大声说：“看见了吗？那些树比中下游的树高大得多。”

怀特点点头：“是的，你怎么认为？”

“辐射造成的变异结果。”哈姆森回答得很坚决。

怀特眼睛扫视着树林，开口道：“我想还能发现其他一些东西。”他放下背包，活动了一下腰腿，跨到水潭边，顺着斜坡往上走入树林，低着头寻找地面。

其实，他不用仔细找。树林里遍地都是。

密密匝匝，低矮的深绿色植物。

“瞧，箭叶堇！”怀特扬起右手冲着哈姆森喊道，手指上夹着一株绿色的小草。

“铀草！和哈萨克斯坦的一样！”哈姆森伸长脖子，一拍大腿，跟着嚷道。

利用植物探矿，听上去神奇，但事实上已经有两千年的历史。最早的记载来自中国，《荀子·劝学篇》里称“玉在山而草木润”，这是人类历史上第一次提出了矿物和周围植物生态有关的观点。南北朝梁代著名的植物找矿著作《地镜图》中就曾记载：“山上有葱，下有银；山上有薤，下有金；山上有姜，下有铜锡；山有宝玉，木旁枝皆下垂。”

到了现代，植物找矿更成了重要而有效的探矿辅助方法，属于化探的一种。地质学家通过植物的外表和成分，来判定地下有什么矿藏。比如蔚蓝色的野玫瑰可以帮助找到铜矿，因为铜元素能使野玫瑰染上蔚蓝色。这一异常现象就曾帮助苏联的科学家在乌拉尔找到了大铜矿。镍会使某些植物的花瓣失掉色彩，而锰矿则会使所有花卉都变成红色。矮灌木林能够证明土壤中有石膏。矮生樱桃和刺扁桃说明地下有石灰岩。忍冬则常与金矿、银矿伴生。已知的 70 多种能够指示各种地下矿产的植物中，几乎都是草本植物，其中有三分之一以上属于豆科、石竹科和唇形科，还有车前科、木贼科和堇菜科。

铀矿也有指示植物，在东半球的勘探中，与之相伴的植物多为堇菜科。另外，因为铀矿独特的放射性，周边的植物都有较高的铀含量。

怀特将这株箭叶堇装进一个标本袋里，慢慢返回哈姆森身边坐下。这时他的身上已经几乎湿透，但他毫不在乎，他相信，只要回国后在实验室检测，会发现叶子里有丰富的铀含量。其实，这已经不重要了。他坚信，这里是一个前所未有的富铀矿床。

他闻到一股酒气。哈姆森打开了一罐威士忌。

“瀑布上面那些大块岩石，你认为是什么？”怀特眯着眼睛仰头看着瀑布。

“我怀疑那些石头都是花岗伟晶岩，过一会儿我们要上去取样品。”哈姆森做了个爬山的手势，随即将手里的威士忌递过去，“来一口？”

怀特喝了一大口，惬意地伸直了身体——这时候，只缺一支雪茄了。

“盖尔，你来点？”

“谢谢，我不要。”盖尔拒绝了，他不愿意在工作时喝酒。在怀特和哈姆森交流的时候，他一直坐在另一块稍小的石块上无所事事地听着，对这些专业知识，他插不上嘴。不过，他也有收获。

盖尔拍拍身边一个大背包，对怀特说：“嘿，你瞧，我捡到了什么。”

“这是什么？”怀特不记得盖尔还带着这样一个背包，明显中国制造的帆布背包。

“一整套攀岩工具。”盖尔拉出背包里的动力绳、半身安全带、8字环、扁带、钢锁、主锁，笑嘻嘻地说，“可能是攀岩爱好者丢下的，在水潭边捡到的。”

“不错，能用得着。”怀特判断动力绳长度约为60米，正是攀登山岩和洞穴的利器。

他们当然无法知道，这是江大林没找到的小胡的背包——它被瀑布的激流冲到了西岸。

哈姆森的双眼被酒精刺激得通红，他大声说：“显然，这里的矿床不在地下，而是地表——那些石头里。”

“我也这么认为，高品位的表生铀矿床，”怀特哈哈笑了几声，满意地扫视四周，“不用矿井，不用采挖，真是活见鬼，这里的铀矿石全都露在地表，你甚至可以拿一个筐来捡！”

“西蒙斯先生这次满意了！”哈姆森使劲捋了下胡子，扫了眼水潭，“只是这条溪流碍事，还有这个瀑布——”

“很简单，填掉就是。用山坡上的土——”怀特的话说到一半，突然停住了，他吃惊地看到盖尔猛地跳起身，接着从浓雾里冒出一个人影。

陈阿南站到距离他们两三米的地方，眼中怒火燃烧。

陈阿南

“你们在说谎！”陈阿南大声说道，他的脚站在一块露出水面两寸的石头上，手里的竹杖顿在粗糙的石头边缘。

“陈教授，不要激动。我来解释一下——”怀特努力堆起尴尬的笑意，但心里明白这个中国人全知道了。

“不要再骗我了！我听到了你们的谈话，你们不是在找宝石，而是找铀矿！”陈阿南怒吼道，脸色因愤怒和受到欺骗涨得血红。

陈阿南独自前来，是来借用怀特的卫星电话。

在下游寻寻觅觅半个多小时后，他们毫无收获。溪水里固然没有任何发现，居然那么多石缝里，也没有找到一种两栖动物——别说两栖动物，甚至连最常见的水蜘蛛、水蚂蟥都没见到一只。这太罕见了。

这里好像什么动物都没有。看着周围郁郁葱葱的树木，陈阿南心里充满了疑惑和不安。

何再复却有了发现。在做了水样的常规滴液检测后，他发现水质异常——有大量的活性成分，这种情况非常罕见。何再复想起办公室里有份关于水质活性数据的资料，他立刻打电话给值班的科室人员求助。可是拿出手机后，却发现没有信号。他向其他人借用手机，却惊奇地发现所有的手机全部没有信号——这条溪流有点古怪，看上去它屏蔽了所有的手机信号。只有借助卫星电话了。

考察队有三部卫星电话，一部在中方领队谢所长身上，一部在肖博纳身上，可巧他们两人都不在，还有一部在怀特身上。当然，他们不知道哈姆森身上也有一部。

陈阿南从彭三妹口中得知怀特早已超过他们，他决定去找他借用电话。同时，想提醒大家不要再往前走，就呆在原地——他已经坚信这条溪流存在一些未知的因素，对于野外考察来说，未知因素就意味着危险。

他独自赶往上游，到达了瀑布前，在浓雾遮掩下的巨石后面，他听到了一切。

眼下，三个美国人陷入了最大的麻烦。怀特在瞬间脑筋急转，盘算解决的方法；盖尔则满心懊恼：都怪瀑布的响声太大，还有这该死的大雾，他居然忽视了警戒。这是不可饶恕的错误。哈姆森呆呆地望望发怒的中国人，又望向怀特。

怀特做出了决定，他要摊牌。他是谈判专家，手握任何人无法阻挡的王牌。

“好的，陈教授，我不再瞒你——我们确实是来寻找铀矿的，”怀特顿了顿，开始长篇大论，“我们找到了，这里是一个前所未有的大铀矿，你知道吗，它的储量可能超过你们国家的总储量！不，你接着听我说——”

“据我所知，中国是世界上除了俄罗斯之外，核电站最多的国家。核电站需要大量的铀，每年上万吨！可是中国的铀矿产量如此低下，你肯定知道，你们国家一半以上的铀都是从澳大利亚进口，而且无法满足需求。回到现在，是的，我们发现了这个铀矿，我们做错了什么？我们要开发它，要把铀从矿石里提炼出来，但是我们是做生意，我们不是恐怖分子，不会用它来制造核弹，我们只想赚钱——谁不想赚钱呢？我们来做个交易吧，你搞研究需要经费——好，西蒙斯基金会每年给你的课题组提供五万美元经费，连续提供5年，不，提供十年！好了，陈教授，你不妨这么思考这个问题，我们得到了铀矿，中国得到了能建造、维持核电工业一百年的原料，你得到了科研经费。皆大欢喜，不是很好吗？”

怀特的情绪被自己的一番话鼓舞起来，脸上泛起红光，盯着陈阿南。对面的中国教授仍然怒气未消，但是没关系，谁也不会拒绝金钱。在他这么多年的商业谈判中，面对过数不胜数的政客、军人、企业家、律师、记者、科学家，没有谁能拒绝金钱，没有一次例外。

陈阿南回视着他，却在摇头：“不，你忘了，我不是能源专家，也不是商人。”

“什么？”

“我不是能源专家，也不是商人！”陈阿南提高了声音，挺起腰杆，“你说的关于核电站，关于赚钱，我都不懂。我是个搞科研的，是个学校教书的生物老师，我的经费不需要你们赞助，我只需要这根竹杖，你懂吗？至于你关于开发铀矿的高谈阔论完全可以和我国的政府部门去说，他们会给你答复——我只知道，你们假借两栖动物考察之名，来寻找铀矿，欺骗了所有人。”

“那又怎么样？”怀特发觉自己无法理解眼前这个死板的中国学者，开始激动起来，“难道我所做的事，还比不上从洞里寻找那些该死的蛤蟆重要？！”

陈阿南被激怒了，血一下冲到脸上，他吼道：“当然比不上！你们到处找矿、开发，到处破坏大自然，留下荒山秃岭和遗弃的核废料——告诉你们，我痛恨这些，核弹也好，核电站也好，都是人类科技的病态产物，我见过资料里广岛原子弹爆炸后的惨状，也见过沿海渔民不敢吃自己捕捉的鱼虾——因为附近有核电站！这些东西贻害无穷！你们想过吗？人类真需要这些东西吗？”

一阵山风夹带着水滴横扫过来，打得每个人脸上生疼，但没人躲避。

陈阿南停了下，指着水潭边郁郁葱葱的树林，“你们只知道铀是不可再生资源，但你们知道真正不可再生的资源是什么吗？是这些山，这些树，这些溪流，这些濒临灭绝的动物！对，就是你说的蛤蟆，它们才是这块土地的主人。你知道这些两栖动物在地球上生存了多少年？一亿年！人类呢？人类有史可考的历史不足一万年，一个短暂的过客！当两栖动物在地球上生存繁衍了无数年的时候，人类的猿人祖先还没长出尾巴！凭什么我们要用自己的傲慢和自私，来灭绝这些古老的生灵！”他看到两人脸上目瞪口呆的表情，心中充满愤懑，“你不是问我大鲵的叫声吗？我现在回答你——野生大鲵除了在短暂的求偶期，其他时间都不会叫！为什么人类叫它们娃娃鱼？是因为它们被人类捉住抓在手上才会哇哇叫！它们不是叫，而是哭！”

三个美国人愣在那里，一时说不出话来。

陈阿南深吸一口气，平复一下澎湃的情绪，然后无限蔑视地看了他们一眼，转身就走。

“等等！陈——”怀特脸色铁青，上前一步，焦急地大喊，“你想干什么？”

“回去！”陈阿南没有回头，大步迈出。

“等等——”

陈阿南的竹杖突然在石头上一滑，猛然戳入水中，他的身体失去重心摇晃起来，他惊叫了一声，两只手乱舞想保持平衡。他眼前的水潭晃动起来。

怀特向他伸出手，但盖尔的反应更快，他抢先一步伸出了手。

陈阿南慌乱地伸出手，想抓住盖尔的手。但是盖尔的手却绕过去，在他的肩膀上使劲推了一把。

“扑通！”陈阿南重重摔入水潭，旋涡迅速将他卷走。他在水里翻滚着，手脚在拼命挣扎。

“上帝啊！你做了什么?!”哈姆森惊得脸色煞白，他想冲过去，却被怀特狠狠地拉住了胳膊。

盖尔站在水边，冷冷地盯着旋涡里的人影渐渐消失。

“你推了他，你杀了人！哦，上帝啊！”哈姆森的酒意完全惊醒了，他大叫大嚷起来。

“你他妈的闭嘴！”盖尔恶狠狠地冲哈姆森大喊，他的脸上早已失去了笑意，变得像一条激怒的眼镜蛇。

“盖尔想拉他的——是意外，意外！”怀特终于开了口，他粗重地喘息几下，看了一眼盖尔。这是盖尔解决麻烦的方法，虽然简单粗暴但更加直接有效。

哈姆森不再说话，只是呆呆看着水潭，水潭里浪花四溅，已经看不到陈阿南的影子。

“好了，时间不早了，”怀特的声音平静下来，“收拾东西，我们马上上去采样品。”

盖尔镇定自若地背起那个攀援绳的背包，跟着怀特往瀑布上方走去。哈姆森嘴里咕哝了一句，在胸口快速划了个十字，跟上了他们。

营救

“听到了吗？那是大瀑布的水声！”江大林指着前方，提高嗓门对明明说。

明明也听到了远处那隆隆的巨响，脸上露出喜悦。

“大概还有一百多米，从这里下去，快到了。”江大林观察了一下路线，有两处可以下，一处几乎是笔直的崖石，一处则是倾斜的石群，参差相连。他选择了笔直的那条路，因为倾斜的石头更易滑倒，一旦从锋利的岩石上滑倒摔下，后果是灾难性的。而用安全绳从笔直的崖石溜下去，看上去危险，其实更安全。

他给明明和自己扎好安全带，扣上绳扣。

明明抓紧绳子慢慢溜了下去。

与他们相隔十几米处，怀特、哈姆森和盖尔攀着岩缝，吃力地往山上攀爬。怀特肩上的背包卡在一处锋利的石头边缘，半天才扯下来，他忍不住骂了声。

“我好像听到有人说话！就在那边！”江大林的身体刚溜下去，明明就对着他耳边大喊。

但是他们的视线被岩石灌木挡得严严实实，连几米外的地方都看不见。江大林侧耳听了听，除了瀑布的巨大水声，什么都听不到。他大声对明明说："这里不会有人来！"

这时他们的位置距离瀑布口很近了。江大林透过树缝已经能看到瀑布下的水潭。咦，水潭里似乎有什么东西在动。

江大林吃了一惊，停住解安全带的手，将明明拉到一棵矮树后，自己则翘起脚尖定睛辨认。

不好，那是一个人！

"你呆在这儿！"他冲明明喊了一嗓子，迅速解下背包和猎枪丢下，来不及解开安全带扣，就拖着安全绳往坡下冲去。鞋子很快陷入了泥泞中，他使劲拔出来，拼命往水潭边冲去。

那可能是老李或者小胡！

明明被他的突然反应弄愣了，意识到有什么紧急事件发生。她抬起头向水潭张望，却什么也没看到。

江大林一口气奔到水潭边，不假思索地跳进水里，游了过去。

陈阿南落入水里后，口鼻里立刻呛了一大口水，他本能地屏住呼吸，拼命将头伸出水面，但旋涡的力量太大了，他被卷入潭水中央，无助地随波旋转。瀑布的激流一次次将他冲开，旋涡一次次将他带回，他在水波里上下翻滚，不知道呛了多少水。挣扎中，他踢掉了一只鞋子，使出仅剩的力气蹬了一脚。这一下使得他冲出了旋涡中央，翻滚中呼吸到了一口救命的氧气，接下来却咕咚咚猛吞了几大口水。

他的内心充满恐惧和恶心，感到天旋地转，肺部灼烧一样的疼痛。他四肢乱游，他想呼吸，但身体再也无法露出水面。

他终于失去了最后一丝力气，意识模糊了，停止了挣扎，任由死亡抓住了他——要不是一只有力的大手抢先一秒把他抓住的话。

江大林牢牢抓住陈阿南的衣服，他自己也呛了好几口水，咳嗽起来。他侧着身子，激流冲击着他的耳朵，什么都听不到。但是他很清醒，知道该把溺水者拖往岸边。他使出全身力气往外游，可陈阿南的身体突然猛冲过来，带动江大林一起冲出水潭，跌进了湍急的溪流。

江大林拼命蹬着双腿，一只手想抓住溪边的石头，但石头太滑了，激流迅速把他们冲下去。

明明已经下到了坡底，看到了这一切，也看到了那根拖在岸边的安全绳。她尖叫着冲下水潭边，却滑了一跤，爬起来继续冲，但是，距离那根救命的绳子还有两三米的时候，绳子猛地被拖下水，她眼看着两人在视线中迅速消失了。

江大林在水中屏住呼吸，溪流将他俩飞速冲下，突然他的身体重重撞击到一块暗礁减慢了速度。他趁机抓住了礁石的尖利边角，再也不敢松手。直到这时，他的另一只手也没松开陈阿南。陈阿南早已失去了知觉，身体软绵绵地像根泡在水里的木头。

江大林剧烈咳嗽着，努力避开激溅的浪花，这里距离明明已经太远了，他们已经被冲到了中游。他知道自己坚持不了一分钟，他感觉手指冰冷发木，已经快抓不住了——

一个黑影闪电般冲过来，发出熟悉的汪汪叫声。

“黑豹！”

江大林迷迷糊糊的眼睛看到了“黑豹”。“黑豹”站在溪流边，焦急地甩着尾巴。

“绳子！咬……绳子！”江大林使出全身力气大喊。“黑豹”听懂了，她跳进溪流，咬住了水中拖着的绳子一端，爬上岸看着主人。

“树！树……转圈！转圈！”江大林的声音已经嘶哑到极点，他的手再也抓不住了。最多几秒钟。

“黑豹”焦躁地从喉咙里发出呜呜的声音，急速摆动着尾巴，她知道“转圈”的意思，但她不明白为什么主人这时候叫她做这个游戏？

“转圈”游戏，是江大林从部队军犬基地学到的招数，训练狗围着一棵树转圈，能转多长时间就转多长时间，目的是培养狗的平衡协调。但“黑豹”这时能明白主人的用意吗？

江大林无力再喊，垂下了头，感觉力气一丝一丝从手指尖消失。

“黑豹”猛地跑向岸边的一棵大树，开始围着树打转，绳子绕上了树——江大林的手指终于松了，他和陈阿南瞬间被激流冲走，但是这次只冲了几米就停住了。

“黑豹”做到了。

湿淋淋的绳子牢牢地嵌入大树粗糙的树干上，止住了两人的重量。

江大林拉着绳子，吃力地向岸边移动，等到把陈阿南拖到岸上时，他已经瘫了，大口地吐着黄水，半截身子横躺在水边，闭上了眼睛。

明明边跑边哭，跌跌撞撞冲了过来，身上泥泞不堪。看到江大林被冲下溪流，她哭得像失去亲人一样伤心，这时看到江大林躺着生死未卜，她简直要崩溃了。

为什么我周围的人总要离我而去？！

她冲到江大林身边，奋力将他拖上岸，发现他的胸口还在起伏，大喜喊道：“江大哥！”

“人工……呼吸！”江大林睁开眼睛，有气无力地说。

明明没有丝毫犹豫，将嘴巴凑到江大林嘴边。江大林咳嗽着，勉强将嘴巴避开：“不……是我，是他！”

明明暗骂自己笨蛋，她把陈阿南身体放平，开始嘴对嘴人工呼吸。几分钟后，江大林勉力爬起，将陈阿南脚部垫在石头上，用双手按压他的胸腔。

“哇——”陈阿南吐出几口带着胃液的酸水，突然下意识咳嗽了一声，无力地睁开眼睛，呆滞地看了一眼，随即再次闭上眼昏厥过去。

吊脚楼

见到那块高坡上平整的红薯地时，王动终于确定自己得救了。

沿着猎人小径，他走出了漫长的密林，带着一身的泥浆和疲惫。他不知道自己走了多久，只知道越走到后来，见到的人类踪迹越多：被砍断露出木渣白印的树桩，草丛中被踩踏出来的小径。

王动揪住藤子拔起一根尚未成熟的小红薯，连泥巴都没擦就三口两口啃光了，接着又连吃了几根才稍稍满足了饥渴的肠胃。他跪在地上抚摸着红薯翠绿的藤叶，心头按捺不住狂喜，这只能是人类种植的。这里应该距离人居住的地方不远了。

他沿着红薯地下面一条明显的小径，又走了二十分钟，转过一个山坡，一眼看到了山坡掩映中那些奇特的楼房。

吊脚楼。

这是一个土家族村寨。

第一个发现他的人是个土家族妇女，她穿着浅蓝色的右领开襟，离地一尺的长裙，手里拿着个类似锄头的农具，正和王动对面走来。看到王动后她吃了一惊，丢了农具转身往回跑，同时大声喊起来。

王动听不懂她喊什么，也不知道她怕什么，他只是呆呆地站着，脸上抑制不住绽开了欣喜的笑容。经历了这么多磨难后终于再次回到人类社会中，他陷入极度的幸福之中，眼眶不禁湿润了。

几个土家族男子不知从哪儿冒出来，神情紧张地大声呼喊着，他们都一个打扮：头包青布，身穿对襟布褂，长裤布鞋，手上举着农具棍棒。直到目睹入侵者满身褴褛、血迹斑斑的狼狈模样后，他们才稍稍放松了戒备。一个脸上有刀疤的矮壮男子走近几步，对王动大声问话，说的是土家族语，他一句也不懂。但他担心地看到男子手里抓着一副弓箭。

王动堆起笑容扬起双手表示自己没有敌意，开了口："我……我不是坏人。"他吃惊地发现自己的嗓子居然如此嘶哑，使劲咳了一下，继续用最诚恳的语气表白："我是游客，是好人——你们听懂我的话吗？"

刀疤男子满脸狐疑地走到他身边，好奇地围着他转了一圈，突然对着别人说了几句话，其他人笑起来，露出参差不齐的牙齿，手中攥着的棍棒却松弛地放下了。

王动意识到这些土家族村民的友善之意，于是开始指着自己破烂的衣服、血迹斑斑的伤处，一边解释一边打手势，他知道自己眼下最需要治疗，其次是食物和休息。

男人们专心听着，语速飞快地互相交谈了几句。接着，刀疤男子露出笑意，指指王动，又指指自己，说了一串话。

"怕卡"这个词听他们说了几次，王动猜这大约是指自己，但这个男人在说什么呢？

刀疤男子继续重复着说话，见王动始终没有反应，最后上前用手拉了拉他的胳膊，另一只手指着村里。王动这下恍然大悟：他要自己跟他走。

他心怀喜悦，随着刀疤男子走进村寨。

这是个依山而建的原始小村寨，在王动的记忆里，从没见过这样纯净得令人一见难忘的村寨。湛蓝的天空下，一座座两层高的吊脚楼错落有致地悬挂在郁郁葱葱的山坡之中，和大山融为一体，保持着亘古以来的宁静。饱经风吹日晒的粗大木桩已经褪色变旧，茅草屋顶上炊烟缭绕，空气里弥漫着米饭和腊肉的淡淡香味。

王动看到大约有十几座吊脚楼，看来这个村寨很小，只有十几户人家。

对于土家族独有的吊脚楼，王动并不陌生。他在那次湘西凤凰古城旅游中，专门参观了一处土家族村寨，那里的吊脚楼更多，楼层更高，更漂亮，楼顶是瓦片，不像这里是茅草。不过再怎么说，吊脚楼的形状都是一样的。

显然，一个陌生人的闯入吸引了全村人的注意力，沿途王动看到许多男女老幼站在自家的楼下，好奇地打量自己。

王动随着刀疤男子进入一个村中心的吊脚楼，穿过空荡荡的“吊脚”时，几只豢养的野鸡咕咕叫着躲避到一旁。

踩着嘎吱作响的楼梯，他们走上楼。楼上有三间屋子，他们进了中间最大的一间堂屋。屋子最里面是称为神龛的长桌，桌上摆着盏古老样式的油灯，屋子中间是一个四方形的火炕，王动知道这是土家族人家的“火塘”。刀疤男子示意他在火塘边席地坐下，王动坐下后打量四周，和以前见过的差不多，只不过地方小一些，简陋些，他没有看到电灯、电视这些电子设备，显然这里不通电。遗憾，没有电话。

不一会儿，一个矮小的妇女递过来一杯水。王动道了谢，接过来刚喝一口，就知道杯里不是水，而是甜甜的糯米酒。他贪婪地一饮而尽。妇女笑着又倒了一杯，王动再次一口气喝光，有点不好意思地笑笑。刀疤男子也笑了，对妇女说了几句话，妇女走到隔壁房间，不一会儿端上一大海碗油炸粑。油炸粑上，盖着一片特大的肥膘肉，这是土家族人待客的最高礼节。

王动没有客气，狼吞虎咽吃起来。他早已饿坏了，吃得万分香甜。

楼梯吱呀声不断，七八个男女上楼走到堂屋前，笑嘻嘻地看他吃喝，接着下楼，又换一批上来。孩子们都是拉住大人的手，眼睛不眨地盯着他。王动心想，看来全村的人都来看热闹了，大概我现在的样子像妖怪吧。

火塘很温暖，靠在木头墙上很舒服，王动肚子吃饱后很快萌生了困意，他知道这样不礼貌，努力睁开眼睛保持微笑，但眼皮沉重得架不住，终于，在一群陌生人的围观中，他睡着了。

地图

王动一觉醒来时，首先映入眼帘的是一张年轻憨厚的面孔。

“你睡醒了？”年轻男子就坐在他身边，没扎头巾，留着平头。

“啊，不好意思——”王动迷迷糊糊回答，随即反应过来这年轻人说的是流利的汉语。他支起身子，发现自己背靠在堂屋的板壁上，身上却多了层粗布毯子。他感觉身上有点异样，忙掀开毯子，不由一愣：上衣和裤子不见了，赤裸的身体只留着内裤，左肩、左胯、左脚的伤口全都敷上了药，用白布包扎好了，屋里散发着一股浓浓的草药味。

看来自己睡着时，好心的主人已经为他清洁过身体，疗过伤。随着伤口一阵阵清凉，王动心情大好，脸上露出了感激的微笑。

门口看热闹的人已经散去，屋里除了年轻人，王动的对面还坐着两个人，一个是自己熟悉的刀疤男子，这家的主人，另一个是位满脸沧桑的老人。他们看到客人的感激表情，笑着点头示意。

“别担心，你的伤不重，没伤到骨头，爷爷的草药很管用，”年轻人的口音不像是湘西口音，他接着问道，“你是哪里来的？迷路了吗？”

“我是外地游客。在武陵山旅游时，不小心掉下悬崖，受了伤，后来迷路了，好不容易找到这里。”王动简单说明了情况。

年轻人露出诧异的神色，他扭头向两个土家人说话，他的话和他们的一样，只是很不熟练。结结巴巴说了好长时间，两个听众才齐声“哦”了一声，频频点头。

老人从怀里掏出一张卷成长方形的牛皮纸，小心展开，递给王动，说了句：“你——看。”他居然会说汉语，不过语音很奇怪，没有平仄，就像外国人学说中国话一样。

王动纳闷地接过牛皮纸，一眼扫去才吃惊地发现那是幅手绘的地图。牛皮纸陈旧发黄，墨迹已经变淡，但地图上群山起伏，有树有水，有草有路，许多地方用红颜料画着各种动物，有豹子、野猪、麂子、狐狸、野鸡、大鲵、鱼、蜜蜂、蝴蝶，虽然线条只是寥寥几笔，但动物的形貌非常传神。看上去像一张狩猎图，它是这个貌不惊人的土家老人自己绘制的？太神奇了。

年轻人的话解答了他的疑问：“这是爷爷画的这一带的地图。他打了一辈子猎，山里的每个地方都去过。”他指着地图上一处黑色的小圆点，告诉王动：“这里就是村子的位置。你怎么走到这里的，还能认出来吗？”

我要早有这份地图就好了。王动一边悻悻地想着，一边在地图上仔细寻找自己的行踪，他指着一座蜿蜒的山峰问：“这是盘龙岭吗？我是从这里摔下来的。”

年轻人指着地图，用土家语和老人解释了一会儿，老人点点头，回答了几句，然后看着王动用汉语说：“是。”看来，老人只能说一些简单的汉语词汇。

“爷爷说，这里是大龙山——就是汉人说的盘龙岭。”

王动点点头，他知道土家族人对武陵山的许多称谓与汉族人截然不同，他们几乎是怀着崇拜的感情来命名每座山峰和溪流。比如，他们尊称武陵山为“山祖”。

王动继续盯着地图，观察方位，找到了自己落崖的盘龙岭北麓——那里的地图上画着一大片树林。

“这里，我是从这片树林走过来的！”王动心有余悸地叙述起来，“我还掉到一个蛇窝里面，在一个大石头洞里，里面有几千条五步蛇！”

年轻人听到蛇窝这个词，猛地直起了身体，眼睛直勾勾地盯着王动，王动这才发现他的眼圈发黑，像是彻夜未眠造成的那样。

“几千条五步蛇？不可能。”年轻人摇摇头，声音变得有些沙哑。他脸上的神情显而易见：你认识五步蛇吗？

王动见他不相信，一下急了：“是真的！洞里面全是五步蛇，三角头，尖鼻子，黑白身体，我是学生物的，不会看错。它们在交配，没有咬我，我逃了出来。蛇真多，难以想象，我估计起码有两千多条，数不过来！”

年轻人听了，还是疑惑不信，他向两个听众再次解释了一番。刀疤男子惊讶地冒出一长串话。老人则保持沉默，只是左手下意识地搓紧右手，老树皮一样的脸上毫无表情。

“对了，后来我逃到一个木屋里，一个用树枝搭成的原始木屋，就在林子里面，在里面睡了一夜。那个木屋是你们盖的吗？”

老人听了问题后，老脸上露出一丝狡黠的笑意，俯下身子从地图上准确地找到了那个位置，粗大的手指指着说：“房子。”王动顺着他手指的方向仔细一看，那里居然画着一个小三角。

老人再次重复：“房子——我。”

王动明白了，小木屋是老人搭建的。他感激无比地拉住老人的手说：“多亏了爷爷，要不然那么大的雨，我肯定冻死了！再后来，我看到树上有猎人砍的记号，就顺着记号一路找到这里。爷爷，太感谢您了，是你们救了我的命！”

年轻人叹了口气，摇摇头：“你真是命大，雷暴雨天气在深山呆了整整一天！”

一天？王动有点不敢相信，才一天？他自己感觉至少有一年那么长久。

忽然王动想起还没互相介绍，特别是这个面相憨厚的年轻人，说了半天话还不知道人家的名字。他有点不好意思冲年轻人笑笑，问：“我叫王动，你怎么称呼啊，你是这个村子的吗？”

年轻人摇摇头：“我不是这里人。我姓韩，叫我四娃吧。”

蝴蝶泉

江大林软绵绵地靠在一块石壁上，“黑豹”紧紧贴着他，把头不停地在他身上蹭。他用手摸摸爱犬的头，轻声夸奖：“好狗……”

他注意到“黑豹”的项圈上光秃秃的。信被人取走了还是丢失了？算了，现在不是考虑这个的时候。

明明手忙脚乱地继续按压陈阿南的胸部，江大林哼了一声，说：“行了……不要压了……会把他压死的。”

明明停下手，疑惑地看着江大林。

“他已经没事……呼吸正常了，”江大林说完，开始转头寻找，“我的包……”

他的背包里有急救袋，有抗生素，还有两支宝贵的肾上腺素针剂。

“啊？”明明想起来了，有点尴尬，“我们的包都丢在瀑布那边了，我急急忙忙跑过来的……我马上去拿！”

“等等。”江大林做了个制止的手势，没再多说，平复着胸口的起伏。他要再歇会儿。刚才与激流搏斗的短短十分钟，几乎把他所有的体力都消耗殆尽。

“他是谁？你认识吗？”明明却忍不住，指着陈阿南问。

“不认识……”江大林摇摇头，看着躺在地上的陈阿南。这是个中年人，看面孔文质彬彬，长袖快干衣，宽松的快干裤，膝盖上套着网式护膝，脚上只剩一只鞋子，是只带排水功能的溯溪鞋。从装备来看，够专业。看上去像一个溯溪爱好者。他为什么孤身一人来到这么危险的溪流？

陈阿南恢复了呼吸，胸口微微起伏，但仍然脸色惨白，牙关紧闭。

“好了……我们回去拿包。”江大林解开湿漉漉的安全带扣，站起身，晃了一下才站稳，使劲把陈阿南背在背上，吃力地迈步。这里的水面太宽了，岸边太潮湿，而水潭边有干燥的地方可以供陈阿南治疗和休息。他有经验，溺水者很容易被水、淤泥等造成肺部感染，如果不能迅速服用抗生素，很可能感染加重，甚至急性肾衰竭而死。

明明看着很揪心，但没再劝阻，她只有跟着江大林，往大瀑布走去。

“黑豹”仍然走在前头，和主人再次重逢让这只忠心的牧羊犬十分兴奋，时不时回身亲热地蹭蹭主人的腿。

好在路程不太远，看到大瀑布后，江大林在水潭边找到一块干燥平坦的圆石放下陈阿南，自己也累得坐在石头上呼哧呼哧喘气。明明跑去山坡，把两个背包吃力地拎了回来。

江大林取出急救袋里的抗生素药片，塞进陈阿南紧闭的牙关。麻烦来了，怎么喂水，陈阿南都吞不下，江大林无奈之下，将他的头抱在膝盖上，一手掰开嘴巴，一手捏住喉咙，试图让他强行咽下药片。这一折腾，却把陈阿南折腾醒了。

几声微弱的咳嗽后，陈阿南睁开眼睛，嘴唇微微翕动，似乎在说话，但在瀑布巨大的噪音干扰下，根本听不到说的是什么。

“吃药！吃——药！”江大林将嘴巴贴近他耳朵，大声喊。陈阿南眼珠转动了几下，明白了意思，费力地吞下了三颗药片。

“别说话，休息！”江大林喊道。

明明递过来一瓶开了盖的橙汁饮料，江大林接过来喂给陈阿南抿了几口，然后一口气喝得精光。

陈阿南再次昏沉沉睡着了，他的身体冰凉，湿透的衣服上还在淌水。

江大林费力地脱掉陈阿南的衣裤，用干毛巾替他擦干了全身，然后从背包里翻出防潮垫铺在石头上，又找出一件短袖衫给陈阿南套上，再把他抱到防潮垫上平躺着。

忙完陈阿南后，江大林脱掉自己同样湿透的迷彩衣，口袋是空的，明明的手机和香烟都不见踪影——肯定掉到水里了。他擦干上身，将旅游鞋也脱下，倒扣在石头上控水。最后将两人的衣裤拧干后展开，晾在鞋子旁。至于湿透的裤子，因为有明明在旁边，他索性不管了。

明明傻傻地看着江大林有条理地做着这些杂事，觉得非常陌生。电影中的探险活动，从来没有这么琐碎细致，都是潇洒帅气荡气回肠——傻瓜，那是电影。

这才是现实。

明明从包里拿出睡袋递给江大林，江大林点头示意感谢，将睡袋盖在陈阿南身上。

“等他身体暖和过来再走。”江大林说完，就半倒在石头上，抱起光膀子休息，心里略存遗憾：可惜这时候没有烟抽。

手机

王动把身体惬意地陷进火塘边的一把竹椅里。他刚刚吃了一盘不知什么名字的金黄色水果，糯糯的很香甜。

他不习惯地打量身上的蓝色土家族对襟布褂，嘴角忍不住露出笑意。

半个小时前，他们离开了刀疤男人的家，四娃带他去了村寨后的一处清泉，让他洗了个澡——说是洗澡，其实只是洗了头脸和手脚，身上有伤口不敢沾水。洗完后换了套干净的土家族衣服。然后，他们来到老猎人在村口独居的吊脚楼休息。

吃饱肚子，洗过澡，换了干净衣服，这和昨天还遍体鳞伤一身臭泥滚在蛇窝里的境遇天壤之别，王动的心情变得异常舒畅，以至于根本没在意眼前的四娃还是那么郁郁寡欢。

“我感觉又活过来了！四娃兄弟，真是太谢谢你和爷爷了！”王动诚恳地表示。

“没什么。等你休息好，就上路吧。”四娃正蹲在门口对着亮比划一把短刀的刀锋，头没有转过来。

在路上，四娃已经告诉王动这里的情况。这个小村寨位于武陵山脉的中段，距离最近的另一个土家族村寨有 20 公里山路，是一个几乎与世隔绝的原始山寨。寨子没有名字，全寨人都姓田，一共十几户，

40 余口人。

四娃告诉王动，从这里要到达最近的大城市——土家族苗族自治州的首府吉首市，需要分几步：首先，步行四五个小时的山路到最近的谭家寨，晚上住在那里。接着，第二天再从谭家寨出发，前往 10 公里处的石炉乡，到了那里就有交通工具了。最后，从石炉乡到达吉首市。

屋里只有他和四娃两个人。老人不在，他去帮王动联系同伴，有一户人家的男主人今天要去谭家寨交换山货，正好顺便带上王动。

王动心里预判着行程，琢磨着自己明天这个时候就可以打电话了。心里有底后，他开始轻松地观察四周。这间房子的摆设和刀疤男子家的差不多，火塘，神龛——神龛上的神物不一样，他记得刀疤男子家供的是只木雕的白虎，而爷爷家则是一只木雕的蛇，相貌狰狞，张牙咧嘴。刀工很粗糙，也有点不合比例——蛇头部太大了。

对面的屋壁上挂着一张抢眼的豹皮。豹皮足有三米长，很完整，从头到四爪、尾巴一样不缺，兀自能显出几分生前的凶猛。王动赞叹不已，这一定是老猎人最得意的猎物，这么大的金钱豹，现在肯定绝迹了。

“不知道现在几点了……”王动看着屋门外的天色，随口说道。

然后，王动吃惊地看到四娃从怀里掏出一部手机。

“快到中午了，现在是 11 点。”四娃看了看手机后回答。

“你有手机?！”王动眼珠子差点掉出来，不由挺直了脊背，竹椅发出“吱呀”一声。

“怎么？”四娃忽然反应过来，笑了笑，“忘记告诉你了，你要打电话吗？电快不足了——这里没法充电。”

“太好了，太好了！我要打个电话！”王动激动地站起身接过手机，是老款的诺基亚。他迫不及待地拨通了那个烂熟于心的号码。

明明，你在哪里？

嘟嘟嘟。忙音。

连试了几次，明明的手机就是打不通。王动急得满头汗，四娃在旁解释说可能信号不好，在山区这是常事。

王动想了想，拨通了另一个号码。

“你好，请问武陵山自然保护区号码……嗯，给我保卫处的吧。”王动拨的是当地114。他心中默记住服务小姐给出的号码，迅速按动键盘。

这次很顺利，电话通了。

“喂，是保卫处吗？”

“是。找谁？”

“我……是这样的，我是一个游客，昨天中午在盘龙岭，我不小心掉下了悬崖，后来我——”

手机里传来对方吃惊的叫声，连一旁的四娃都听到了。

“你是那个掉下悬崖的游客?！你在哪里？受伤了吗？还能走路吗？”对方连珠炮一样追问。

“是的——我已经安全了，现在我在一个土家族的村子，他们救了我。”

“土家族村子？叫什么？”

“这是个小村寨，没名字，在保护区西边的森林深处——等等，你先听我说，你们知道我掉崖的事对吗？是不是一个女孩打电话报的警？”王动屏住呼吸等待回答。

“是啊，说是你女朋友，她——”

“她在哪儿？在你们那里吗？请叫她来接电话！”

“哦，她不在这儿，她和我们江处长一起去找你了。”

“啊，那你能联系上他们吗？我打不通她手机。”

“我们也联系不上。昨天雷暴雨后，他们的手机信号全出了问题，统统打不通，只知道他们的方位。”

“在哪儿？！”

“应该在蝴蝶泉附近，他们是昨天中午去的，后来下了雷暴雨，就一直没联系上。”

“蝴蝶泉在哪儿？山脚下吗？”

“告诉你也没用，搜救队都进不去，路塌方，堵住了。好了，我要挂电话了，我们这里今天事很多——”

“等等！”王动大喊起来，“你是说从昨天到现在，都没人去接应他们，他们安全吗？”

“你放心，她和江处长在一起，还有我们保卫处另外两个同事。我们一直在联系他们——最迟下午，估计他们就应该回来。我有来电显示，到时候我让你女朋友联系你。”

手机突然发出“滴”的一声短响，电池报警了。

“啊，请你们确保她安全，拜托了！您贵姓啊？”

“我姓张。好了，不说了，该死的蛇……”

蛇？王动焦急地大喊：“你说什么蛇？那里有蛇吗？”

“今早……全都出来了，咬伤了很多游客……我要去接电话，再联系！”电话咔嚓挂断了。

“喂！喂——”这时，一阵连续的滴滴报警声后，屏幕暗下去，手机自动关机了。

电池告罄。

王动呆在原地，目光茫然。

四娃的脸色同样难看，他听到了那个刻骨铭心的字眼。

“你——走了。走了。”这时脚步声响，老猎人上了楼，他一边对王动说话，一边打着出门的手势，显然他已经联系好那家人了。

王动忽然问："爷爷，您知道蝴蝶泉在哪里吗？我记得您的地图上有一处画着蝴蝶，是那里吗？"

老人没听懂，将眼睛转向仍然蹲在地上的四娃。四娃却像没有听见一样，低头沉思着什么。

王动催促道："四娃兄弟，你说给爷爷听！问他蝴蝶泉在哪儿，我女朋友困在那里了，我很担心！"

四娃的肩头轻轻抽搐了一下，还是没吭声，连低头的姿势都没变。

"喂，你听见了吗？"王动激动起来，冲着四娃大喊，"我女朋友担心我，就去悬崖下找我，现在我却联系不上她，那里有好多蛇，太危险了！你理解我的心情——"

王动猛地止住了话音。因为他吃惊地看到四娃抬起了头，两行泪水滚落腮边。

"我理解——"四娃抽泣起来，声音变得嘶哑悲凉，"你女朋友有危险，可我呢……我的女朋友已经……不在了……死了啊！"

王动呆住了。老人悄无声息地走到四娃身边，生硬地说："孩子——说——"

四娃

泪眼朦胧中，四娃仿佛又回到了昨天下午那一幕：他被一股巨大的力量撞出洞外滚进草丛晕过去，但没过一会儿就醒来，正好看到小玉的双脚被慢慢拖入那怪物的巨口。他撕心裂肺地大叫了一声，就再次昏过去。等他沉沉醒来后，那东西已经不在了，洞口空荡荡的，一滴血都没有，只有冰凉的地面和透骨的心酸告诉他这不是做梦。小玉，他的女朋友，他的未婚妻，他在世上最亲的人，已经死了，被那东西活活吃了。

他不记得自己是怎么走到寨子的，他只记得见到爷爷的那一刻，他跪下来抱住爷爷的脚哽咽着，却哭不出来。整晚他都没合眼，他的眼前一遍一遍重复着那个画面，那个小玉的双脚被慢慢拖进蛇口的画面，他知道自己这一生永远难以走出这个画面。小玉是因为他的固执进洞而丧命的，他虽然侥幸活着，但心已经陪着小玉死了。他强烈负疚和悲痛的内心里只存在着一个念头：报仇，他要杀死那个东西！

四娃突然发出一声受伤野兽一般的凄惨号叫，接着伏地号啕大哭，从昨天到现在，他都没有这样痛快地哭过，他憋得太久了！

王动的胸口发闷、鼻子发酸，身体轻轻颤抖。他从来没见过一个男人这样痛哭，饱含着痛失爱侣的悲伤，形单影只的孤独，对天地不仁的控诉。

哭声惊动了村里人，几个男子惊疑不定地走上楼，却被老人打着果断的手势拒绝了探访。老人沉默无语，爱怜地看着四娃。

终于，四娃的悲恸发泄够了。他抬起红通通的眼睛看着老人，用土家语说了几句话。老人一愣，快速地回答。两人一问一答，连带手势的比划。接着，老人取出那张手绘的地图摊在地上，边用手指着边说话，四娃死盯着，只是点头。

王动丝毫不懂，只能在心里胡乱猜测。

半晌，他们的对话停止了。四娃起身洗了脸，然后沙哑着嗓子对王动说："对不起，我没事了。"

王动看出他已经恢复了平静，这才小心翼翼地问："有什么需要我帮忙的吗？"

四娃摇摇头，又回身抱住老人的双肩说了一会儿。老人先是连连摇头，最后却叹了口气，突然老眼里涌出泪光，接着出门下楼。

四娃看着疑惑不解的王动，低声说："我有些事，马上就要走，你也赶紧下楼上路吧。"

王动问："你去哪儿？"

"山里。"四娃干巴巴地回答。

"山里？"王动心里一动，追问道，"你熟悉山路对吗？你去山里什么地方？"

四娃犹豫了一下，还是说了出来："去东边，就是那幅地图里画着蝴蝶的位置。"

"你去蝴蝶泉?!"王动激动地喊起来，冲过去握住四娃的手，"我也去！带我一起去！"

"不，这和你没关系。"

"怎么和我没关系？我女朋友在蝴蝶泉！"

"不行！我一个人去，你知道蝴蝶泉离这儿多远吗？你伤还没好！”

“我能走路，一点不碍事！”

“……不行！你才逃出一条命。”

“你要是不带我，我就跟着去！”

四娃默默地看着他，这个面孔白净的城里年轻人，可能年纪和自己差不多大，两个小时前还遍体鳞伤像堆烂泥一样躺在地上。不，不能带他去。

王动的眼圈红了，他看着四娃动情地说：“四娃兄弟，你们救了我的命，我很感激，这辈子都报答不了！你有事瞒着我，我也不问，但请你带我去吧！我女朋友明明——她在蝴蝶泉失踪了，她可能有危险，换作是你，你能不去吗？哦，对不起，我胡说八道——但是，我真的不能不去，我……我不能没有她！”

最后一句一说出口，王动觉得有点肉麻，像是说电影台词，但是随即明明的俏丽模样浮现在眼前，他心头像被重锤一震：我没说错，我确实不能没有她！

四娃的眼圈也红了，他低头坐下，半天没说话。

房间里只听到两个年轻男人粗重的喘息声。

门口传来脚步声，老人回来了，他肩上背着个长长的袋子，手里则抱着一件王动只在画册上见过的东西——那是一张弩。

弩作为人类在冷兵器时代的终极武器，一向充满着几分神秘色彩。它比弓箭射程更远，威力更大，一向是军中利器，特别在守城战中颇有奇效。几块木头，一根弦，一支短箭，这几样东西拼凑起来，却能让最勇猛的战士一命呜呼，而且还是隔着几百米，甚至连发射者的样子都看不见。

西南少数民族，如彝族、傈僳族、壮族、土家族、苗族、瑶族、侗族都是擅长用弩的民族。土家族习武善射的特点最早见诸于古籍，出自东晋时期的《华阳国志·巴志》："阆中有渝水，民多居水左右，天性劲勇，初为汉前锋陷阵。"现聚居在湘西北的土家族即巴人之后裔，记载中称他们"擅弩射，勇好舞"。

眼前的这只弩，弩身是用硬木制成的，长约一米多，弩弦是一根藏青色的麻绳，弩身弩臂的木纹已经褪色变旧，看得出已经很有年头，但光亮可鉴，显然主人经常擦拭。

四娃依旧湿润的眼睛里流露出一丝短暂的喜悦之光。他从老人手里接过弩，试着瞄了瞄，扣动一下弩机。看上去他很熟悉这件古老的兵器。王动结结巴巴地问："你……带这个去山里？"

四娃没回答，再次从老人手里接过那个不知道是什么动物皮毛制成的长袋子，打开袋口检查。王动这才看懂那是个箭袋，里面装着六支二十多公分长的竹箭。四娃小心地提起一支竹箭，箭头是铁制的三角形状，黑黢黢的，看起来不算锋利。老人郑重地说了一句话，四娃把箭头凑到鼻子前，小心地闻了闻。

从表情看四娃显然很满意，他将箭袋斜背在身上，然后再次提起弩，扭头对看得目瞪口呆的王动说："你准备一下，我们马上就出发。"

宝藏

凹凸不平的岩石上遍布湿滑的青苔，一些低矮的带刺荆棘类植物顽强地生存在岩石缝隙里，虽然正好可以充当抓手，但攀登者的手难免被扎得血迹斑斑。

怀特在衣服上蹭掉手上的刺，喃喃咒骂着。此刻，他的头上、脸上、衣服上已经沾满了泥浆，两臂和双腿发沉。盖尔在他身后，能听到他粗重的喘息，哈姆森则越过他俩，爬到了他上方五六米远，矫健地抠住石壁的每个凸起，坚实地往上攀爬。

他就像个大猩猩。怀特悻悻地想到哈姆森身上的负重远远超过他和盖尔，看来是多年的野外勘探工作磨炼了他。

从位置看，他们此刻已是位于大瀑布的斜上方，瀑布的巨响声在他们脚下轰鸣。

上方的哈姆森忽然消失了。

“喂！”怀特大惑不解地喊了一声。

哈姆森没听到，他攀到了一处平坦的山梁，小块的尖石点缀其间，几乎没有树木荆棘。

他放下背包，从包里取出一柄尖头的探矿锤，开始敲打岩石取样。如果没错的话，这里的石头肯定是花岗伟晶岩。他很快采集了几块石样，装入厚实的帆布样品袋，满意地吹了声口哨。这些石样是表层的。

他打算再寻找几块深层的石样，于是望望四周，沿着山梁往前走去。

走了几十步后，哈姆森来到了两块巨大的岩石边，巨岩足有十几米长，上面光秃秃的寸草不生。他绕过巨岩，却觉察两块岩石中间有些异样。走过去仔细一看，他目瞪口呆。

两块巨岩间露出一个天然缝隙，黑洞洞的足有两三米宽。缝隙的边缘非常光滑，就像打磨过的那种光滑。

哈姆森深吸一口气，双手双膝着地匍匐爬行了几米，到了裂缝边低头往下张望，一股阴凉的空气吹到脸上，下面是空的。

“喂！你在做什么？”怀特和盖尔终于跟了上来，怀特大声喊道。

“真不敢相信——底下是一个大洞穴，大约有十几米高，太神奇了！”哈姆森抬起头，一脸惊奇。

“什么？”怀特吃了一惊，走到哈姆森脚边张望，“是个洞？”

“是的。见鬼，我们的脚下是空的——”

“洞里有什么？”

“看不清，似乎有积水，很大。”哈姆森又俯下头，脖子伸长，“我发誓洞里的岩石就是花岗伟晶岩！要下去采集样本吗？”

怀特稍稍犹豫了一下。

“我们要下去吗？用绳降。”哈姆森抬头追问，盖尔也在等待他的回答。怀特是首领。

“下。”怀特做了决定。

三人互相配合首先系好了安全带，接着设置锚点——将攀援绳一头绑在一块顶部尖利凸起的巨岩上，打了双套结。接着，哈姆森装好下降器，拉着绳索倒退到裂缝口，将尾端打了结的绳子抛下去，做了个 OK 的手势，脚轻轻一蹬，身体降了下去。

怀特随后下去，虽然已经有好几年没有做过绳降，但是这个洞穴足够安全，没有碍事的灌木，没有锋利的边缘，只需谨慎外加一点点技巧而已。

他顺利降到地面的时候，只听到哈姆森在低声不断地说："哦，我的上帝！"

他是辐射量过大变成白痴了吗？怀特解开绳扣，不屑地向哈姆森看去。哈姆森正站在这个宽阔如足球场的巨大洞穴的岩壁边，呆若木鸡地定着。岩壁在无数水柱的冲刷下，流光溢彩，闪着绿光——那是什么?!

怀特慢慢走到哈姆森身旁，死死盯住巨大的岩壁，感到心脏几乎停止了跳动，口里不由自主发出和哈姆森一样的短语："哦，我的上帝！"

两个地质专家和专业探矿人，一眼就看到了昨天四娃和小玉看不出来的东西。

花岗伟晶岩的岩壁里，满是绿宝石晶体。

绿宝石是世界上最珍贵的四种宝石之一，另外三种是钻石、蓝宝石和红宝石。当然，绿宝石只是个泛称，它包含绿松石、祖母绿、变石、猫儿眼等诸多名贵的宝石。在自然界，绿宝石矿只存在于花岗伟晶岩里，有时与其他物质共存，有时独立存在。不过，像这样凸出于岩壁中的晶质绿宝石，在世界上绿宝石储量最丰富的哥伦比亚，也从没听说过。

当然，这些绿宝石都是未经打磨的石胚，但是就算加上人工，足球场一般大小的空间里，四面的岩壁里全是绿宝石晶体，开采出来的价值也绝对是天文数字。

一个天下探矿人梦寐以求的宝藏。

怀特怎么也没有想到，他处心积虑的计划，却意外带来了这样的结果。有这样大规模的宝石矿，何必费尽心机去开发什么铀矿，去掩人耳目，甚至为此还杀了人。

两人相互看了一眼，他们从对方眼里看到的是同样惊喜至骇然的神情，那种神情，阿里巴巴在宝洞里有过一次。

“怎么了？这是什么？”最后下来的盖尔小声问道，他不明白为什么两个人突然神情大变。

“这是——詹姆斯，你看到了吗？”哈姆森开了口，他的声音干涩无比。

“绿宝石。说实话，我连做梦都不敢想象，地球上还有这样的绿宝石矿！”怀特咽了口口水，用手心温柔地摩挲起岩壁，清凉的水柱从他的指尖流过，“你知道吗？如果我用锤子敲下拳头大的一块，在市面上就至少价值 10 万美元。”

盖尔目瞪口呆，忍不住盯着岩壁，张大了嘴巴。

“我说……这个地方，属于我们吗？”哈姆森结结巴巴地问，他还沉浸在无比震撼中。

“目前还不是，但是会是的。”怀特恢复了冷静，转身再次看看空旷的周围，又回到眼前的岩壁。

“那些铀矿怎么办？西蒙斯先生还指望——”哈姆森突然想起他们此行的目的，那条溪流是一个储量巨大的铀矿矿床。

“哈哈，去他妈的铀矿！去他妈的西蒙斯先生！”怀特打断了他的话，狂笑起来，声音在空阔的洞穴里发出巨大回响，“事实变了，计划就变了，哈姆森先生！盖尔先生！开发那个铀矿的话，必然会暴露这里，你们希望这么多宝石都装到西蒙斯和中国人的腰包里吗？该死，这是上帝送给我们的礼物，只有我们三个人知道这里！”

哈姆森脑子一片混乱，当然不是因为辐射，而是突然见到巨大宝藏的亢奋与茫然。盖尔则眼神迷乱，头上冒出冷汗。

“哈姆森，你辛辛苦苦干这行二十年了，银行里有多少美元存款？30 万？50 万？盖尔，你别用他妈的这种眼神看我，我不信你对西蒙斯先生这么忠心！”怀特大声嘲笑道，他开始大步转圈，眼光咄咄逼人，“这个地方，价值千亿美元！而且不用纳税！除非我们都是傻子，才会向西蒙斯先生如实报告。想想，只需要其中的一点点，一个零头，我们就可以当上千万富翁，可以躺在私人海滩别墅前晒太阳，想想！”

盖尔脸色红一阵白一阵，他陷入巨大的内心挣扎中。作为西蒙斯先生的秘密特使，他被指派来的目的就是提防这种事发生，现在自己该怎么办？

“不过，我们能做到吗，我是说，这里的开发……”哈姆森茫然地看着眼前这个狂人。比起像鼬鼠一样阴险的盖尔，怀特更让他敬畏：他无疑是个极其有才华的领导者，更是个天不怕地不怕的狠角色。

“需要一个合适的计划——”怀特突然止住了话，扭头对盖尔下了最后通牒，“怎么样？要么你加入我们，要么拔出你的匕首。”

盖尔抹了把汗，低声说：“我听你的。”

“好极了，我会制定出一个好的计划！”怀特满意地笑了，接着下了指令，“保守秘密的话不用我说了——再过一会儿，我们就出去，外面还有一群中国人要打发。”

提到中国人，哈姆森却有点忧心忡忡：“他们会发现陈的尸体吗？我们怎么解释？”

“你别担心那个——雷暴雨天气，什么意外都可能发生。”说到担心，怀特唯一担心的就是眼前两个同伴，一个愚蠢，一个阴险。

“好，我再去洞穴那边看看，那边光线太暗了。”哈姆森取出手电打开，踩着地上的水流向另一边走去。

怀特和盖尔在原地没挪步。他们相隔两三米，盯着绿茵茵的岩壁，各怀各的心思。

对于这个藏匿于深山的巨大宝藏，怀特有无数细节需要盘算，但是此刻他的心情很难平静下来，这里的宝石太诱人，空气里全是宝石的味道——不对，还有一股味道，一股腥臭。

“詹姆斯……”好像传来盖尔喊他的声音，为什么声音这么奇怪？他一扭头，看到盖尔面冲自己站着，脸部的表情很怪异，他的眼睛直勾勾盯着自己身后——

怀特心里一紧，猛一转身，瞳孔顿时放大了。

上帝啊！

一个庞大的黑色阴影无声无息矗立在他身前，像一棵巨树——“树顶”突然动了一下，他才惊恐地意识到那是一个巨大的头颅。

怀特的肛门开始抽搐，两个膝盖控制不住地颤抖。

巨蟒的黑色头颅在洞穴半明半暗的光线下，显得异常巨大而可怕。它的两只拳头大小的圆眼珠长在头顶上方，毫无表情，显得冷酷而冰冷。它的粗大身躯还在缓缓移动着，扭曲着从黑暗处一点一点显露，带着暗青色的块斑，看上去像是长满青苔的巨大树干。

它的身体有酒吧的啤酒桶那么粗，看上去起码有60英尺长！世界上有这么大的蛇吗？

怀特石化般站在原地，大气不敢出，裤裆里有些湿。他知道自己失禁了。但是巨蟒没有任何攻击，只是高高昂着头颅，静静地盯着他们。他被恐惧占满的脑海里突然闪出一丝微茫的希望：它好像看不见我。那些该死的两栖爬行动物，都看不见静止的物体。

巨蟒的头颅微微侧着，暗红色的舌头在慢慢吞吐着，发出“嘶嘶”的响声。每一次吞吐，都喷出一股浓烈的腥臭。

“我的上帝！”不远处传来哈姆森颤抖的声音，接着是一屁股坐在水中的声音。

“丛林中最可怕的食肉动物，它们身长最大超过10米，体重达到1000公斤，能轻而易举捕杀鳄鱼和猴子，人一旦被它粗大的身躯缠上，瞬间骨断筋折”——哈姆森的脑海里，闪现出在南美亚马逊勘探时当地向导的介绍词，那是介绍南美森蚺的。但是，和眼前这个巨大的怪物比起来，南美森蚺就像童子军，见鬼，森蚺可能没有它一半大。这不是蛇，是魔鬼！哦，上帝啊。我要做点什么，我不能呆在这等死！

一道亮光突然从怀特的头上飞过，砸到对面地上的溪流中，那是哈姆森的手电。

怀特和盖尔吓傻了，目光不由自主跟随着手电坠落的方向，手电带防水功能，浸在水里却依然亮着，白色的光柱照向巨蟒身后——那里似乎有两个出口！

哈姆森抛出手电的同时，飞快爬起身跑向攀援绳。长长的绳子还垂吊在原地，距离他只有短短的七八米，他打算用手电引开巨蟒的注意，趁机攀上去。

巨蟒的头颅摇晃起来，似乎只是被手电的亮光打扰了一下，没有做出反应——但下一瞬间，怀特感觉它那巨大的身躯高速火车一样从身边掠过，一阵腥风扑过，他甚至感到那粗大的鳞片擦到自己肩头。

“杂种——”怀特听到哈姆森的惨叫戛然而止，他扭头看去。

巨蟒的巨口拦腰咬住了哈姆森足有200磅的身躯，鲜血夹杂着骨渣喷了出来，哈姆森的脑袋和四肢倒垂着，一瞬间就丧失了生命，就像一节新鲜玉米被农夫折断一样简单。

盖尔首先做出反应，风一样跑过怀特身边。怀特尖叫一声，也开始疯狂地跑起来。他们都跑向刚才手电筒照到的两个出口。

盖尔跑在怀特前面，径直冲向一个水流聚集的宽阔出口。他不知道那里面是什么样的，通往哪里，也顾不了许多。

他在溪流里滑了一下，跌倒在水里。

“该死的！”他诅咒着再次爬起。眼光瞟到巨蟒庞大的躯体在转身，它的嘴巴合上了，哈姆森已经不见了。他被吞掉了。

盖尔连滚带爬冲进出口。水流使他再一次跌倒，跌进水流，一下被卷了进去，全身淹没在水中，吞了几大口水。水流越来越急，他的手脚胡乱划了几下想抓住什么，但什么都没有，他看不见任何东西。他无法呼吸，失去了抵抗，听凭激流把他飞速冲进黑暗的深处。

几十秒后，他重新获得了呼吸——他瘦小的身躯被激流冲出洞口，飞在了空中。

巨蟒

“你们是……”一个微弱的说话声传来，江大林迅速扭头。

陈阿南醒了，他看到了眼前熟悉的瀑布，也看到两个陌生男女，脑海里一片混乱。

“你怎么样？”江大林伏下身在他耳边大声问道。他注意到这人的脸色好了些，有了一丝血色。

“你们……”陈阿南用双肘勉强支起上身，发现自己的身上很干燥，而且多了衣物，他明白是这两人救了他，“……谢谢。”

“你是什么人？”江大林问。

“我……”陈阿南呻吟了一声，他的意识慢慢恢复过来了，脑海里闪现出落水前的情景，脸上开始浮现出愤怒，努力扭头想看清周围，“他们呢？”

“谁？还有人和你一起吗？你们是来做什么的？”江大林提高了声音。

“怀特……盖尔……哈姆森……”陈阿南心情一阵激动，身体疲软地再次躺下。他指着瀑布，使出全身力气说，“瀑布，他们在瀑布——”

他在说什么？江大林和明明都听不懂，不过随着他的手指，不由望向瀑布。

他们正好看到一个黑影从瀑布中飞坠下来。

“啊！”三个人不禁同时发出惊呼，江大林站了起来。

黑影像一颗弹丸般伴随激流落入潭水，瞬间被冲进水底，接着随着旋涡翻滚，从他们身边飞速冲下溪流。

明明尖叫起来，她认出那是一个人。江大林也是无比惊奇，他无法理解为什么会从瀑布中冲出一个人。

三个人的眼睛都在看着滚滚而下的溪流，然后他们身后的瀑布声起了变化，不再是“哗哗”的单调巨响，而是变得分散而错落。三人几乎同时转过头，接下来的一秒钟，他们的嘴巴都惊恐地张大了。

那是亘古以来最可怕的噩梦——

一个粗大的黑色身躯从十几米高的瀑布洞口探出，它巨大的头颅高高昂起，两只圆圆的眼睛暴突着，只露出半截身体，后半截依然在洞中，瀑布的激流溅在它身上，分出更多股小瀑布溅落。它浑然不觉地悠闲地转动头颅，像是国王在巡视着领地。

瀑布下，三个人呆若木鸡，目睹着这幅惊心动魄的画面。

陈阿南死死盯住巨蟒，不敢相信自己的眼睛。他研究了二十年两栖爬行动物，从没见过这么巨大的个体，不，这不是蟒蛇，蟒蛇不可能这么大！它的头颅太巨大了，嘴巴可以轻而易举塞进一个成年人，它的躯干足有一米多粗，身上的黑色斑纹有点熟悉。它究竟是什么蛇？但与此同时，他飞快转动的脑海里却有了一种难题解惑的轻松：怪不得蝴蝶泉什么生物都没有。

江大林脸色涨得血红，双拳握紧，看着那怪物。他娘的，这是什么！他瞥瞥放在一旁的猎枪，绝望地想到枪筒里只有一颗口径 12 毫米的子弹，对付这个庞然大物实在微不足道。他突然心中一凉——他知道老李和小胡被谁袭击了。

明明想捂住眼睛不看，想逃跑，但她甚至连移开眼睛的力气都没有。妈呀，这一定是幻觉，我想回家……

“汪汪——”“黑豹”毫无预兆地发作起来，狂躁地跳到前方一块岩石上，对着巨蟒狂吠，牙齿龇出，露出骇人的凶相。

江大林心里大骂一声，脸色瞬间变得比“黑豹”更加骇人。狗叫声会引来怪物！本能驱使他赶紧逃离这里，但他的脚却像钉子一样钉在地上。还有一个柔弱的姑娘，一个半死不活的病人。

巨蟒的头倏地转向他们这边，它觉察到了动静！

“黑豹”突然停止了咆哮，只是喉咙里发出低低的呜呜声。巨蟒似乎有点漫不经心，虽然被“黑豹”的举动所困扰，但没有做出攻击的姿态。只是它的身躯缓缓往下游动，头颅接近了潭水，水面翻出两道涌动的波痕。

它的头颅逼近了“黑豹”。

三个人的心脏几乎停止了跳动，他们已经清晰异常地看到那个扁圆的巨大头颅，细密的黑褐色鳞片，残忍的眼珠，已经闻到了它身上的腥臭气息。

“黑豹”首先屈服了，她后腿夹起尾巴，飞快地跳进岸边的密林。

巨蟒没有追击，它的神态显得有点困倦，似乎没有把狗这样的小东西放在心上。它晃动了一下头，身躯又慢慢抽了回去。

三个人稍稍松了口气，呆呆地看着它把头埋进水潭，过了好久才露出来，两边嘴角流出两缕水柱。

它在喝水。陈阿南惊诧不已。

蛇和其他食肉动物不大一样，它不需要每天大量饮水来调节体温和补充身体水分。蛇是变温动物，也就是我们常说的冷血动物，比起水，阳光和环境温度更加重要。它为什么大量喝水？吃了食物需要水分来帮助消化？还是其他？

陈阿南突然想起了怀特他们。他们在哪里？

巨蟒的身躯一寸一寸慢慢缩回洞中。瀑布恢复了正常的扇面，唰唰地飞流直下。

眼前仍然是白练一般美丽的瀑布，陡峭的石壁，郁郁苍苍的树林，溪流急速而欢快地流淌，雾散了，天空现出久违的湛蓝。除了瀑布震耳欲聋的声响，四周一片静谧安详，就像什么都没发生过一样。

独索桥

小路到头了，前方是一处又深又宽的山涧，距离对岸大约十几米宽，涧里清亮的溪水哗哗从嶙峋的石间穿流而过。

四娃停住脚步，等待落在后面的王动。

王动大汗淋漓地拖着沉重的脚步，他估计鞋子上湿乎乎的泥巴有两斤重。他想他们已经走了有一个半小时了——他们唯一的通讯工具，四娃的手机彻底没电了，无从知道时间。老人只把他们送出村口就止步了，这让他颇为意外。他本以为熟悉山路的老猎人会多陪他们走一段。

路上，四娃简单地告诉王动，他们走的是一条只有土家人才知道的近路，从这条路抵达蝴蝶泉，只需要走三个钟头。

四娃肩挎着沉甸甸的弩和箭袋，白色腰带里别着那把王动见过的短刃腰刀。那把刀是老猎人自制的，刀柄是一根沉香木，刀身弯曲，磨得很锋利，刀鞘是牛皮缝制的。此外，他的腰里还鼓鼓囊囊缠着两道油光光的麻绳，手里提着一根赶蛇的竹棍，走在前面。王动则是轻装上阵，只背着一个土家人常用的蓝布挎包，里面装着水壶、几块糍粑和一块毛巾。

一路都是绿树掩映的山道，狭窄的山道坎坷泥泞，落满了杜鹃树的粉红色花瓣。他俩都穿着土家人自制的蓝布衣服，除了没扎头巾，远远看上去，就像两个土家族亲兄弟走在赶集的山路上。

四娃依然郁郁寡欢，几乎不主动开口说话。王动没有直接问他此行的目的，只是旁敲侧击地问些其他事情。他首先问起那些短箭——他怀疑是毒箭。果然四娃点头承认了。

真是毒箭。

少数民族使用毒箭的历史源远流长，最早的记载出自《史记》：公元前 219 年，秦始皇派大将屠睢统率大军南征百越——古代岭南诸多少数民族的泛称——遭遇当地土著的顽强抵抗，主将屠睢被毒箭射杀，秦军“伏尸流血数十万”，大败而归。

两千年后，这种古老的武器还在发挥作用——它本该呆在博物馆的。王动不由得泛出一丝苦笑，人类的科技进步真有吹嘘得那么飞速吗？

说到制作毒箭的原材料，因其制造过程往往伴随着少数民族的种种禁忌和巫术活动，在古代一直蒙着神秘色彩，但到了今天已经不是秘密。王动知道，熬制毒箭的毒汁多半来自有毒的植物汁液或根茎，这其中，毒生物碱类植物如川乌、草乌、附子等的毒性最大。毒生物碱类植物中，有一种号称“见血封喉”的毒汁鼎鼎有名，那是由一种桑树科植物——箭毒木的树汁熬成的，箭毒木只生长在云南西双版纳和海南岛一带海拔 1000 米的高度，极其罕见。

那么，老猎人用的是哪一种植物呢？它的毒性是哪一类？是阻断神经的箭毒样作用，还是心率紊乱的乌头碱样作用？

不过，真正令生物学硕士王动疑惑的并不是毒箭，而是四娃。

王动知道四娃要到山里做一件重要的事，而且，这件事需要用威力巨大的弩，以及毒箭。

杀人？王动立刻打消了这个一闪而过的凶险念头，他相信自己的眼光，四娃是个朴实忠厚的农村小伙子。应该是去打猎，猎物应该很大吧。武陵山有什么大型猛兽？他猛地想到了那个蛇窟，心里打了个冷战，那些蛇比什么猛兽都可怕。不过，这条路肯定不是他来时的路，四娃显然不是去杀蛇。而且，用大弩远远发射毒箭去杀蛇？那不是个好主意。

山路越来越难走，到处是被雨水淋湿的灌木丛和荆棘，很多地方看上去根本没有路，天知道四娃为什么能找到——他们并没有带老人的手绘地图。很快，两人不再说话，呼吸开始变得沉重。

王动感觉脚很沉，尽管他已经补充过丰盛的食物，也洗过澡睡了一觉，但是毕竟身上带伤，何况两天里走这么多山路，是身体机能从来没有遇到过的挑战。

他努力调整呼吸，咬紧牙，没发出一句怨言。

四娃虽然保持沉默，但他知道王动的身体状况，走路时没有加快速度，就算这样，到达山涧时，王动还是气喘如牛。

“啊，这怎么过去？”看到横亘的山涧，王动大吃一惊。两岸都是嶙峋陡峭的怪石，根本无从下脚。

“有桥。”

“哪里？”王动东张西望。

四娃示意他看左前方，王动看过去，才赫然发现左前方的一棵大树上方居然挂着一根粗大的藤索，藤索一直横过宽阔的山涧，消失在对岸的树丛里。

这是一座独索桥。

王动在参加驴友间的户外探险中，走过铁索桥，走过独木桥，唯独没有走过独索桥。事实上，他只是从旅游杂志上知道在怒江大峡谷地区，存在这样的桥——行人用滑轮挂在一根铁索或藤索上，依靠自身重量的惯性滑过汹涌的江面。

老天！我肯定过不去。

四娃看出了他的紧张，摇摇头说：“别害怕，很安全。”他解开腰上的麻绳，一共是两条。他递给王动一条，示意王动看自己，接着攀上那棵大树的枝杈处，将麻绳挂在鸡蛋粗的索桥上，在腰上缠了两道，打了个结。

王动惊恐地发现，根本没有什么滑轮，就是靠这截麻绳系在腰上做保险，这么说，过这个独索桥要靠——

四娃将双脚交叉着穿过索桥，倒挂着身体，双手交替攀着藤索，开始前进。

索桥吃了重量，开始弯曲成一个弧线，四娃背上的弩和箭袋垂到了屁股上，一晃一晃，在攀出几米后四娃冲他喊了一句：“等我过去后你再上来！这桥吃不住两人。”

不，我不会上来！王动看着蜘蛛侠一样爬行的四娃，心头怦怦乱跳。

他低头看着山涧，心里盘算能不能攀着岩壁下去。他随即绝望了。几乎是直角，不可能，想都别想。

蓝天的背景下，四娃的身影一点点变小，他已经快攀到对岸了，看起来并不怎么费力。

“过来吧！”四娃的声音隔着山涧传来，他到了对岸。

王动涨红了脸，恶狠狠地低吼了一声。这是他在跆拳道对练时的开场动作，比起赛前礼节性的相互鞠躬，那个韩国教练显然更注重弟子们的勇气。他在一旁观战时总是抱着膀子板着脸，一副“你们这群孬种”的不屑神态。直到有一次，王动大吼一声一记飞脚将他的脸部护具差点震散，他才满意地露出微笑。

那个韩国教练的汉语不行，但会写中文书法。王动有一次请教他对战时的最大要领，他结结巴巴用中文说不清。一个礼拜王动再去练习时，教练送了一幅书法字给王动，上面墨迹饱满地写了两个工整的汉字：“无惧。”

无所畏惧。

王动爬上树杈，按照四娃的样子将麻绳绕过索桥后系在腰上，用力打了两道死结。他觉得麻绳有点短，只能系在腰上两圈，它真能支撑住自己的体重吗？

妈的，不管了。

他开始攀爬。

刚开始是最难的，倒吊在空中，让他感到天旋地转。上面是湛蓝的天空，几片云彩。他努力不去想底下的景色，双手交替更换着，他在慢慢地移动，充当安全绳的麻绳很顺溜，他知道这是浸过油的原因。

索桥摇晃起来，似乎在往下沉。怎么啦？一定出了什么意外！王动惊恐地停住了移动，感觉天旋地转，耳边已经能听到涧水的汹涌声响。他的双脚不由自主地夹得更紧，两手死死攥紧粗糙的藤桥，心里绝望地祈祷：完了，绳子千万别断啊！

对岸传来四娃的喊声：“快！别停下来！”

他在催我，他没看到索桥在剧烈晃动吗？王动恼火极了，他觉得手臂很酸，扭头想去看对岸，却看不到，只能看到眼前的索桥，索桥呈现一个大大的角度——突然王动明白了，什么意外也没发生。他已经到了索桥的中段，正好形成最大的弧度，摇晃是必然的。

王动鼓起力气继续往前攀去，眼前的索桥角度越来越小，两只手臂也越来越酸。接着，一根树枝擦到了头上，他松了口气，到对岸了。

从索桥上下来时，王动手脚发软，他想一屁股坐在地上，但系在腰上的麻绳阻止了这个举动。四娃走过来帮他解开了安全绳，淡淡地说了一句："我说很安全吧。"

王动坐在地上大口喘气，四娃的话他根本不在乎。此刻他的心里洋溢着征服的喜悦。我做到了。

"歇好了？走。"四娃迈开了脚步。他像大话西游里最后出现的唐僧一样，一句废话没有。

蝴蝶泉

“快离开这儿！”江大林迅速将陈阿南背起，对着明明喊道。

明明坐在地上，身子在不停发抖，脸上惊恐犹存，眼睛里含着泪。她没有被当场吓晕，已经算是出乎意料的勇敢了。

他们开始往下游逃离，“黑豹”也蹿出树林跟了上来。她依旧夹着尾巴，刚才与巨蟒的对峙败退让她有点蔫头蔫脑。

陈阿南软绵绵地趴在江大林背上，大脑一片空白。无法解释。这只怪物。

“詹姆斯！是你们吗？”一个焦急的喊声把陈阿南带回了现实。

他首先看到了山姆，接着是彭三妹和米切尔。

他们在下游等了很久，却一直没有等到前方四个人回来。正商量要不要去接应时，那只黑狗突然离开他们向上游奔去。他们担心可能出了什么问题，就立刻动身跟了上去。

走到中游时，他们看到了前方三个人影，性急的山姆首先喊叫起来。但他们走近后才发现，不是怀特，陈阿南背在一个陌生人身上，脸色憔悴，像是受了重伤。

“陈老师，你怎么啦?！”彭三妹关心地喊起来，快步走过去察看陈阿南。陈阿南虚弱地对她微微点头，却没说话。

“天啊，他受伤了！”这是米切尔。

“詹姆斯他们呢？”山姆更关心他的同胞。

江大林停住脚步，突然遇到这么多人，居然还有两个外国人，使得他很惊奇。他喘着粗气，大声说道：“都安静——听我先说！”

他的大嗓门起了作用，大家都不约而同地止住声音，望着这个胡子拉碴、光着膀子的男子。

“你们是什么人？到蝴蝶泉来干什么？”

“我们是科考队，来考察两栖动物——你是谁？”彭三妹快言快语地回答。

江大林想起来了，没错，一支中外联合科考队正在武陵山考察。原来是他们。

“我是保护区保卫处的，我叫江大林。”

“江大林？啊，我知道你的名字——陈老师受伤了吗？”彭三妹想起来，她在管理局办公室的墙上看到他的事迹报告，好像是年度安全先进个人。

“他溺水了，现在暂时没事。”江大林简单一句话带过，忽然想起一件事，连忙问，“你们有什么通讯工具？”

“只有手机，但是这里没信号，奇怪！”彭三妹回答。

这里奇怪的事太多了。江大林苦笑一声。

“好，先不多说了，快点离开溪谷，这里不安全！”说着，江大林不由自主地回头望望。这里距离大瀑布已经很远了，瀑布的水声已经听不清了，但毕竟还是危险区域。

和江大林的紧张相反，明明一下见到这么多人，却觉得安全了许多，特别是一下看到两个干练的女性，亲切感油然而生。她对着彭三妹大喊：“快走，这里有怪物！”

几个人听得傻了，但看到江大林和明明的紧张神色，也受了感染，不由自主地跟随他们。

“什么怪物？你们看到什么了？”彭三妹小声问明明。

“走吧！到岸上再说。”江大林皱着眉头，吃力地前进，山姆跟过去自告奋勇：“我来背他吧。”江大林没听懂，他背上的陈阿南却厌恶地盯着他，用英语低声说：“你和怀特是一伙的吧……”

“什么？”山姆不解。

江大林没有理会，继续前进。前方岩石边却突然又冒出来一个人，把他吓了一大跳，腿一软，差点把陈阿南摔下来。

“喂，出什么事了？啊，你是谁？”何再复也很奇怪，气喘吁吁地问道。

何再复是高度近视眼，走在湿滑的溪谷很困难，所以落在了后面。他边走边喘气，眼睛一瞥间，好像看到溪流里一团黑乎乎的东西顺流而下，他吃了一惊，但定睛一瞧，那东西却又迅速消失了。大惊小怪看花了眼吧，他决定用不着向别人说起。

“快走！”江大林焦急地挥挥手。他们还有多少人在这里？

一行人终于走到了他们下溪谷的斜坡，彭三妹招呼大家上岸。江大林却指着溪流的东岸说：“我们蹚过溪流，从那边上岸。”

“啊，为什么？”彭三妹不解。

“岸上不远有我们一个值班室——我的车也在那边。”江大林盘算好了，值班室有床，有药品，有食物，可以救治陈阿南，而且到了对岸，手机就有信号了。

这里是溪流的中下游，水流已经变得平稳，溪水并不深，大约只到大腿处，可以隐约看到溪底的白沙，但是原本三米左右的水面在积雨后，涨到约有五六米。

江大林把脚伸进溪流，试了试水的流速，接着背着陈阿南率先蹚下水，“黑豹”跟着主人游了过去。到了溪边，江大林回头喊：“大家手拉着手过来！”

其他人照着他的话手拉手蹚过去，明明在最后面，她穿着登山鞋，走进溪流后变得很沉，蹚过溪流却抬不起脚上岸，幸好前面的山姆拉了她一把。

上岸后，刚走了十来分钟，彭三妹忽然惊喜地喊了一声："手机有信号了！"

江大林倏地停住脚步，将陈阿南轻轻放下——何再复和山姆扶住了他。

"给我！"江大林焦急地接过手机，隔了这么久第一次能和外界联系，他简直迫不及待。第一个电话就是拨给办公室，占线。隔几秒钟再拨，通了。

"喂！"接电话的不是小张，声音很嘈杂，听得出房间人很多。

"我是江大林！你是谁？"江大林大声道。

"啊，老江！我是消防支队的老高！"

"老高！你个砍脑壳死的！做啥还在办公室？怎么不来蝴蝶泉接应我们?!"江大林火冒三丈。按照昨天下午小张的说法，消防支队的救援队伍应该在昨晚就能抵达蝴蝶泉，就算雷暴雨延期，最迟今天早上也应该来了，可是他们却呆在普陀景区！

"老江啊，你还在蝴蝶泉吗？这里出事了，我们都忙得跟兔子似的，全部人马都在救援——"

"出什么事了？"

"蛇！好多游客被毒蛇咬伤了！今天一个上午盘龙岭和普陀景区路上全是蛇，五步蛇、蝮蛇，满地爬，多得难以想象！真是他娘的活见鬼了！"

"蛇？"江大林倒吸一口凉气，他想起早上见到的那群蝮蛇，"到底怎么回事？"

"我要是知道就好了——逮他娘的！头一次见到不怕人的蛇！

青天白日的就在路上爬，成群结队的！我手下的两个队员也被咬伤了——”

“你听我说，我在蝴蝶泉，还有科考队的几个人和我在一起——对，就是有老外参加的那个考察队！这里很危险，你们快派人来接应！这里也有蛇，非常大的蛇——”

“老江，我们现在没车啊！车子、人手都不足，连这个办公室都成病号房了，我们全在帮助抢送病人！狗日的山路，老是堵，昨晚山道塌方了，才清理好！车子不够，医生也不够，镇医院已经住满了！”

“死人了吗？”江大林屏住呼吸。

“暂时没听说，不过，要是不能及时救治，肯定会死人！武警、部队都紧急出动了——我说，你们自己先想办法吧！等一有车立刻派过去！”

“小张哪儿去了？”

“他去配电房了，这里电力不稳，已经有一半地方断电了！他娘的，这样下去要出大事——我挂了！你自个儿保重！”

“等等——现在哪里安全？我们马上到南门值班室，那里的路安全吗？”

“不知道！又抬进来一个！我先挂了！”

江大林茫然抓着手机，又回头看看其他人——他们已经大致听明白了情况，全部脸色惊惶。

莫慌，江大林。莫慌！江大林！他给自己鼓劲。

“下面听我的——第一步，我们先到值班室！跟着我！”江大林再次扛起了陈阿南。

他们沿着荒弃的小道，一路顺利走过。没多久，那个门牌上挂着“保护区安全值班室”标志的小平房就出现在眼前。

江大林走到这里，累得再也吃不消，就地放下了陈阿南。

值班室是双层门，里面是木门，外面是防盗的铁栅栏门。江大林下意识往皮带摸去，很庆幸钥匙串还在。

他的手指突然僵住了。直到这会儿，他才想起来，钥匙串上并没有这个值班室的钥匙。

这是江大林没想到的意外。他有点发蒙，使劲用手拉拉铁门，铁门当啷晃动了一下。拉不动，显然锁上了。

其他人都看着他。明明小声问：“江大哥，你没钥匙？”

“钥匙只有老李和小胡有，他们——唉！”江大林发出郁闷的叹息。

“窗户呢？”彭三妹走到窗户边，也失望了。因为这里地处偏僻，为安全着想，窗户上都安装了防盗铁条，那是焊死的。

温暖安全的值班室就在眼前，却进不去。所有人都面面相觑。

何再复走近铁门，抬起眼镜仔细研究起铁门的锁芯，然后从腰包里掏出一个钥匙包，找出一把钥匙插进锁芯转动。

在众人惊诧的目光中，何再复左右转动，突然“吧嗒”一声打开了铁门。

江大林大为惊奇：“你怎么有这里的钥匙？”

何再复得意洋洋地回答：“这是我家院子的钥匙。”见众人还是不解，他开始慢条斯理地解释，“这个防盗门的牌子和我家院子的一样，我就是想试试——我看过报道，国产防盗门，一把钥匙打开两扇门的几率大概超过40%。”

江大林无语，明明惊呼：“你真有才！”彭三妹则不好意思翻译给疑惑不解的山姆和米切尔听。

铁门打开了，还有道木门。何再复却没辙了。

这是江大林的强项——他喊何再复让开，猛的用肩膀一撞，木门“嘭”的一声应声被撞开。

进了值班室，所有人心里一松。

值班室有三个房间，外面的大间是办公室，一张贴窗摆的长办公桌，桌上摊着一大沓过期的报纸，一个热水瓶，两个茶杯，桌边有几把椅子，靠墙一面是两个文件柜；左边的小间支着个煤气灶，旁边一个液化气罐，一口装满水的大缸，一个半满的米袋，两张方凳上堆着些锅碗瓢盆的杂物，算是个简易的厨房；右面的小间则是卧室，铺着两张带蚊帐的床，墙边两个简易的衣橱，除此之外再无余物。

江大林看到这人去屋空的场景，鼻子突然一酸。他不想在别人面前流露感情，于是匆匆说道："你们先休息，我到车子里拿点东西。"

和江大林的情绪相反，明明进了值班室，却有一种大难不死的幸福感，这里，就像家一样。

众人把陈阿南扶上床，开始各自换衣服，晾鞋子，洗脸，喝水，休息，七嘴八舌地讨论目前的境地。

江大林走出值班室，绕过一排稀稀疏疏的杂树林，他的北京吉普就停在林子后的空地。当他出了林子，抬头望去时，却一下愣住了。

草地上空空荡荡，车子不见了。

配电房

保护区的4号配电房位于普陀景区西南边的一个僻静山坡，三间平房掩映在一片山核桃林的树荫下。为防止个别好奇游客的贸然闯入，通往配电房的小道口竖起了一块写着“高压电危险！游客止步！”字样的木牌。

这条年久失修的水泥小道泥泞不堪，夏季疯长的野草足有半人高，遮住了半幅路面，从小道走到配电房大约有300米距离。

小张在木牌处放慢了脚步，看到荒草遮掩的狭窄小道，心里有点忐忑。

他是半小时前从普陀景区的办公室步行到这里的，要去配电房通知电工抢修变压器。

他刚刚离开的普陀景区就像战场一样，从昨天开始的突发蛇灾让保护区陷入前所未有的混乱。先是盘龙岭告急，接着蔓延到普陀景区，上百名游客和工作人员被毒蛇咬伤，迫切等待救治。医疗站所有医护人员彻夜忙碌，保卫处和消防支队的所有车辆来回往镇里运送伤者，但人多车少，从山下部队派来的大批救护车辆还在路上，很多伤者只得聚在拥挤的医疗站和办公室里，强忍痛楚苦苦等待。

除了蛇造成的危害，昨晚的雷暴雨，使得保护区内的几条配电线路跳闸，同时暴雨淹没了两台箱式变压器，这直接导致了普陀景区的东半侧建筑物电力供应中断。东半侧主要是宾馆饭店，无数的抱怨电话打到办公室，供电站的人员已经全部出动抢修。负责宾馆电压稳定的 4 号配电房有专人留守，但是电话始终打不通，小张只好亲自去察看催促。

唯一的好消息是，到了中午，从清晨开始成群结队涌现的毒蛇基本不见了踪影，路上很好走——原本热闹繁华的景区大路空空荡荡，所有人都胆战心惊地呆在室内。不过，在这个时刻出门还是提心吊胆，所以他是全副武装：身穿长衣长裤，脚上套着长筒雨靴，手里提着 20 万伏的警用电棍。

小道边茂密的草丛里传来几声低沉的咯咯声，像是鸡叫声。

这里哪来的鸡?

“鸡公蛇！”小张心一紧，手心冒出了冷汗。他猛然想起了武陵山区最吓人的传闻之一。据说，这种蛇头上长着像公鸡一样的鲜红鸡冠，喜欢在雷雨后出没，会飞，会发出像公鸡一样的叫声。看见活物后，喜欢立起身体和人比高——比它高的就罢休，比它矮的就飞过去咬，它奇毒无比，人被咬一口立刻丧命。迷信的老人们都说，“鸡公蛇”是蛇王，一座山只有一只，它到哪里，任何动物都远远躲开。

第一次听到这个神乎其神的传闻时，大学生小张当然嗤之以鼻。蛇头上怎么会长鸡冠？蛇没有声带，怎么可能会叫？比高一说更是荒谬之极。但是，这个传闻在山区流传甚广，许多人煞有介事地说，他们的某个长辈亲眼见过鸡公蛇，和传说中一模一样。

有一次年终聚会时，小张在酒桌上还专门为这事问过一个在山区生活了 50 年的老护林员，那个老护林员当时捧着酒杯，眯着老眼肯定地告诉他：“有鸡公蛇！头上长着鸡冠！我还碰见过一次，吓死我了！”酒桌上其他人听了都笑，有人故意问：“那鸡公蛇为什么不咬你？你比它高吗？”又矮又瘦的老护林员洋洋自得地回答：“它立起来比我高多了，模样就像个公鸡！但是我有经验啊，我赶紧站在一块石头上，踮起脚尖，正好比它高一点点！它看看我，比了半天，才慢慢游走了！”

尽管老护林员说得活灵活现，但小张还是把这当成是酒桌上的醉话。不过，此刻的小张草木皆兵，突然在蛇灾之后听到草丛怪叫，怎么也无法忽视这个传闻。

他侧耳听了半天，却再也没听到鸡叫声，壮着胆子，一边用警棍拨打草丛，一边小心翼翼地前进。

眼看山核桃树的绿荫就在眼前了，草丛里突然又传来两声咯咯叫，接着是一阵窸窸窣窣的声响。小张再也保持不了镇定，大步踩着野草，朝配电房狂奔过去。

他的举动惊动了草丛中的东西，它扑棱着飞了出来，和同样慌不择路的小张迎面相撞，“扑腾”一声落在地上，又咯咯急叫着快速贴着草丛飞走。

小张发出恐怖大叫后，才羞愧地辨认出那是一只野鸡。

叫声惊动了配电房，房门打开，跑出来两个电工。

“哟，是张领导啊！怎么啦？”

“这个砍脑壳死的……”小张惊魂未定，喃喃骂道。鸡公蛇没遇到，但他此刻脸涨得通红，倒是像只公鸡。

吉普

盖尔驾驶着北京吉普，在坑坑洼洼的山路上疾驰。

突然他的视线模糊了——头上的血流到了眼睛里。他抬手擦了一把血，顺手在中控台上蹭了蹭，狠狠地咒骂一句。

半个小时前，盖尔迷迷糊糊地苏醒了，他发现自己全身湿透，躺在一片沙砾中。

这是什么地方？我还活着吗？

从瀑布口坠入十几米高的水潭后，盖尔就处在昏迷状态，听凭激流把他翻来卷去，最后冲到了中下游的浅滩。

他立刻发现自己遍体鳞伤，头上还在流血，禁不住呻吟了一声，接着，记忆复苏了，他惊恐地想起：那条巨蛇吞了哈姆森。

背包早已被激流冲走了，他的手下意识地摸了摸小腿，那把匕首还在。

盖尔从不是个软脚虾，就算在以黑帮林立著称的芝加哥，他整起人来也是心狠手辣，别看他个子小，再高大凶恶的壮汉也吓不倒他，不过，人和猛兽毕竟不一样。那条巨蟒，就是个魔鬼。

盖尔铆足力气爬起来，一步一滑地爬上了岸。这边不是他们来时走过的西岸，四周全是不熟悉的地形，密林，岩石，灌木丛，但他管不了许多，跌跌撞撞找着能下脚的地方往前走。

逃离那个瀑布，逃离那个魔鬼。

他在湿滑的山路蹒跚而行，浑身疼痛，但不敢停步。

然后，他欣喜地发现了前面树林边停着的那辆吉普车。换了别人，肯定双手挥舞高声喊叫着跑过去求救，但盖尔很冷静，他拔出匕首慢慢挪过去，直到靠近才发现车上没人。

盖尔没有丝毫犹豫，捡起一个大石块打碎了车窗，开了门坐上驾驶座。车上没钥匙，他到处找：遮阳板、储物箱、坐垫，都没有。这可难不倒盖尔，他砸破线路板，露出三条缠绕在一起的电线。他找出其中的火线和电源线，搭接了两下，电线冒出火星，马达响了。然后他将电线再次缠绕好，松了口气。幸好这是老款车，没有方向盘锁死功能。

这是他多年前在街头团伙学会的招数之一，还是很有效。

他猛踩一脚油门，吉普车很不舒服地吼了一声，冲出了树林。

他必须要找个安全的地方，眼前这条小路一定通往某条大路，接着应该很快能找到保护区，那里就安全了。他眼睛盯着前方，沿着小路开去，脑子却在思考着：哈姆森已经填了巨蛇肚子，怀特呢？好像他跑在自己身后的，然后就不知道了，估计也是死多活少。但是，那个铀矿，还有绿宝石矿怎么办？怎么向西蒙斯先生交代？算了，不想太多了，好在自己还活着，感谢上帝。

小青龙

“四娃，你是哪儿人？”途中休息时，王动问道。他坐在一道隆起的树根上，身子靠着树干。这棵大树枝叶繁茂，粗壮的树干上满是绿茸茸的苔藓。四娃蹲在地上，摆弄那只弩。

“江西。”四娃瓮声瓮气地回答。

“江西好地方啊，山清水秀，我去过庐山——”王动正在信口闲聊，四娃却突然喊了一声：“别动！”

“什么？”王动一愣，身体僵住了。他看到四娃的眼睛瞪圆了。

四娃慢慢站起身，突然右手一伸，从王动耳边擦过。接着，王动就看到四娃的手里多了一条碧绿色的小蛇。

蛇！王动吓得心头乱跳，他看到那条蛇的颜色，更是大惊失色。

“是竹叶青！”王动大喊起来，跳到一边。

“不是竹叶青，是小青龙。没毒。”四娃摇摇头，他用大拇指和食指中指扣住那条蛇，蛇细长的身体扭曲着缠住他的手。

王动小心地靠过去察看，果然，那条蛇的头是椭圆形的，不是竹叶青的三角头。

“它叫小青龙？”

“嗯。小青龙喜欢吊在树上乘凉，不会咬人的。它其实很温顺，也好饲养，只喂蚯蚓就行。”四娃随随便便地说，一边用手轻轻抚摸蛇的身子。在他的抚弄下，小绿蛇似乎安静了许多，不再用力挣扎，舒展了身子。

“你太厉害了！”王动满心佩服，“对了，你好像对蛇很在行，你是做什么工作的？”

“我就是养蛇的。”

王动有点惊讶，有养蛇这个职业吗？他想起农业频道里常播放的农村养殖户，估计四娃就是吧。

“那你来武陵山，是采购蛇苗吧？这里的蛇种类丰富。”王动有点得意自己在电视里学到的养殖知识。但是四娃的回答大出他所料——

“没地方采购，我是来抓蛇的。毒蛇。”

“抓毒蛇？”

“嗯。”

见四娃不愿意多谈，王动又转移了话题：“对了，你和爷爷是什么关系？你是汉族，他是土家族啊。”

“嗯，爷爷是土家人。他救过我的命，就在这里不远。”四娃不由看了看四周，抚摸蛇的手停住了，他被自己这番话打开了记忆之闸。

五年前，四娃二十岁那年，他们第一次来到武陵山扎营，找到这个人迹罕至的宝地。三叔很高兴，带着大家扎起帐篷，四处抓蛇。

四娃在追赶一只猪獾时，和同伴走失了，迷了路。接着他在树林中乱走，被一条银环蛇咬中了小腿，那是他生平唯一一次被蛇咬，怪他自己太大意了，没看清银环蛇盘在一堆树叶中。四娃用小刀割开伤口，挤出毒血，然后撕开衣服扎住伤口上方，不敢快跑，大声呼喊同伴——四娃当然知道银环蛇的厉害，银环蛇虽是剧毒蛇，但伤口很小，人被它咬中后往往不觉得疼，不过它的毒素是神经毒，如果得不到救治会在三四个小时内呼吸麻痹而死，他这样的措施只能多拖延一个小时而已。

同伴不知所踪，四娃只能咬牙独自寻路回去，但走了两个小时也找不到方向，眼看他孤立无助，就要死在山中，却被打猎的土家老人发现，及时用草药止住了蛇毒的蔓延，随后背着他走了两个小时山路。来到村寨后，用自治的蛇药救活了他。整整花了五天时间，四娃才能下地走路。

四娃在老人的指引下，抄近路回到营帐，和心焦如焚的三叔抱头痛哭。不过他只是解释被不知名的猎人救了，应老人要求，他没有说出村寨的具体位置。

这以后，四娃每年来武陵山夏季营地时，都会抽空去无名寨老人那里拜访。他喊老人爷爷，跟他学习寻路、捕猎、用弩、疗伤，还学会了简单的土家语。到了今年，他已经是一个堪比土家猎人的山路老手了。

四娃很能理解爷爷不愿意外人知道无名村寨的心情。他的内心深处，如果可能的话，也情愿过这样在深山老林打猎耕田的生活。他知道自己不适应城市，不适应现代社会的生活。当然，前提是小玉还活着——

四娃松开手，听凭小青龙如获大赦般匆匆游走了。他站起身，目光死死看着远山："我的命，早在五年前就该丢在这儿——走吧。"

值班室

外间的办公室里，彭三妹、何再复和山姆围坐成一团，神情激动地低声讨论，江大林则站在窗口，拿着彭三妹的手机在通话。

从室外回来后，江大林没有提及吉普车失踪的事，他不想再让这个变故刺激大家。他只是打了一通电话，包括保护区管理局局长办公室、保卫处下属的十几个值班室，镇派出所，武陵市公安局。

情况很严重。电话很难打通，几乎都在占线，从武陵山市、自治州、白石镇到保护区，所有与治安、保卫相关的部门，都在为这罕见的蛇害乱成一锅粥。市里远水难解近渴，保卫处则人手紧张，只有镇派出所指导员答应将立刻派车派人来接应他们，但道路拥堵，时间无法保证。

江大林放下手机，看看满屋的人，心里一片茫然。

现在，大家都知道了发生的情况——蝴蝶泉出现一条巨蟒，它已经杀死了至少两个人，怀特、哈姆森和盖尔下落不明，估计凶多吉少。而保护区遭遇了无数毒蛇的侵袭，暂时派不出人手来救援。

他们需要当机立断——下面该怎么办？

值班室虽然安全，但还是距离蝴蝶泉太近，而且，陈阿南需要入院进一步救治。

办公室里充斥着何再复、彭三妹和山姆的声音，他们在激烈地争论。何再复的意见是等陈阿南身体好些就离开这里，一部分人乘坐江大林的车，一部分人回到溪流东岸乘坐他们自己的两辆车。彭三妹坚持不能冒险外出，就地等救援队。山姆则反复强调要首先找到怀特等三人——他不相信他们已被巨蟒杀死。

他们越来越大的争吵声，让江大林心烦意乱。

江大林下不了离开的决心。如果只有他自己，他不会选择呆在这里，但现在这里有其他六个人，其中三个是女性，还有外国专家。

他不敢冒险。

江大林走到卧室，要向陈阿南请教一些问题。他已经知道了自己救的这人是大学教授，两栖爬行动物专家。

卧室里，一个输液袋吊在蚊帐的竹架上，输液管弯弯曲曲地盘在床上，它的针头插在陈阿南的手背上——这是值班室里常备的葡萄糖输液袋，里面注射了抗生素粉剂，由经过医疗训练的米切尔亲手操作。

江大林满意地看到另一张床上，明明斜靠着枕头睡得非常香甜。这个姑娘真不容易，她太累了。

米切尔没见到江大林进来，她背对着卧室门坐在床头，一手扣着陈阿南的脉搏，眼睛盯着手表。过一会儿，她松开手对陈阿南笑笑：“80次，很正常。”

陈阿南点点头。他已经脱离了危险期，精神也好多了，脸色恢复了一些红润。他的身上盖了条厚厚的毛巾，上半身靠在叠起的枕头上。见到江大林后，他露出感谢的笑容，说：“你来了，请坐。”

米切尔回头冲江大林笑笑，让出了床头位置。

“陈教授，情况你都知道了吧？为什么突然冒出这么多蛇？”江大林坐下后，直截了当地问。

陈阿南看着江大林，他已经知道了江大林的身份，也清楚他们现在的处境。瀑布里的巨蟒，保护区的毒蛇，种种不顺都与蛇有关。

“听他们说了一些，还有些不清楚——景区里出现的蛇都是哪些种类？”陈阿南看着江大林，这个问题对他很重要。

“他们说了，好几种，五步蛇最多，还有蝮蛇，菜花蛇。”

“五步蛇，蝮蛇，菜花蛇……”陈阿南低声嘟哝着，皱起了眉头。

“它们，这些蛇为什么突然大白天冒出来？”江大林焦急地重复了一遍问题。

“我和你一样困惑，只能猜测。”陈阿南坦率地承认。

卧室的说话声把外间办公室的几个人全吸引来了，他们端着椅子围坐在陈阿南床头，米切尔则坐到另一张床明明的身边。

看起来像一个病床会议。陈阿南心想。

“我先说说我的看法——三妹麻烦你来翻译，供大家参考。据我所知，武陵山区从来没有——起码新中国成立后没有出现大规模的蛇害。武陵山区是中国蛇类资源最丰富的地区之一，据几次野生动物考察的数字显示，蛇的种类多达二十几种，估计总数量在五万条左右。其中毒蛇有十二种，五步蛇数量最多，堪称全国第一。但是，所有的记录里，从来没有过蛇类大规模出巢活动的记录，而且是白天。”陈阿南的声音不大，但一字一句说得很清晰，“蛇类是胆怯而敏感的动物，一般而言，它们大规模集体出巢，只有出现在极端的条件下。比如迁徙——因为感知到环境将发生剧烈改变，地震、洪水、火山爆发等自然突变，迫使蛇提前迁离原来的巢穴，寻找更安全的环境。这样的先例很多，比如大地震前大批蛇类迁徙，大白天穿越公路。但是武陵山地质状况稳定，不存在这些极端的灾害。”

“我补充一条。人类破坏自然的活动也会造成动物的迁徙。”米切尔开口道，“美国 1960 年在西南部无人区进行核试验，就有大批动物，包括响尾蛇集体出逃到墨西哥边境。”

“对，”陈阿南点点头，继续说，“武陵山区没有火山，没有地震，没有洪水——昨天的雷雨还形不成山洪，不至于使这么多蛇同时放弃巢穴出洞。原本我怀疑会不会有人类没检测到的地震，但是很快否定了。如果真有地震前兆，那么为什么这里只有蛇在迁徙，其他动物比如蛙类都很安静？这是说不通的。”

何再复忽然想起一件事，他插了话：“老陈，有一件事不知道有没有联系——上个月，我们所接到峨眉山气象监测站电话——他们和我们有业务往来——工作人员说见到成群动物在夜晚穿越村庄，说是跑往东面山中。他们说不清是什么动物，说看上去体型不大，像是黄鼠狼。”

“峨眉山？”陈阿南愣了愣，“成群的黄鼠狼么……”

何再复的思绪似乎一下被打开了，他又想起一件事：“对了，还有——你知道，我喜欢上民间动物论坛潜水，有一个观鸟爱好者搞的论坛叫西部观鸟论坛。四月份的时候，有一个网友发了一组照片，是在四川卧龙山保护区拍到的，一大群长耳鸮似乎在往东迁徙。数量不少，大约有几十只。”

“往东？为什么？”陈阿南皱起眉头，自言自语起来。然后他转头问江大林，“你知道那些蛇往哪边迁徙吗？”

江大林想起了他和明明看到的情景，毫不犹豫地回答：“东面。普陀景区在保护区中央位置，迄今为止，蛇都是从西边、南面往东前进的。”

陈阿南的头深深陷入了枕头，眼睛盯着天花板，他在紧张地思考：蛇，黄鼠狼，长耳鸮，它们为什么往东面大群迁徙？难道真是什么人类预感不了的危险存在？

卧室里一片寂静，其他人都在盯着陈阿南。

“陈教授，我最想知道，那个怪物是什么蛇？”江大林打破了沉寂，提出了大家最关心的问题。

陈阿南回过神来，注视着江大林，缓缓回答："说实话，我不知道它是什么蛇。"

看到江大林脸上流露出的失望神情，陈阿南抱歉地笑了笑。

"对于它，我的疑问更多。第一，就是你提出的，它是一条什么蛇？世界上的蛇目动物已知约 2500 种，中国约有 200 种。按照动物学分类来说，毫无疑问它属于蛇目中体型最大的蟒蛇科，蟒蛇科又分为卵生的蟒亚科和卵胎生的蚺亚科。但不论蟒亚科还是蚺亚科，没有哪一种巨蛇的形状是这样的：头颅巨大，几乎和躯干一样粗。"陈阿南说得很流利，因为他从瀑布前就一直没停止过思考，"它表皮是暗黑色的，还有大块的对称斑纹，既有亚洲岩蟒的特征，也有南美森蚺的特征。但从没有哪一种蛇的外貌是这样的。我只能说，对这条蛇，分类学似乎失去了意义。"

除了江大林和熟睡的明明，其他人都没有亲眼目睹过巨蟒，听了陈阿南的表述，大家不禁起了一阵寒意：头颅和躯干一样粗的巨蛇。

"第二个疑问是，它为什么这么大？我判断，它的体长接近 20 米，最粗的中央躯干接近两米，估计体重在 3000 公斤以上，相当于一头成年亚洲象的体重。"

彭三妹忍不住插了话："陈老师，你说过，已知世界上最长的蛇是一条亚洲网纹蟒，14.85 米。"

"没错，"何再复抢先回答，动物分类学是他的强项，"2003 年印尼婆罗洲的村民抓到的，名叫桂花，体重为 440 公斤。不过，据说世界上最重的蛇是南美森蚺，或者叫南美绿水蟒，生活在亚马逊热带雨林的沼泽里，最大的体重超过 500 公斤。"

"我拍过一次南美森蚺的专题纪录片，1997 年在亚马逊流域，那家伙虽然看着吓人，但其实没有传说中力大无穷，我们当时从沼泽地抓到一只四五米长的，我两只手就能抓住它的脖子，它一点办法没有。”山姆也插了话，他一边说，一边卷起袖子展示自己粗壮的小臂。

“也就是说，它既有超过亚洲网纹蟒的身长，又有超过南美森蚺的体重。对此，我有一个猜测——”陈阿南没有理会山姆，接着何再复的话继续说，他的表情很凝重，“米切尔小姐，你认识佛罗里达州自然历史博物馆的肯尼思·凯斯科吗？”

“没见过面，我知道他是个爬行类动物专家。”米切尔回答。

“我最近才看过他一篇发表在《野生动物》周刊的文章。他声称，外来的蟒蛇种类入侵了佛罗里达州的沼泽地，比如亚马逊绿水蟒和亚洲网纹蟒，他认为，如果这些不同种类的巨蟒互相交配，很可能产下变异后代，它们的体型将更巨大，更具攻击性，人类很可能沦为它们的食物。”

“可是，蛇能杂交吗？”彭三妹问。

“当然可以。起码在实验室里已经被证实，蛇的杂交并不罕见，科学家曾经把鼠蛇和王蛇杂交过，把网纹蟒和缅甸蟒杂交过。我赞成他的推断，当两种蛇的品种比较接近、生活范围又重叠时，在野外自然就可能发生杂交现象。”陈阿南回答。

“所以你怀疑这个怪物是亚洲蟒和南美森蚺杂交出来的？”彭三妹反应很快。

“理论上说得通，但是问题在于——武陵山只发现过一种野生蟒蛇，就是亚洲岩蟒，或者叫缅甸蟒，金花蟒。不过，国内最近一次对武陵山区的蛇类进行大范围调查，还是十年前。”陈阿南说得口干，拿起床边的杯子喝了口水，继续说，“说到杂交，生物学上的杂交，一定会在后代身上产生变异，但不一定是可怕的怪物。比如动物园的狮虎兽就很脆弱。因为杂交的后代有时候会继承双方的特点，有时候会继承一方的特点多一些。至于蛇类杂交，会不会出现更加强大的超级蛇类，我只能说，并不能排除这种可能。”

“南美森蚺，据我所知，内地动物园没有引进过，台湾、香港倒是有。武陵山怎么会有？何况，这里没有适合它生存的大片沼泽地。”何再复补充道。

陈阿南点点头：“所以我只是猜测。这只是一个猜测，还有一个——”他突然止住了话头，笑起来，“我的水挂完了。”

米切尔站起身，连声抱歉地帮他取下针头。陈阿南用纱布按住针眼，轻轻活动活动胳膊，坐直了身体。

“另外，我还有个疑问。它这么巨大，那么它的食物来源是什么？”陈阿南继续长篇大论起来，“作为食物链顶端的食肉动物，需要大量的食物供应来源。野生动物学家在考察非洲狮、印度虎等大型猛兽后早已得出结论：供养一头大型食肉动物，需要200头食草动物。这头巨蟒无疑是食肉的，虽然蟒蛇的消化功能远不如大型哺乳类猛兽，它吃饱一次可以维持一个月，不过，按照它的体型，它吃饱一次至少需要8—10头中大型食草动物来供养。但这几乎不可能。武陵山区的大型食草动物非常少见——我的意思，它不可能靠吃老鼠和青蛙长这么大。”

“可是，蟒蛇会冬眠。冬眠期间是不吃食物的。”米切尔左手拿着尚未扔掉的空输液袋，举起右手插话，娃娃脸上一副专心致志的模样，就像在大学课堂自由发言。

“对，算上冬眠的三个月，它一年只需吃九顿饭。我们来简单计算一下，每次吃8—10头，一年要吃70—90头其他动物——那么，江处长，你们保护区的动物数量在逐年减少吗？”

江大林是第一次旁听动物学家的讨论会，他无法理解这些人在面临危险的时候，还能如此轻松地热烈讨论。他可不是动物学家，丝毫不关心这条巨蟒究竟叫什么，吃什么，只关心如何消灭它。听到陈阿南提及自己，他忍不住闷声闷气地回答：“不知道——我猜它才吃了我的同事，就是这间值班室的两个保卫干事！”

这番话把卧室里高涨的学术热情浇了个透心凉，陈阿南略感愧疚，他不该挑起食物的话题，太蠢了。

“啊，你们在开会吗？”明明睡醒了，看到一屋子人吓了一跳，一骨碌坐起身。

“你怎么样？”江大林回身看着她，她还是一脸倦容。

“我很好，睡得很香——就是肚子饿了。”

大家这才意识到，他们早已错过吃中饭的时间。现在已经是下午三点了。彭三妹笑道：“我去煮饭。厨房里有米，就是没有菜。”

“我来帮你。”明明飞快起身跟进厨房。

诱饵

密密麻麻的藤蔓植物沿着山路向上覆盖着地面，绿色叶片下坚韧的藤条有几次差点把王动绊倒。这种叶片茂密茎蔓细长的灌木学名叫什么来着？王动一时记不起来，抬头看时，走在前面的四娃已经不见人影了，他赶紧抛弃杂念往前追赶。

好不容易走到了这片蔓延数百米的藤蔓地的尽头，那是一个高坡。王动诧异地看到四娃正坐在藤蔓地上，手里编着一大束藤条。他把十几根细细的藤条弯曲成圆形，缠绕在一起，就像小姑娘在郊外喜欢编制的花环一样，不过，四娃编的这个藤环要大得多——足以套在腰上。

“你……在做什么？”王动喘息着问。

“没什么。”四娃站起身，将编好的藤环斜挎在肩上，指着前面说，“到地方了。”

“这里……就是蝴蝶泉？”王动走到坡顶，奇怪地问。

他看到前方是一处山脊，巨大的岩石重重叠叠，丝毫没有泉水的踪迹。

“蝴蝶泉在前面——从这条山脊往东走，大约十里路不到，”四娃指着前方，回头看看王动，“你就从这儿过去吧。”

“你呢？你不去？”王动惊讶了。

“我有其他事——我走另一条路——”四娃的脸上突然蒙上了一层阴郁的色彩，犹豫了一下，他迈开步子，踏着荒草向另一边走去。

王动呆住了。让他一个人穿越这样陡峭的山脊，实在是不可能完成的任务。他连忙跟上去，嘴里急喊：“等一下，等一下！”

“别跟着我！”四娃猛回头大喊，瞪圆了眼睛盯着王动。

王动被这个敦厚青年的突然发怒，弄得一时反应不过来，不由倒退了半步。

“叫你别来，你偏要来！来了就自己走，我们各走各的！”四娃恶狠狠地大声喊道。

“你怎么啦？走到一半要分手！你到底要去干什么？”王动也激动起来，“你告诉我！”

“我去——”四娃控制不住情绪，涨红了脸，他拍拍手中的弩，吼道，“我去报仇！我要杀了它！你跟着来送死啊？！”

王动一下目瞪口呆，嗫嚅道：“到底……怎么回事？”

四娃突然悲从中来，他指着前方，视线一下被泪光模糊了：“那个山洞——昨天，就在那里，它吃掉了我的小玉，活活吃掉了……我……”

他哽咽着说不下去。

王动脸色变得煞白，这才明白四娃为什么那么悲伤！沉默了一会儿，他低声道歉：“对不起，我一直不知道……是什么野兽？熊……还是豹子？”

四娃没回答，脸上悲愤之色犹在，两行清泪顺着脸颊淌下来。隔了一会儿，他才叹了口气，放低了声音：“那是一条蟒蛇，从没见过那么大的蟒。”

大蟒蛇？王动愕然，脑海里顿时闪现出几段惊悚电影中的巨蟒形象，武陵山区会有吃人的巨蟒吗？真是难以相信。但四娃的悲痛可不是演电影。

“你准备用毒箭射死它——为什么不用枪？爷爷是猎人，他没枪吗？”王动问。

“铳枪对付那个怪物没用，再说，爷爷的铳枪丢了——”四娃忍住了下半截话，因为他知道爷爷丢铳枪的原因。

王动抬起头，诚恳地放慢语气：“四娃兄弟，你这样做太危险了。你应该报警——”

“报警？”四娃摇摇头，脸上一片凄凉，“警察会管这个事？你知道我们是什么人吗？我们靠蛇维生，养蛇，抓蛇，卖蛇，在武陵山我们抓蛇是非法偷猎，警察来了会先抓我们的——没人关心我们的死活。”

王动知道自己说错了话，一时语塞。他听到四娃接着说：“就算警察肯管，我也不要。我要亲手杀了它！”

“你说那蟒蛇很大，万一杀不了呢？”王动还想劝他。

“不是它死就是我死。我早就不想活了。”四娃闷声回答。

四娃的剽悍赴死深深打动了王动，在他不算曲折的 27 年人生经历中，从没有遇到这样淳朴固执的人，这样凝重深沉的感情。

王动大声说：“我和你一起去！”

四娃摇摇头：“你去也没用，你能做什么？”

这个直率的问题把王动问愣了，他出于感动说一起去，但自己能帮上什么忙呢？他忽然想起了什么，犹豫了一下，还是说了出来：“我知道，蟒蛇吃了……吃了东西后，会躺在洞里消化，它动不了。”

四娃苦笑起来——他根本不知道那怪物有多大。

“你不去找你女朋友？”

“我先陪你一起去山洞，然后再去蝴蝶泉！”王动下定了决心，从四娃的身上他感染到一股久违的血性，再说，他自己一个人也到不了蝴蝶泉。

四娃难以决定。他从昨天在洞口醒来后，就下了报仇的决心。之所以不去营地找三叔，而是长途跋涉去无名寨，一是要寻求爷爷这个老猎手帮助，二是不想牵累三叔，他知道三叔一定会毫不犹豫地陪他一起报仇——他们血管里流的是同样倔强的血液。

但是，除了他，谁也不明白向这样巨大的怪物报仇意味着什么。

眼前这个侥幸捡回一条命的城市青年，伤痕累累而不堪一击，却要和自己一起去，他是勇敢还是犯傻？

王动见他半天没吭声，有点泄气，不由自嘲道："我知道自己帮不上忙，除了当个诱饵还差不多。"

诱饵。王动的话却让四娃萌生了一个新的念头。

"你跟在我后面，别靠我太近。"四娃说完，转身就走。

王动又惊又喜，跟在后面，和他保持着六七米的距离。

踏着荒草只走了十分钟，一棵枝叶茂盛的巨树孤零零地挺立在空地上，起码有 20 米高，树旁有一块棋盘一般平坦的岩石，有点像古画里常见的仙人树下对弈的那种。

四娃走到树下朝后招招手，王动悄悄走过去，心头怦怦乱跳。

接着，他看到了 20 米外郁郁葱葱的山体，那个黑乎乎的洞口赫然在望，远远看起来像是妖魔的嘴巴。

"不行！不行！你疯啦?！"王动无比惊讶地低声抗议。

四娃刚才对他说了计划——由四娃当诱饵进入洞口，引出巨蟒，由王动躲在树后用弩发射毒箭。他本来的计划更简单直接，就是只身进洞，遇到巨蟒后就发射毒箭，能射几支射几支，直到射死巨蟒或者自己被咬死。

天啊，他怎么想的？用活人当诱饵?！而且，由我发射弩——我都没摸过这玩意儿！王动感觉脑袋发蒙。

“我没疯，我想过了，”四娃取下箭袋，打开袋口，“我熟悉蛇的味道，能最快发现它，我当诱饵最合适。”

“当什么诱饵啊，我说着玩的！绝对不行！它会吃了你！”王动极力劝阻四娃打消这个疯狂的念头。

“它吃我的时候，你正好可以射它。”

王动简直要疯了。和一个不想活的人是无法沟通的。他跺了跺脚，全部的脑汁都在沸腾运转，但涌出嘴的却是干巴巴的一句：“我们可以想想其他方法……”

“什么方法？”

“……”

王动想不出其他方法。他磨蹭了一下，嘟哝道：“我不会射弩。”

“我教你，很简单。”

又来了，和独索桥那次一样。王动无可奈何地看着四娃左手持弩，右手从箭袋里取出一支毒箭，举到他面前。

“先把箭放进箭槽，然后拉上弦——这样。”四娃一边说一边示范，他将毒箭卡进箭槽，接着将弩头支地，用脚蹬住弩身，双手用力拉上弩弦。

“瞄准后扣这个扳机，和打枪一样。”四娃将弩递给王动，王动接过来，感觉比想象中的要沉。他举起弩，试了试瞄准，手指虚扣在弩机上。

“手太抖了，要架在石头上，保持平稳。”四娃将弩架在那块平坦的岩石上，弩头对准洞口，“瞄准了再射，对准头部射！射完一支再换一支！”

“这个毒箭管用吗？多长时间起效？”王动提出心里的最大疑窦。

“爷爷说过，一般的小动物都是一箭封喉，大一点的要过几分钟见效——爷爷用它射死过 300 斤重的金钱豹，你在他家看过那张皮的。”四娃肯定地回答。

王动的双硕士可不是白读的，他有自己严谨的科学思维，他知道所谓“一箭封喉”不太靠谱，就像说人被五步蛇咬中后走五步就丧命，都是夸张之词——他可不希望看到一只脑袋上带着箭伤的巨蟒反扑自己。

四娃意识到了这点，指指树下：“如果它扑过来追你，你就钻进树洞。”

随着四娃的手指，王动这才注意到，这棵双手合抱不过来的大树根部焦黑一片，像是遭受过雷击，长得歪七扭八，在底部弯曲形成一个足能容身的树洞。树洞周围洒落着一圈淡黄色的花苞，如小樱桃大小。

“咦，这是棵红豆杉！”王动惊讶地脱口而出，他认出了这棵巨树——再过几个月，花苞就会变成红豆般的果实。

红豆杉是第四纪冰川遗留下来的古老树种，在地球上已生长了250多万年，享有植物王国里的“天然活化石”之誉。它材质坚硬，刀斧难入，有“千枞万杉，当不得红榧一枝丫”的俗话，不过它对自然条件的要求极为苛刻，所以在野外难得一见，更别说长成这么高大了，王动绝没想到在这里居然邂逅到这种珍稀的古树。

“你放心，它身体太大，钻不进去。”四娃安慰道。

我可不希望有验证这句话的机会。王动心想。

该说的都说了，两人看着远处的洞口，同时沉默了一会儿，洞口静悄悄的毫无动静。

“难为你了，兄弟——我过去了。”四娃突然用手抱住王动肩膀，使劲晃了一下。王动眼眶湿润，说不出话来。

他目送着四娃走向洞口，心脏像打鼓一样。手指紧紧贴住弩机，手心上全是汗。天啊，我不敢相信自己在做这么疯狂的事。

蘑菇

“江头！是你吗？！”手机里传来小张兴奋的喊声。

“是我！我打过电话回办公室了——现在情况怎么样？”江大林坐在床头。他刚才稍微躺了几分钟，还是放心不下景区，拨通了小张的手机。

“全乱套了，毒蛇成灾！现在蛇都跑光了，但所有人都躲在屋里，不敢出门，我在4号配电房，电压不稳，电工在抢修，”小张的声音带着哭腔，“你在哪里？能赶过来吗？”

“我在蝴蝶泉值班室，和科考队在一起，我这会儿过不来，我们这里出事了，一条他娘的大蟒蛇——死了好几个人！老李和小胡也失踪了，可能凶多吉少！”

“啊？！我的天！”

“我打过电话给老高了，他说暂时抽不出车来，我们只好在这里等待救援。”江大林忽然想起这个年轻的下属正在忙碌，“你莫慌！电压不稳是吧，储藏室里有不少蓄电池，可以应急。”

“我没事，我只担心你们——对了，那个掉下悬崖的游客还活着！”小张大声道，“他中午打过电话来了，说受了轻伤，现在在一个土家族寨子里，很安全。他女朋友和你在一起吗？”

“太好了！”江大林喜出望外，眼睛不由自主扫向外屋，“他女朋友很安全，和我在一起。”

“我一会儿就回办公室，那里全是病人，主要是没车！全运送病人到镇上了。一有车，我就开过去接你们！”

“好，你先忙你的，镇里派出所说他们天黑前能到。”江大林突然想起自己的吉普，“还有，我的吉普车不见了，被人开走了，你留意一下，他娘的居然敢偷老子的车！”

“好的。江头，你千万小心！”

“好的。”

挂了电话，江大林稍稍松了口气，往厨房走去，他想马上把好消息告诉明明。

厨房里只有彭三妹蹲在地上洗刷碗筷，炉子上煮着一大锅饭，小小的房间弥漫着浓浓的稻米饭香。

“明明——那个妹伢子呢？”江大林一愣。

“她和何博士出去了，去采蘑菇当菜。”彭三妹笑着回答。

江大林的头嗡了一下，怒火中烧，他忍住没有发作，转身就走，穿过办公室，没有理会山姆和米切尔的招呼，猛地拉开铁门。

这都什么时候了，还采他娘的蘑菇！

冰凉的雨丝打在脸上。又下雨了。

“明明！明明！”江大林扯着嗓子大喊起来。四周毫无回应，他们不知在哪儿。

何再复扶住眼镜，喜不自胜。

在这块混杂着松针和黑色泥土的松林斜坡上，他有了意想不到的发现。

武陵山野菜资源丰富，夏季雨后是蘑菇的旺生期，特别在松树林，常见的可食用蘑菇就是松蘑，灰褐色的松蘑貌不惊人却出奇鲜美。清代一位隐居山中的诗人曾写道："三月山蕨初出芽，松林七月菌生涯。"

何再复就是来寻找松蘑的，他记得来的时候经过一大片松林。

他喊着明明一起，主要是担心自己的高度近视，松蘑的颜色简直和泥土没什么区别。没想到得来全不费工夫，居然给他发现了比松蘑更稀罕的菌类。

"这是什么菇？能吃吗？"明明凑了过来，低头打量那些长相奇特的蘑菇。她对采摘花朵、蘑菇这样的事总是兴致勃勃，不过一路低头寻找过来，却两手空空。

"哈哈，我们真有口福，这是羊肚菌！"何再复蹲下身，爱惜地轻轻拔起一株。

这种淡黄色的圆伞状野山菌，表面有许多像羊肚一样的凹坑，因其入口后难以言喻的美妙滋味，位列世界四大野生名菌之首，市场价格昂贵，特别是鲜菌就是有钱也难买到。因为它对地形地貌的要求过于苛刻，而且产季极短——海拔 800—1000 米左右的阔叶林空地，温暖潮湿的雨后——所以几乎很少有人能采到野生的新鲜羊肚菌。

而这里居然有一大片。

"厨房墙上正好吊着一块腊肉，可以来个腊肉炒羊肚菌，哈哈，羊肚菌可鲜啦，你只要吃过一次保证一辈子不会忘记！"何再复一边把采到的羊肚菌往一个大手帕里堆，一边大咽口水。

明明早已饥肠辘辘，听他这么一说，也是馋涎横生。两人兴高采烈地采摘起来，很快这一片采光了。何再复采得兴起，弓着背弯着腰边走边找，走下了坡。

牛毛雨丝不知不觉飘落，天空蒙上一层黏黏的雾气。

"下雨了——回去吧！"明明抹了一把沾湿的头发，站起身喊道。她看到坡下的松林里，何再复的身影越来越模糊。

“啊哈，这里还有好多——”何再复远远地回答。

明明回头看看，这里虽然距离值班室不远，但密匝匝的松林和白茫茫的雾气挡住了视线。松林里似乎有动静，她心头怦怦乱跳，一种不安感油然而生。

“明明！”一个熟悉的声音陡然传来，江大林拨开松枝怒气冲冲地钻了出来。

“江大哥！”明明松了口气，既吃惊又高兴。安全感回来了。

“谁让你们到外面瞎跑！快点回去！”江大林板着脸，瞪着明明，“还有一个，那个戴眼镜的博士呢？”

“何博士在前面——”明明手指着前方，但视线里已经没有何再复的影子。

雨丝开始变密，松林完全笼罩在乳白色的雨雾中，除了沙沙的雨声，松林里静得吓人。

“何博士——”江大林冲着前方高喊，心里焦躁不安：亏他是个搞科学的博士，这么不省事！

没有任何回应。

江大林往坡下走去，突然前方传来一阵巨大的响动。松林像是活了一样，波浪般摇晃起来。

不好！

“快回值班室！”江大林冲明明大喊。明明惊慌失措地扭头就跑，手里捧着的手帕散了，羊肚菌咕噜噜滚落一地。

“喂——”江大林紧跑两步，对着前方大喊。

他锐利的目光猛然看到了迷雾中那团黑色的巨大阴影，心里一凉，放弃了寻找何再复的念头，返身开始往回跑。

明明一口气跑到值班室门口，铁门开着。她冲进屋内。

“出什么事了？”山姆在门口一脸惊奇。

“快！他们在后面——”明明气喘吁吁。

值班室的所有人都惊动了，涌到门口，彭三妹惊恐地连声追问：“怎么了？怎么了？”

“松林里好像有东西！啊——”明明突然脸色煞白。她明白了，一定是那个怪物。

“何博士和江处长呢？”

“他们在后面——何博士去采蘑菇，看不到他了……”

山姆诅咒了一声，迈出门外：“我去接应他们！”

“停下！”陈阿南大声说，他不知何时下了床，扶着墙站在卧室门口，脸色说不出的严峻，“关上门！谁都不能再出去！”

江大林在松林里弯弯曲曲跑了十几步，就意识到来不及跑到值班室了。

他不用回头，就能感到身后那个隆隆的碾压声越来越响——在树林里，它游得比我快！

前面一棵枝叶延展到地面的大松树挡住去路，他无暇多想，一头钻进去，紧贴树干，蜷缩在密密麻麻的树枝中。

透过松针的缝隙，他看到了巨蟒的躯体慢了下来。

显然，林间簌簌而下的雨滴干扰了它的感官，它没有发现江大林。

江大林屏住呼吸。这是他第二次目睹这个巨大的怪物，但还是不敢相信，在武陵山怎么会有这样的东西存在？要知道，这里距离保护区近在咫尺，而这个吃人的巨蟒，居然距离他们如此近！

它就在十米开外，头部被遮看不到，硕大无比的身躯盘绕在两棵粗大的松树树干上，看上去它在使劲摩擦身体，它的肚腹间鼓了一大块——江大林心里一阵恶心，他意识到那是一个人。那个戴眼镜的何博士。

雨丝不断打在它暗黑色的躯体上，从它的鳞片上滑落。

巨蟒继续盘绕树干摩擦着身体，满树的松针簌簌而落。看上去它很惬意，像是在做游戏。

娘的，它要在这搞多久?

江大林浑身被雨水淋透，长时间蜷缩着身体使他很难受，小腿开始有麻木感。他估量了一下距离，觉得自己可以在惊动它之前跑到值班室。但是他不敢冒险，只是希望这个怪物早点离去。

时间一秒一秒过去，江大林胸口沉闷得像压了一块巨石。他的呼吸开始变得粗重。

“我要飞得更高，飞得更高——”一曲流行歌猝然从怀中响起，在静谧的松林里显得那么响亮。

娘的！手机响了——那是彭三妹的手机。

江大林第一时间做出了反应，他拨开树枝，开始狂奔。他听到身后有了动静，轧过草木的隆隆声音又开始响起。

退伍兵江大林犯了一个错误——蛇类没有外耳和中耳，只有耳柱骨，没有鼓膜、鼓室和耳咽管，所以蛇不能接受空气传导来的声波，从人类的评判标准，蛇是个不折不扣的聋子。但是，蛇有内耳，一端连接到横骨上隅肌，对于从地面传来的震动却很敏感。也就是说，就算手机音乐再大十倍蛇也不会听到，而他逃跑的脚步声才真正惊动了蛇。

他跑得上气不接下气，终于看到了迷雾中值班室的灰白色房子，但那个铁栅门关着。

身后的响声越来越近，就像一列火车在势不可挡地碾压过来。

“快进来！”铁门突然打开了，山姆伸出手来接他。

江大林抓住了山姆的手，与此同时，他感觉背上一股热浪，一股腥臭异常的气息——它就在我背后！

江大林听不到众人恐惧的惊呼，他冲进了铁门，一头栽倒在地。

他听到山姆“咣当”一声关上铁门。

接着，铁门遭受到一声巨大的撞击。

山洞

王动从岩石边探出上身，向远处的四娃连连摇手——这场下午雨打乱了他们的计划，烟雨迷雾中，王动连四娃的身影都看得模糊，更不用说瞄准巨蟒头部发射毒箭了。

守株待兔的这20分钟时间，对于王动实在太过漫长。他先是心惊胆战地看到四娃在洞口大声跺脚制造噪音，然后看到他捡起一块石头猛地扔进洞中。王动额上满是冷汗，扣住弩机的手指已经僵硬，提心吊胆等待巨蟒出现的那一刻。

但折腾了半天，洞里却毫无动静。

王动很高兴地看到四娃穿过雨幕朝他走来，这才大大松了口气。

“雨下大了，根本瞄不准——它不在洞里吗？”等到四娃靠近，王动小声问。

“不知道。这洞很深。”四娃边回答，边顺手接过弩，抬头看了看越来越密集的雨丝，简短地说了一句：“你去蝴蝶泉吧——我一个人进洞去。”

看着四娃再次毫不犹豫走向洞口，王动跺了跺脚，跟了过去。

近距离看到藤蔓遮掩下黑魆魆的洞口，王动简直不寒而栗——这么阴森可怕的山洞，别说里面有蛇，就算里面啥都没有，也太吓人了！但是四娃看来是铁心要进去，怎么办？

四娃已经站到了洞口。他从腰间取下一截绳子，缠在一根刚刚折断带着白渣的粗长树枝上，拢着手用火柴点燃，火焰滋滋地冒了起来。

一根火把。

王动这才明白那根油乎乎的绳子的真正用途。他呆呆地看着四娃。

没有电筒，没有武器，只有一个简易的火把，一张原始的弩，一个无畏的青年。

他这样进去，必死无疑。

四娃左手举火把，右手持弩，回头冲王动点点头，迈进洞中。

他的肩膀被拉住了。

“别拦我——”四娃没有回头，用力挣脱了王动的手。

“我不拦你——我拿火把。”

四娃回过身，摇摇头：“你别进去，这和你无关。”

“我们一起来的，就和我有关！”王动盯着他，声音很平静，“要么你也不进去，要么把火把给我——到这时候，我不在乎了。”

四娃看着王动，他看到那张被雨水淋湿的脸上一双固执的眼睛。沉默了一会儿，他终于将火把递给王动。

王动刚迈进洞，四娃忽然又拉住了他：“等等，套上这个。”边说边从自己身上取下那个先前编好的藤环，斜挎在王动肩上。

“这是什么？”王动忍不住问道。

“野葛。”四娃答道，见王动还是疑惑，补充了一句，“蛇怕它的味道。”

“原来是葛藤！”王动这才想起，他大学校园里的图书馆侧墙就有一片攀援而上的葛藤。怪不得那么眼熟。

葛藤是一种原产于中国的半木本豆科藤蔓类植物，在国内的生存环境极其广泛，古人最早的衣服就是用葛藤纤维织成的“葛麻”。除此之外，葛藤的块根肥大厚实，是一味很常见的中药原材料。

蛇怕葛藤的味道？王动还是第一次听说。不过此时不是刨根问底的时候。

火把的照耀下，两人并肩走进山洞。

洞里还是老样子，四娃胸口发酸，努力不去回想这里发生过的惨痛一幕，只是抿紧嘴唇警觉四周，手指搭在弩的扳机上，随时准备射出毒箭。

洞穴里很安静，空气阴凉而潮湿。

走了几百米后，火把照到了蛇蜕。那张巨大的蛇蜕已经被践踏碾压得散乱不成形。四娃忍不住瞟了王动一眼，他不知道这个城市青年是否认出那是什么。

火把光的映照下，他看到王动的脸色苍白无比，但没有太多的恐惧，他举着火把的手甚至没有颤抖。

是条汉子。四娃很少佩服同龄人，但现在他不得不承认，身边的这个城市青年的胆量一点不亚于他。

四娃不知道此时的王动已经超越了恐惧。王动是个心地简单的青年，他的人生哲学之一就是：事到临头，怕也没用。接过火把的那一刻，他就将危险置之度外。他只有一个念头：不能让四娃一个人冒险。那样不公平。

在枪林弹雨的战场上，很多平时看似胆小的士兵都能迅速达到这样的境界。他们敢于冒着战火行军，敢于踩着尸体冲锋，这些勇气不是来自指导员的军训教育，而是最简单最朴素的信念：不能抛弃战友。当然，也有一些平时夸夸其谈的人，在第一声枪响后就吓破了胆，选择了抱头鼠窜。

面临生死关头，人性的表现最赤裸最真实。骨子里是勇士还是懦夫，丝毫掩饰不得。

火光不断划破黑幕向洞内延伸，两人默不作声地继续前行。越往里走，脚步落得越轻越慢，洞穴里除了他俩粗重的呼吸声，只有火焰燃烧油绳的嗞嗞声。

落在头上的水滴越来越多，王动不时用手遮着火把，四娃却越加戒备，全身绷紧，他知道前面即将到山洞的拐弯处。那个大操场快到了。

“慢点——”四娃用手指了指前方，低声对王动说。

王动感受到了四娃的紧张，握着火把的手禁不住变得僵硬。

踏进开阔地的瞬间，四娃屏住呼吸，做好了随时扣动弩机的准备，但什么意外都没有。

它不在这里。

开阔地的光线很差，因为下雨的缘故，从上方巨岩空隙里透出的只是雨幕，前方的深处一片雾气蒙蒙。

王动四下张望，吃惊于这个洞穴的巨大和复杂。多年户外行走的经验告诉他，这个洞显然不是单一的溶岩洞，而是一个多重构造的复合洞——兼有溶岩洞和构造洞的特点，亿万年来的地质作用和水蚀作用造就了它。

火光渐渐暗了下去，第一根油绳烧到了尽头。四娃赶紧从腰间解下另一根缠上后，火势又开始旺盛。

“咦，那是什么？”王动指着前方，惊讶地喊了起来。

他看到雨幕中悬挂着一条绳子。

四娃满脸狐疑地走过去，往上望了望，用手拉了一把。很坚实，绳子那端显然拴在顶上的支撑物上。

“这是条攀援绳！有人来过这里！可能是搞洞穴探险的，从上面用绳降下来的。”王动认出了动力绳。那是攀岩爱好者的利器。

“不好，那人肯定危险了！”四娃面色阴沉。

“不一定是一个人，洞穴探险一般都是团队。我们找找看。”王动忐忑中带有点兴奋，如果有帮手，就太好了。

岩壁上反射出绿茵茵的光，但王动无暇欣赏，急急忙忙移动火把，试图把这个开阔地的地形弄明白。

四娃打了个往前的手势，两人小心蹚过地面的溪流，走向开阔地的另一头。

在顶端，王动惊奇地看到了相隔很近的两个洞口。

位置偏低的是一个水洞，另一个位置偏高的是旱洞。

水洞看来是地下暗河，把这些溪流汇集在一起不知流往哪里。王动心想。

“就是这个洞——”四娃说话了，嗓音变得沙哑。他死死盯住旱洞的洞口。上一次，就是这个洞里，他闻出了巨蟒的腥臭。

这里面就是巨蟒的巢穴。

王动突然“咦”了一声，发现这个旱洞口的石头有点异样。他把火把靠近后凝视：岩壁上钉着一根粗大的铆钉。

铆钉是建筑工地里常见的那种大规格钢钉，牢牢钉进坚硬的岩壁里，只留出铆钉头露在外面。铆钉锈迹斑斑，一看就是年代久远。

巨蟒可不会钉铆钉。这个洞口有人来过！

出乎意料的发现一个接一个，让王动目瞪口呆。

秘密工程

洞口是方形的，高度足有两米，但宽度只有一米多。仔细察看后王动越加心惊：岩石洞壁满是平整的切割痕迹，明显是机器开凿出来的。

“是人挖的?!”四娃也发现了异样，同样吃惊不小。

“这个洞不是天然的！不知道里面通往哪里？”看到建筑痕迹，王动的心反而有点镇定，他望着四娃，目光跃跃欲试。

四娃犹豫起来，一直坚定的目光开始变得迟疑。他是来找巨蟒复仇的，但是这个突如其来的人工洞搅乱了他的心神，进去吗？他扭头张望开阔地，还是空荡荡没有巨蟒的踪影，四下一片不安的静默，耳朵里只有涓涓细流的声音。洞里有什么？巨蟒在哪里？会在这个洞里吗？

“进去！”终于，四娃咬了咬牙回答。

从进入山洞，到开阔地为止一直平安无事，王动本已渐渐平静的心情，却因两个突然的发现又重新变得亢奋和惊奇，他举起火把，毫不犹豫地率先迈进洞口。

从开阔地进入狭窄的旱洞后，两人都感觉到说不出来的压抑。洞里没有滴水，洞壁全是凹凸不平的岩石，空气里弥漫着一股难闻的气味。

王动和四娃走得更加缓慢，感觉越走地势越高，看来这个洞是往山腰方向延伸的。

大约走了数百步，洞口开始变大而且变得工整，洞壁的人工开凿痕迹更加明显。又走了十几步，火把的照耀下，前方赫然出现一道向上的台阶。

说是台阶，其实并不是常见的工整的水泥台阶，而是顺着岩石的脉络开凿成的台阶，很粗糙，但确确实实是台阶。

两人喘着粗气同时停步，忍不住对视了一眼，从对方眼睛里读出了疑惑、忐忑和兴奋，到了这个地步，自然没有罢休的道理。

是福是祸，上了台阶自然知道。

台阶并不宽敞，王动在前，四娃在后，两人沿着台阶一路上爬。出乎意料的是，台阶只爬了几十层就到头了。四娃看到王动突然止步，跟上来一看，禁不住“啊”了一声——

幽暗的火把光线照耀下，眼前豁然开朗。他们正身处一个巨大封闭的人工设施中，如果说前面的开阔地像一个露天大操场，这里就像一个巨大的体育馆。

王动去过一次尚未竣工的国家体育馆，那是全国面积最大的室内体育馆。那次他是到北京出差办事顺道寻访体育局同学的，却误走入了馆内。那天，馆里空荡荡地寂静无人，他忘不了从球员进口进场后，站在空旷的馆里仰望四周的感觉，那是一种对宏大建筑油然而生的敬意，现在，那种感觉回来了。

“这是啥地方？”四娃忍不住问，声音在空旷的大厅发出回响。

“不知道——真不敢相信这是人工开挖的。”王动愣愣地回答。

谁也不可能想到，进了山洞后居然闯进这样一个地方，在武陵山深处的山里，居然藏有这样一个隐秘的巨大工程。

两人小心翼翼地走进空旷地。

空间变大后，洞中的空气流动使得油绳的火焰开始熊熊燃烧，他们借助火光仔细察看着四周。很快就发现，这个巨大工程尚未完工，一切都是雏形：地面凹凸不平，混凝土墙面很粗糙，最明显的证据是——一面墙边整齐码放着数不清的水泥黄沙麻包，最外层的许多已经破碎松散，麻包边上还有十几件锈迹斑斑的洋镐和铁锹，横七竖八地堆放着。

王动注意到铁锹和洋镐的柄上都有红色的数字编号，这是部队的做派。

难道这是一座军事设施？

四娃忽然拍拍他的肩膀，用手指指前方的墙壁，王动顺着手势一看，模糊看到几个大字，他将火把举高凑近，几个斗大的油漆大字映入眼帘——“备战备荒为人民”。

王动醒悟过来，心里涌起莫名的兴奋，他转头对四娃大声说：“我知道了，这是‘文革’时候挖的备战洞，肯定早已废弃了。”

在距离武陵山不远的重庆涪陵山中，几年前曾经惊现一座巨大的山中秘密工程，那是“文革”时为了响应中央“备战备荒”的号召，当地驻军连续施工几年才挖成的防核工事，外界称为816工程，当时被媒体曝光后震惊一时。这个隐藏在武陵山的秘密设施，显然也是那个特殊时期的产物。

但是，为什么这里被废弃了？显然，这个工程远远没有完善——缺乏行车道、排风洞、排水洞、仓库、隧道等基本设施，就连这些水泥和挖掘工具都没有带走，他们为什么走得那么匆忙？

四娃的眼神有点迷茫。他不太读书看报，不了解那段特殊历史时期的特殊产物。不过，他却在用另一种眼光打量这里，他首先感受到的是这里的温湿度。阴凉而温润，这样的环境是蟒蛇最喜欢的。四娃他们在饲养蟒蛇中早有发现，决定蟒蛇躯体长大的最大因素不是食物，而是温度和湿度。环境越适宜，蛇的个体越大。

怪不得它这么大。这里简直是天造地设的蛇窝。

四娃的鼻翼一直在紧张地翕动，他能闻到空气中残留的蟒蛇体臭。没错，这里就是它的巢穴，不过，显然它此刻不在这里。这里有许多它的痕迹，但缺少了一样东西。四娃困惑地想起，那样东西他在北面的洞口也没发现。这不对。

他们走到了大厅的尽头，前方开始变窄，出现一条笔直的通道，看上去像一条走廊，而在这条通道不远处，还有一个岔道。

我的天，这里简直是个迷宫！王动倒吸一口冷气。

两人停下来，犹豫着该往哪条道继续走。突然，一股风把火把的火苗吹得晃晃悠悠。哪来的风？王动立起火把辨认，风来自岔道。

岔道里又是一阵风吹来，带着一缕新鲜的湿气。火把大亮了一下，接着倏然熄灭了。

“怎么回事？”四娃在黑暗中问。

“风吹灭了。你再点着。”王动回答。

四娃凑过去划燃火柴，手臂却僵硬地停住了。火柴燃尽后，四娃才低声说：“油绳烧完了。”

两人简短对话完毕后，陷入黑暗中的寂静。他们同时恐怖地意识到：在这个神秘而危险的迷宫里，他们失去了照明。

人类祖先从直立行走以来，向来不是习惯夜行的动物，五官、身体的构造限制了人类在看不清环境的夜晚行动，而千万年的进化史更强化了这一点：人类在黑暗中能发挥的力量，甚至还不如一只猫。

黑暗意味着未知，未知令人产生恐惧，这不是所谓坚强的意志所能控制的。

“怎么办？”王动的声音有点颤抖。

“我找找看有什么东西能点着，实在不行就烧衣服。”四娃还是比较镇定。

时间过去了一会儿，他们的眼睛逐渐适应了黑暗，能看到周围的大致轮廓。

“这里有风，我进去探探。”王动走进风吹来的通道，慢慢走进去几米后，回头看了一眼四娃黑乎乎的身影，他正在低头寻找。

王动壮着胆子，独自走进不算宽敞的通道。通道里仍然是一团漆黑，不过很平坦，没有障碍物，王动慢慢往前走着，心里苦笑：这就像我当年玩帝国时代一样，一个原始人在黑幕中探路，随时可能被突然冒出的狮子和鳄鱼吃掉。

前方忽然出现了微弱的光亮。

王动一阵惊喜，加快了脚步，越走越亮，一口气走到头后，唰唰的雨丝飘到他的脸上，他才陡然停住脚步，一颗心怦怦乱跳。

这个通道口直通山外，他脚下一米外，就是云雾弥漫的深谷。

王动不敢再往前走，站在敞亮的通道口内，贪婪地猛吸了一口洞外的新鲜空气。空气很湿润，但似乎带着股腥气。

猛然间，他看到了一样熟悉的东西。它就挂在悬崖上一株巨大的松树枝条上，深绿色的轮廓在半空中清晰异常。

这不是我的登山包吗?！怎么可能?

王动的脑子一片混沌，半天才明白过来：原来这座山就是盘龙岭！蛇洞和“文革”工程就在盘龙岭的山体里！他们在山洞里弯弯曲曲绕了那么久，居然走到了自己摔下悬崖的地方。他努力回想自己落崖时的情景，没错，就是先被一棵松树挡了一下，然后才掉下去的。

王动眼睛贪婪地盯着那个牛津布的户外登山包。包里有一整套户外装备：头灯、手电、攀援绳、军刀、帐篷、药品、食物，还有手机！

一定要拿到它。

值班室

彭三妹的尖叫声响彻整个房间，她的神经一瞬间就崩溃了。

透过铁门的栅栏，所有人都看到了那颗巨大而丑陋的头颅，它扁圆的嘴巴半张半闭，暗红色的蛇信发出嘶嘶声响，圆凸的双眼在近距离看显得呆滞而残忍。死神一样的眼睛。

“顶上门！”发出第一声大喊的是另一个女性——米切尔，她面色苍白但没有失去冷静。山姆配合她将沉重的办公桌横推过去，紧紧顶住铁门。

铁栅栏门的中间已经变形了，往屋里凹进来一大块。

彭三妹瘫倒在地，明明奋力把她扶上卧室那张靠里的床。彭三妹缩在床角，身体瑟瑟发抖。

江大林喘着粗气爬起身，一把抓住靠在墙边的猎枪，接着奔向靠墙的文件柜。他粗鲁地翻弄着柜子里的东西，文件夹和旧杂志掉了一地。文件柜的中央位置有一个带锁的抽屉，他倒举起猎枪，用枪柄狠狠一撞，锁头砸烂了。他拉开抽屉，一眼就看到想找的东西——一盒猎枪子弹。

他将一枚子弹压进枪膛，将其他子弹一股脑装进上衣口袋。

江大林一把推开身前的山姆，举着枪隔着栅栏瞄准——巨蟒的头颅不见了，它没有选择再次撞门。它的躯体在移动，此刻门后看到的只是它暗黑色的粗糙躯干。

江大林犹豫不决。他不敢扣动扳机，因为他对这枚子弹的效果实在没有信心。

彭三妹蜷缩在床上，眼睛却禁不住惊恐地看着窗户——透过窗户已经看不到外面的雨景了，因为巨蟒巨大的身躯挡住了视线，她只能看到雨水顺着它粗糙如大理石般的黑色躯体流淌下来。

天啊。它有多长？看上去它在环绕这座值班室。

彭三妹在极度恐惧中，突然脑海里浮出了一个故事。大学时晚自习教室里，男生喜欢讲恐怖故事吓女生，其中一个是这样的：两个人去郊外旅行，迷了路，沿着一堵墙一直走啊走啊，却老找不到缺口，终于走到天亮时找到了缺口，然后他们就昏过去了——那堵墙是一条巨蛇，他们走到了它的嘴边。

此刻，窗户外就有这堵墙。这堵墙是有生命的，它来自一个可怕的吃人怪兽。这个念头让她恶心。

江大林在进行紧张的思考——蛇头在哪里？老话都说打蛇打七寸，因为蛇的心脏部位就在头部后方七寸位置。但这条巨蟒的七寸在哪里？如果一枪不能致命，天知道会发生什么后果。

“陈教授！打它哪里能致命？”江大林想起屋里有个蛇类专家。

陈阿南没听到他的问话，他双手撑住卧室门，两眼发直，满脑子疑惑：为什么这条巨蟒要攻击值班室？保护巢穴吗？可他们已经远离了大瀑布。捕猎他们？它已经吃了起码两个人了，为什么还要继续？而且，现在是白天啊。

与出众的嗅觉和灵敏的感觉震动能力相比，蛇类的视力很差，因为它眼球的晶状体是椭圆形的，不像人类。人类的眼球是扁圆形，但收缩能力很强，看远近自己可以调节。而蛇眼的调节能力很弱，它们几乎看不到几米外静止的物体。蟒蛇捕猎都是在夜里，只有在黑暗中，才能发挥它们卓越的感温器官的威力。为什么它在大白天会公然攻击人类？它长得再大也是蛇，不是怪物。

一定有个解释。

江大林又急促问了一遍，陈阿南这才听到。他恍惚着意识到：他要开枪打死这个罕见的巨蟒。这让他颇感吃惊，但不打死它，还有什么选择？

“我不知道——它太大了。”陈阿南抱歉地回答，“我不知道它的致命处在哪里。”

不错，它太大了。江大林咬着牙，心里不禁想到：要是有一颗手榴弹就好了，不，最好是火箭筒。

透过铁栅栏，他们看到巨蟒在移动。它不断收紧和放松躯干的外围肌肉来向前推进，渐渐地，躯干越来越细——那是它的尾巴。唰唰的雨声遮不住它沙沙的移动声，它的头部似乎移动到了值班室的另一侧。

“射击！快射击这个杂种！”山姆冲江大林低吼。

江大林听不懂他的话，一瞥间看到山姆的手中多了一把明晃晃的菜刀，那是从厨房拿出来的。厨房。他突然想起了什么，提着枪冲进厨房。

“帮帮我！”大家随着江大林的喊声看去，见他正从厨房里提出那只沉重的煤气罐。

陈阿南、米切尔和明明都浑然不解，山姆却眼睛一亮，他明白了，丢下菜刀，从江大林手中接过煤气罐。

“先移开桌子。打开门，只开一半！慢一点。”江大林的话音低沉而冷静，他把枪稳稳地端在手里，对准门外。此刻，铁门外巨蟒的尾巴也消失不见了。

米切尔和明明两人合力移开了办公桌，米切尔屏住呼吸轻轻扭开门锁，打开一半。

山姆用力举起煤气罐，狠狠丢到门外，钢制的罐子翻滚了几下，倒在雨中的泥泞里。米切尔迅速关上铁门，办公桌被重新顶上。

煤气罐砸在地上和铁门关上的响声很大，他们感觉到周围的沙沙响声似乎停止了。

它注意到了煤气罐。

江大林把枪架在铁门上，瞄准了煤气罐。他在等待巨蟒的出现。用子弹射击煤气罐，可以引爆它，钢制的煤气罐爆炸后的威力应该不亚于手榴弹，但是这也要看煤气罐的储气量，以及炸到巨蟒的部位。

要是这个杂种一口咬住煤气罐就好了，一枪就让它脑袋开花。江大林瞪大眼睛，等待着。

一分钟过去了，两分钟过去了，巨蟒没有出现。

“它走了吗？”明明忍不住小声问。

仿佛在回应她的疑问，房顶突然发出吱呀吱呀的响声。所有人都不禁抬头看着天花板，惊恐无比：巨蟒爬到了房顶上！

他们刚进入值班室的时候，心中充满安全感，但现在所有人的信心动摇了：在这个巨大怪物面前，用砖头和水泥堆造成的建筑物，有多牢固？如果巨蟒上了房顶，肯定会压垮房子——这当然不能怪施工队，因为谁也不会想到有朝一日房顶上会有一条几吨重的巨蟒。

房顶的吱呀响声陡然大作，一阵石灰雨簌簌落下。

“它要把房子压塌了！”明明捂着眼睛惊恐地喊起来。

天花板上开始出现一道细长的裂缝，接着裂缝迅速扩大、断裂。

江大林狂喊：“快躲到床底下！”

所有人都冲进卧室，三个女性挤在一张床下，陈阿南和山姆则挤在另一张。

"轰"的一声，一大块水泥顶带着巨蟒的身体砸了下来，江大林在最后时刻钻到办公桌下。

房间里传来女人的尖叫声和山姆的咒骂声，接着就被轰隆隆的房屋倒塌声淹没了。

办公桌的桌面被水泥板砸坏了，但实木骨架依然坚挺。江大林努力把蜷缩着的身体扭转。透过满屋的灰尘，他看到办公室和卧室的房顶全塌了，但支撑的墙面没有完全倒塌。巨蟒的庞大躯干正横在废墟上。

山姆大声咳嗽着从床下爬了出来，他的右腿被水泥板砸断了，膝盖以下血肉模糊。

"别出去……"床底传来陈阿南的声音，很微弱。

拖着伤腿的山姆居然从巨蟒身边爬走了，他一边大声咒骂一边奋力爬开。江大林看傻了，他知道此刻的山姆已经失去了理智，甚至，失去了惧怕。

枪在哪里？江大林冷汗直冒，开始从砖头堆里摸索。

巨蟒似乎对这个毫不畏惧自己的受伤动物有几分疑惑，它冰冷的眼睛瞪视着山姆爬出了废墟，爬向远处的杂树林。

然后，巨蟒行动了，它留在墙外的尾巴无声无息地扫过来，飞速缠住了山姆。江大林惊恐地看到，山姆健壮的身体被粗大的蛇尾环绕起来，只露出一个头，就像一个即将淹没的婴儿裹在救生圈里一样。

"混蛋……"山姆嘟囔了半句，鲜血从胸口涌出、喷出嘴巴。他在一瞬间陷入死亡的倒计时。

巨蟒的头颅绕了过去，高高地停在山姆的头上，蛇信吞吐着扫着山姆的脸颊。山姆全身的骨头在一根根断裂，他的五脏六腑全部挤压在一起，吐出最后一口气。

巨蟒瞪视着猎物，嘴巴缓缓张开，口中腥臭的黏涎滴到了山姆的脸上。

“砰”！

子弹准确地击中了巨蟒网球般大小的左眼。

江大林左膝跪在废墟里手架着猎枪，眼睛依然没有离开瞄准器。然后，他看到了惊人的一幕——

巨蟒身体剧烈震动，像被一股旋风扫中一样，整个身体猛然挺直，头朝上尾巴支地，直挺挺地竖了起来！

瓢泼大雨中，这个巨大的爬行动物完全展开了恶魔一样的躯体，它的腹部是一环环灰白色的鳞片，它立起的高度足有四层楼高！随着急促的嘶嘶声响，它陡然张开了血盆巨口——赤红色的肌肉上，露出两排带钩的白色巨齿！

江大林完全被它奇异的举动震呆了，他张大了嘴巴，忘记了再次装填子弹。

“轰隆”一声巨响，巨蟒硕大的身躯猛然砸在了泥泞的地面，泥浆四射，江大林被巨大的冲击力震翻在地，头部砸到了地上，满脸满嘴是泥。

等到江大林挣扎着爬起时，他发现巨蟒消失了。

他不敢相信，抹了把黏在眼睛上的泥浆，四处张望——确实，巨蟒不见了踪影，只留下满地狼藉。

我射中了它的眼睛！它逃了！极度紧张后的疲惫袭击江大林，但同时心中也洋溢起一种胜利的自豪。这个狗日的杂种是可以打败的！

废墟里，两张被压得支离破碎的床下传来呻吟声，江大林顾不上他们，跑向倒在泥泞中的山姆。

地上的血不断被雨水冲走，山姆从胸部以下的身体全部骨断筋折，他像一摊泥一样躺在血泊中。

江大林跪在地上托起他软绵绵的身体，吃惊地看到他的眼睛居然还睁着，眼珠微微转动。但是，这是生命的火焰在山姆眼中燃烧的最后几秒钟，他的身体一阵抽搐就瘫软下来。他死了。

江大林身体抑制不住地颤抖。他抱着山姆的尸身，泪水不由自主流了出来。这是江大林自打老父亲去世后，三年来第一次流泪。

严格说，他不是为山姆而流泪。这个红发外国男子和他只是初次认识。他是在释放胸中压抑已久的愤懑与羞辱。他江大林是条硬汉，几次面对巨蟒他都没有胆怯过，但是他接受不了这么惨重的失败：老李，小胡，何再复，山姆，可能还有两个外国人，这么多条鲜活的生命，居然在短短两天之内，都丧生在这个怪物之口。人力有时而穷，他只恨手上没有威力更大的武器。

“江大哥——”身后传来明明焦急的声音。

江大林放下山姆的尸体，转过身，雨水已经冲刷掉脸上的泪痕。他惊喜地看到明明和米切尔虽然模样狼狈，但只是擦破了皮肉，没有受重伤，而彭三妹则表情痛苦地趴在废墟上，她的一只胳膊软软地垂下，肯定骨折了。

“那个怪物呢？”明明惊魂未定，四下打量。

“我射中了它的眼睛，狗日的跑了！”江大林声音沙哑地回答，忽然发现还少一个人，“陈教授呢？”

“快来帮忙！陈被压住了！”米切尔蹲下身嚷起来。

果然，陈阿南被几块水泥板重重地压在床板下，床板已经断裂变形，但坚硬的木板承担了绝大多数重量，陈阿南还活着，发出微弱的喘息。

江大林和两个女性配合着将水泥板一一抬开，最后把气息奄奄的陈阿南拖了出来。他的腰胯部位被砸伤了，身上血迹斑斑。

除了山姆，其他人都活着。遭受巨蟒如此重大打击后，这样的后果比江大林预想的要好很多。

雨中的废墟里，五个人或站或躺，经历了生死攸关的几分钟后，每个人都面色惨白，无言以对。山姆的尸身周围，雨水不断冲刷着地上的血污，但永远也冲刷不掉他们心头的阴霾。

盖尔

雨刷高速地在前挡风玻璃上刷落雨水，车轮在泥泞的小道中艰难地行驶，盖尔忍受着剧烈的颠簸给受伤身体带来的痛楚，紧紧把握着方向盘，努力辨别道路。

我迷路了。

在荒无人烟的林间小道开了快40分钟，始终没有转入平坦的大道，更不用说遇到一个人。

雨越下越大，从车前窗只能看到白茫茫的一片，几乎看不见道路和周围环境。突然，车轮碾上了什么东西剧烈打滑，盖尔下意识猛踩了一脚刹车，车头疯狂打转，不受控制地猛冲着小道旁的树丛而去。

吉普车一头扎进树丛边的泥浆里，停住熄火了，但他感觉车身还在晃动。

被雨水模糊的后视镜里，似乎有什么东西在蠕动。

盖尔惊魂未定地将头从打碎的左边车窗伸出，扭头看去：雨中的地面在起伏，像是一块活动的黄色地毯。

那是一大群黄色的蛇!

盖尔缩回脑袋，大声诅咒着，然后看到前挡风玻璃上突然出现了一条细细长长的东西，接着又有几条。雨刷被卡住了，发出吱吱的挣扎声。

那些东西在动！是蛇。

这些蛇体型细长，背上长着黄绿色的斑纹，眼睛上有一道长长的黑纹。

盖尔拼命按起喇叭，但那些蛇不为所动。车身继续在晃动，他这才恍然大悟，车轮之所以打滑，是因为碾上了蛇的身躯。

盖尔咬紧牙关，粗暴地重新驱动吉普车，挂上倒挡，车轮从泥浆里哧哧打滑轧过去，碾碎了十几条蛇，车身受到咯吱咯吱的震动。

前挡风玻璃上的蛇被震落了，雨刷重新开始工作。

盖尔打起方向盘试图避开蛇群离开，但是车子坑坑洼洼地才开了十几米，车头突然猛地一震，再次熄火了。盖尔疯狂地打火，还是毫无反应，看来是发动机进水发生故障了。

蛇群开始向汽车游来。

盖尔手忙脚乱想找东西挡住破碎的车窗，他知道几分钟后那些蛇就将涌进车子，但是什么都没有，他绝望地搬动副驾驶的坐垫，可是坐垫非常结实，他的手指撕破了坐垫却无法将它掀起。

从后视镜里，他看到蛇群将汽车包围了，大多数挤进了车底，其余的顺着车轮爬到了车门、车身。

前后左右的车窗都被蛇的躯体遮住，盖尔看不清外面了。

逃跑还是留在车里？就在盖尔拿不定最后主意的时候，一条湿漉漉的蛇游到了车窗破碎的入口，盖尔大骂一声，用匕首快速将它拨开。

他想起杂物箱里有一个大号扳手，那个比匕首趁手。他丢下匕首攥紧大扳手，身子缩在副驾驶座上，眼睛紧盯着左边车窗。

第二条，第三条，他用扳手又接连打飞了两条蛇。死亡的极度逼近使得他的情绪变得疯狂而亢奋。他大声嚷道："该死的杂种们！让你们爽一爽！"

盖尔完全不熟悉蛇的种类，要是他知道这群蛇只是无毒的黑眉锦蛇，心情会好受些。此刻的他，就像一个孤独的勇士，捍卫着最后的堡垒。

更多的蛇争先恐后游进车厢。盖尔疯狂地用扳手挥着、砸着，他能感受到铁器砸在蛇身的力度。接着他的手指头一阵剧烈疼痛，扳手掉落了。他明白自己被蛇咬中了。

盖尔扭开副驾驶车门，跳出车外，却脚下打滑，重重地摔在蠕动的蛇群身上。被激怒的群蛇张口狂咬，盖尔只觉得全身像被无数子弹击中一样火热，意识不到冰凉的雨水，只感觉全身像放在烙铁上一样疼痛。

他拼命想站起身，但是无法做到。最后，一条蛇一口咬住他的脸部，他发出垂死的惨叫，身体拖着几十条蛇往前奋力爬动了几米。

终于，他停止了挣扎，血水和着雨水流过他的眼睛。他努力昂着脖子，眼睛仍然固执地睁着，看到了远处出现的一道车灯光——一辆越野车正在距离他五十米远的地方驶过。

但他没有办法呼救，呼吸也渐渐困难，因为两只蛇正死死咬住他的嘴巴。

车灯渐行渐远，消失在雨中。蠕动的蛇群终于将他的身体完全淹没，他脑海里残留的最后一点思维是懊恼：我刚才为什么没淹死……

那辆越野车丝毫没有发现淹没在蛇群中的盖尔和北京吉普，漫天的大雨和湿滑的道路，让司机和副驾驶座上的人提心吊胆地注视前方道路，丝毫不敢东张西望。

他们的目标是值班室。

汽车的轰鸣惊动了值班室外的幸存者，他们正躲在倾斜的门板后面避雨，江大林跳起来举手挥舞。一会儿工夫，明晃晃的车灯照在他的脸上。

“江头！”车停住了，副驾驶座上的人打开车门大喊。

“小张！”听到部下熟悉的喊声，江大林高声答应着，禁不住热泪盈眶。

十分钟后，他们坐进了越野车温暖干燥的车厢，山姆血肉模糊的躯体横在他们中间。车内一片静默，汽车闪烁着大灯一路颠簸，冒雨向普陀景区驶去。

登山包

登山包在风雨中摇摇欲坠。

它的位置很惊险，一根背带正巧勾在一根树枝的枝梢短杈上，带子吃住了全部重量，绷得直挺挺的，一阵山风吹来，背包打了个转，又慢慢转回去，像一个摇摇欲坠的陀螺。

王动估算了一下形势。那棵崖松是武陵山常见的武陵松，树干粗壮而弯曲，牢牢地扎根于悬崖边的土层缝隙里，肯定能承受一个人的重量，只要能攀上去，就不难拿到背包。但是，就算踮起脚尖伸直手臂，从他的指尖到松树树干，还有一米多高的距离，而且，天上在下雨，底下是深谷，怎么爬上树？

身后的通道传来脚步声，四娃终于跟了过来。

看到通道口居然悬空于山腰中，四娃也吃了一惊。在他打量洞口的时候，王动忙不迭把那个背包指给他看，述说包里的丰富物资，然后满怀希望地等待四娃轻描淡写说一声“拿到它很简单”——他对这个无畏而矫健的同伴，简直起了崇拜之心。

但是，四娃的脸色却有些紧张。听完王动的话，他点点头，放低声音看着王动说：“我看到一个脚印。”

“什么？”

“人的脚印。这里有人来过。”

“那不奇怪，可能是当年部队留下的。”

“不是。是个新脚印，最多只有一个小时。”

“啊？那是什么人？会不会是用攀援绳下来的人？”王动猜想道，这么说，在他们之前，已经有人来过这个神秘的山中工程了。到底是什么人？为什么来？人现在在哪儿？不过，他把疑问压到了喉咙口，因为四娃的脸上，也清清楚楚写满这些疑问。

一股凛冽的山风吹来，王动不禁身体摇晃一下，下意识往洞内缩了缩，扶住了岩壁。

“你闻到了吗？”四娃突然问。

“什么？”

“一股腥臭味。”四娃的眉头紧紧皱起。

“好像是有，是外面传来的，那是什么？”

四娃没回答，却摇摇头。

王动苦笑道：“这里的奇怪事情太多了——居然还有其他人，会是什么人呢？”

“不管是谁，我们都要找到——我先把背包拿下来。”四娃探出头看了一眼地势，放下手中的弩。

“能上去吗？太危险——”王动说话的时候，四娃已经飞快脱下了鞋子，一手扣住洞口外凹凸不平的山崖缝隙，光着的脚丫紧紧踩着石壁，转眼间身体悬空于洞外。

王动目不转睛地盯着四娃的背影，双手不自觉地死命抓住洞壁，仿佛和四娃的每一个动作同时用力。

天啊！这是雨中的徒手攀岩！

在世界上所有户外运动中，徒手攀岩被公认为是最危险的项目，失手死亡的概率远远超过从垂直悬崖上坠落的“死亡蹦极”，以及高空滑翔、攀越雪峰等艰险项目。王动在网上看过许多国外高手的徒手攀岩视频，有的难度非常惊人，但论起惊险程度，没有哪一个能与此刻的四娃相比。天上在下雨，岩壁湿滑无比，底下是深谷，一旦失手粉身碎骨。特别是，眼前这个江西小伙子，整夜未眠而且刚走过几十里山路！

这时，四娃坚实的双臂已经抓住了松树的树干，接着灵活地收腹弯腿攀上了树。他趴在树干上停了一会儿，就慢慢向挂着登山包的树枝攀去。

树枝被陡然增加的重量压得弯曲了，枝梢更是压成了直线，背包往下一沉，开始大幅度的摇晃。

四娃用双脚盘住树枝，弓起上身，手慢慢伸向登山包——包的重量加上雨水的湿滑，使得背带正在缓缓滑落树杈。

登山包猛地坠下，一根背带却被四娃的右手及时抓住。与此同时，四娃伏身的树枝发出不祥的吱呀响声，被压得更加弯曲。

王动的心悬到了嗓子眼，禁不住惊恐地大喊了一声。他看出来了，这根树枝已经承受不住四娃加上登山包的重量。

"扔掉包！扔掉！树枝要断了！"王动发出狂喊，只有扔掉登山包减轻重量一条道。

四娃扔掉了登山包。

不过，他是将登山包先悠起来一圈，再手一松，沉甸甸的登山包夹杂着雨点飞向了通道口。

王动猝不及防，下意识地一把抱住迎面飞来的登山包，被巨大的惯性砸得一屁股坐倒在地，一时疼得龇牙咧嘴爬不起来。

等他终于爬起身，正好看到四娃的光脚丫伸进洞口，同时传来他气喘吁吁的道歉："没事吧？砸到你了——"

"我……靠……"王动却因为太过激动，一时说不出完整的话来。

骷髅山

头灯、手电、打火机、多功能刀、医疗包、救生绳、帐篷，户外登山包里的东西全部掏了出来，摊了一地。

王动喜洋洋地坐在地上，开始清点。

四娃抓起了手电筒。那是王动网购的一支正牌神火战术手电，黑色合金外壳，带攻击头，充电一次能维持 6 小时高亮，能射出 150 米距离的 5W 强光。

四娃按动开关，一道闪亮的光柱射出洞外，在漫天雨丝中像一条白龙。

“好亮的电筒！”四娃赞叹一句，走到洞口。

王动此刻的心情舒畅了许多，装备齐全的背包失而复得，给他增添了极大的信心，最让他高兴的是，背包夹层的手机完好无损。不过当他立刻拨打明明的手机时，却得到“您拨打的手机已关机”的回音——他当然不知道，明明的手机早已被江大林掉入蝴蝶泉里。

明明关机了，为什么？王动一阵紧张，思考着要不要再拨打保护区保卫处电话，还是索性打 110？

“王动！”听到四娃的喊声，王动回过头，吃惊地看到四娃正趴在洞口湿漉漉的地面，手电筒照着下方。

“你干吗？趴那里太危险！”

“你过来看——”四娃没抬头，继续喊。

王动走近洞口，扶住岩壁小心地弯腰探出头望去，雨丝洒落下来顺着头发淌到额头，模糊了眼睛。

他看到手电筒的亮光正照射在一堆白花花的东西上——距离他们大约有 20 多米远。

“那是什么？”王动脱口问道。

“是骷髅头。”四娃阴沉沉地回答。

王动猛吸一口凉气，顾不上地面的潮湿，学四娃一样趴在洞口，揉了揉眼睛，就着光线仔细望去，那白花花的东西果然是骷髅。虽然有许多已经碎裂不堪，但千真万确是头盖骨！

雨丝无休止地打在王动的头脸上，冰冷无比，而比这更冰冷的是他看到的骇人景象——谷底居然有成千上万个堆砌的骷髅。

一股腥臭气息吸入鼻中。

王动恍然大悟，血液差点凝固了——他知道蟒蛇的这个习性，蟒蛇在吞食大型猎物后，会一连几周慢慢消化，最后吐出胃液消化不了的猎物头盖骨。

“……那是它吃掉的人，天啊！”

“不是人，人的骷髅头比它大。”四娃却摇头说道。

“啊？那是什么？”

“说不上来……像是猴子。”

猴子?！王动定下神来仔细再看，果然，那些骷髅的体积比较小，形状也与人不大相同——作为生物学高材生，他亲手摸过人的头盖骨不下数十次，本来极易分辨，但在这险恶环境里他失去了冷静。

王动大大舒了口气：“真是猴子，吓死我了！你知道我刚才想什么——我在想，那些修筑工程的解放军都被巨蟒吃了！”

“哼，它哪有那个本事！”

“呵呵，是猴子！原来蟒蛇是靠猴子为食的，真想不到！”

王动感慨不已，蟒蛇捕猎都是靠伏击，武陵山区野生猕猴众多，这样云雾弥漫树木悬垂的山腰，正是蟒蛇伏击的绝佳地点。

“我一直在奇怪，蟒蛇的窝既然在这里，为什么到处都找不到骨头和蛇粪？原来在这里！”四娃也忍不住发感慨。他在闻到腥气后才产生怀疑，果然，这个排风洞的下方就是巨蟒的排泄地。

“乖乖，它吃了多少猴子啊！”王动还在为骷髅的数量而惊叹。

“它能长这么大，不晓得多少年了！你看那么多骨头，堆起来就像座小山了，起码有两层楼高！”

王动突然想到了什么，大叫一声：“我知道了！”

他的叫声吓了四娃一跳，禁不住扭头回看。

“我知道了——为什么我从那么高的悬崖摔下来没死！不是我人品好，是我摔到了这座骷髅山上面，骨头长年累月风吹雨淋都酥了，它们减轻了我的惯性，一定是这样！怪不得我衣服上好多白白的粉末，我还以为是什么泥巴，其实是骨头粉！”王动激动地嚷起来。

四娃将手电上下照射，连连点头：“对，你先被这棵松树挡了一下，接着摔到下面的猴子骨头上，最后滚到山下的荆棘丛中。”

“想不到，居然是这些猴子救了我！”王动说完就觉得错了，客观地说，是这条巨蟒救了他。

听上去荒唐，但事实如此。

几分钟后，王动和四娃重新进入岔道。

他俩头上各自戴着一盏 3W 的高亮头灯，岔道前后一片明亮。

王动的背包里带着两个头灯，这归功于他常年旅行的良好习惯——如果不想在最需要的时候懊恼电器出故障，宁可在背包里增加一点重量。

走出岔道口，大厅里仍然寂静无声。没有危险的迹象。

在四娃的指点下，王动看到了那个脚印。脚印落在一包散落在地的水泥包侧面，印迹很大，清晰异常，看上去像是男人的脚印。

脚印的前方，通往那条主通道。

“喂！有人吗？”王动冲着通道大声喊。

通道内传来一阵悠长的回声，却毫无回应。

“进去找他。”四娃率先进去，明晃晃的头灯光不断在前方和左右照射。

通道是一个长长的笔直走廊，两旁每隔几米有一个凹洞，都是在岩石上开凿出来的。他们一路看到七八个凹洞，都是十平方米左右大小，有两间堆着水泥袋、黄沙袋，有一间散放十几个拆开的木箱，有一间的角落放着四个军绿色的铁皮圆桶，其他几间则是空空荡荡。王动忽然明白了，这些凹洞是作为房间设计的，就像毛坯房一样。

凹洞其实就是石屋。

快走到走廊尽头时，四娃突然停住脚步，回头看了看王动，指指自己的耳朵，脸上露出惊异的表情。王动一愣，随即也听到了那奇异的声音——事实上，这种声音在日常生活中最常见不过，说它奇异，是因为它居然出现在这个神秘的山中工程里。

一个男人低沉的鼾声。

在这个充满未知元素的神秘洞穴里，听到这样的声音，简直令人毛骨悚然。

鼾声来自走廊最尽头的第一个凹洞石屋。

四娃打了个手势，支起了弩，王动则抓紧多功能刀，两人戒备着走近。

鼾声在继续，显然那人睡得很沉。

相比其他石屋，这间石屋的门比较窄，只能容纳一个人进出。

四娃闪身进了石屋，头灯光瞬间照到了半人高的一大堆水泥袋。在最里面，一个人头朝里缩在水泥袋中间，上身看不见，只有一双套着旅游鞋的大脚直挺挺地伸在水泥袋外面。

如果不是他持续不断的鼾声，简直像一具死尸。

四娃回头和站在门口的王动交换了一下眼神，小心走过去，用弩身轻轻捅了一下男人的脚，轻轻“喂”了一声。那人的鼾声陡然中断，扭动了一下身体，突然发出一声惊叫，手忙脚乱从水泥袋中爬出来。四娃倒退了几步，下意识举起了手中的弩对准他。

两个头灯的强光齐齐照在男人的脸上——尽管他用手遮着眼睛，但遮不住满头金发。

是个外国人！王动和四娃大吃一惊。

怀特

怀特的眼睛终于适应了光线，看到了对面的两个中国人，极度恐惧的心脏才渐渐平息下来。他举起双手，激动不已："感谢上帝！"

怀特刚刚经历过的几个小时，是他人生中最想忘记的痛苦经历。在巨蟒吞噬哈姆森时，他跟着盖尔狂奔逃跑，却同样被溪流绊倒。他甩掉了碍事的背包，一头钻进旱洞，像一只逃避野狼的鼹鼠一样在黑暗中跌跌撞撞地跑，摔倒了两次，头撞到了石壁上无数次，但一刻也不敢停步，一直跑到大厅后累得躺倒在地。喘息待定，他想起自己的手表有自动照明功能，于是利用表盘的照明，找到了走廊，却再也无路可逃。最后他钻进这间石屋，躲在水泥袋后面，筋疲力尽地倒下昏睡过去。不过，他的睡梦并不甜蜜，他梦见自己被巨蟒一口吞到肚子里，丝毫动弹不得。

不！上帝，我一定要离开这里！

"你们是谁？土著人？"怀特恢复了理智，他看清了两个年轻人衣着奇特，脱口而出。

来中国之前，怀特做了一些功课，他知道武陵山区生活着当地的土著群落——中国人称之为少数民族，眼前这两个人肯定就是，他们手上居然拿着原始的弓弩。

四娃和王动的惊讶却远远在他之上，在这里居然遇到一个外国人，着实让人匪夷所思。眼前这个身材高大的外国人，神态惊慌，头发散乱，额角青了一块，胳膊满是划伤，衣服破损不堪，猜不出身份。

当怀特又问了一遍后，王动才开口回应。

“你是谁？你是哪国人？”王动用英语发问，他的英语一直保持着六级的水准，口语略差，但进行简单的对话没有问题。和这个突如其来的外国人连说话带手势交谈了几分钟后，他大致弄明白了。

“他叫怀特，是美国科学家，来武陵山考察动物的，遇到大蟒蛇，同伴死了，他一个人逃到这里。”王动对四娃解释，“对了，那条攀援绳就是他们留下的。”

“你问问他，遇到大蟒蛇是什么时间的事？”

“他说是中午。”

“哦。”

王动见怀特嘴唇干裂，从包里拿出水壶递过去。怀特连声道谢接过来狂饮。他早已又渴又饿。

“你陪他吧，我再去前面看看。”四娃走出石屋。

怀特大声说了几句，四娃回头问：“他说什么？”

“他说，前面没有路，出不去。”

四娃没说话，继续往前探寻。

果然，这个外国人说得没错，走廊的尽头是一个大门一样的圆洞，再往前则是一段拐弯，接着就到头了——通道口被厚厚的水泥堵死了。

这个通道戛然而止。一条死路。

怀特坐在地上，一边大口吃喝一边和王动交谈。

先是怀特问，王动答。

“你们是什么人？猎人吗？”

“……是猎人。”这个问题解释起来比较复杂，所以王动索性采用最简单的答案，反正也接近事实。

怀特果然毫不怀疑，虽然这个土著年轻人会说英语有点出乎他意料，不过，这是好事。

“这里有个怪物，是条超级大的蛇！”

“我们知道。”

“你们怎么来这里的？遇到那条大蛇了吗？”

“从一个洞口。没遇到大蛇。”

“我们怎么出去？”

“我们现在不出去。”

“为什么？”

“我们要杀死那条大蛇。”

“杀死大蛇？你知道它有多巨大？你们疯了！”

“可能吧。”王动无奈地承认，老外的这句话说得在理。

……

轮到王动发问了。

“怀特先生，你是来考察动物的吗？”

“是的。中美联合考察队，有美国人，有中国人。”

“其他人呢？他们为什么不来救你？”

“他们在山洞外边，不知道里面发生了什么。”

“你们从绳子降下来后就遇见了蛇？”

“是的，一个该死的会面。”

“你说，有同伴被蛇吃了？”

“没错，可怜的哈姆森。还有一个同伴也丢失了！”

“你怎么逃出来的？”

“我不知道，我只是拼命跑，逃到这里。”

“你的装备呢？”

“都丢了。”

“你受伤了吗？你在发抖。”

“我很好，就是给吓坏了。真不敢相信，在 21 世纪，居然还有这样原始的怪物！”

“一切会好的。你再吃点东西，这是——哦，米饼。”

“谢谢。你带酒了吗？”

……

确定中国人没带酒后，怀特遗憾地嘘了口气，开始大口吞吃王动递过来的食物。那是两块土家人自制的糯米糍粑。

一直到现在，怀特还自认自己的运气不错，虽然死了那么多人，但他还活着，这两个土著猎人虽然疯狂，但有了他们，自己脱险的希望就大了。还有一个好处是，不用再担心泄密了，现在那个绿宝石矿的秘密只有他一个人拥有了。

除了那条蛇是个大障碍。60 尺的大障碍。

怀特吃完了糍粑，意犹未尽地舔着手指，再次提问：“你们打算怎么对付它？那条蛇快赶上篮球场那么长！”

王动正犹豫如何回答，这时从走廊外灯光一晃，四娃重新回到了石屋。

“前方没路，被堵死了。”四娃表情平静，手里扬着张大大的纸片：“不过，我在门上找到了一张图纸。”

迷宫的平面图。

战壕

图纸平摊在地上。

这是一张市面上早已见不到的20世纪60年代的绘图纸，经过岁月风化，陈旧的纸质变得灰暗而易碎，但上面打印出的图样和字迹仍然依稀可见。

图纸的抬头写着：“6478工程平面图。”

按照图纸所标，从被封堵的大门向内，建筑设施依次为防弹门、防化门、安全门、走廊、警卫室、发电机房、配电室、柴油库、储水库、储藏室、休息室、排风洞、指挥中心、会议室、通讯室、机要室、武器库、弹药库。不过，他们进来的那条山洞通道没有标示。

显然，这个山中工程是防核防化标准的军事工程，走廊两侧的十几个房间都是能源供给与辅助设施系统，通往山外的岔道是排风洞，那个巨大的大厅则是工程的核心——作战指挥中心。

“真够复杂的，了不起！”王动惊叹不已，他估计这里的占地面积接近5000平方米，在满是岩石的山中挖出一个山中工程，实在是艰巨异常的工程，“6478工程——这是工程代号，我估计是1964年开始动工的，正好是‘文革’期间，全国都在备战备荒准备和苏联人打仗。”

“为什么没人知道这里，连爷爷也没提过。”四娃还是觉得奇怪。

按说，山里通的爷爷应该每个角落都熟悉才对。

“那时都是解放军的工兵部队来挖的，严格保密。”王动看过816工程的详细介绍，虽然这个工程的规模大概只有816工程的十分之一大，但涉及军事机密，一般的老百姓不可能知道。

“我们这间房，好像是做发电机房用的。”四娃指着图纸。

“是的。可是部队没有完工就撤了。我真搞不懂，为什么费尽力气挖出来，却匆匆忙忙放弃了！”

“可能部队有其他任务。”

“要么就是发生了什么意外——对了，蟒蛇能活多久？”王动忽然生出一个念头。

“我们人工养殖的大蟒蛇，能活二十年。野外的就不知道了，越大活得越久。”

“1964年到现在，40年。你说，会不会那时这条巨蟒就有了？搞得部队无法继续下去只好撤退。”

四娃愣了愣，他没想到这点。一条蛇活到40年？他不敢想象。

“也不对。”王动顺着自己的思绪，接着分析，“就算巨蟒那时就在，但解放军怕什么，一顿机关枪还不把它扫死？”

“对。”

“嗨，最可惜部队没有把武器留下来，这里只有铁锹和洋镐。要是有一挺机枪的话！火焰喷射器最好！分分钟烧死那条蛇！”王动大声叹息，他觉得这一点最遗憾。图纸所示的武器库、弹药库这些地方根本没来得及修。

四娃却被王动的话头触动了。

火焰喷射器。

他们交谈的时候，怀特在一旁一句话也插不上。他既看不懂图纸上的中文，也听不懂他们的话。这两个土著猎人在说什么？他实在搞不懂，既然有了平面图，为什么不想法逃出去？但是，让他一个人逃，又实在没有那个胆量。

“你跟我来。”四娃示意王动随他出去。

四娃径直走进那间摆有四个圆桶的石屋。在老家县城的人武部大院，他见过这种老式的铁皮圆桶，知道它是干什么用的。

那是50公升装的军用油桶。

山中工程恒温干燥，使得铁皮圆桶的军绿色油漆迄今没有脱漆，只是铺满一层厚厚的灰尘。四娃依次抱着四个油桶晃了晃，又贴近桶口用力闻了闻，神情很满意。

“桶里是什么？汽油吗？”看到油桶的形状，王动联想起“二战”片中的德军坦克用汽油桶。

“是柴油。农村的拖拉机就用这个油。”四娃扶住一只油桶，示意王动帮忙。王动虽然不解他的用意，还是协助他将油桶轻轻放倒，两人来回了四趟，把四个柴油桶滚到了大厅靠近走廊的空地，堆在一起。

怀特一直在旁边看着，丝毫不理解，不断地发问。王动只是回答“等等，等等”，因为他自己也不明白。

四娃抓住一只油桶的旋盖，试图拧开，但毕竟年代过久，铁制的旋盖锈得很死。于是，四娃从地上找了一把洋镐，使劲把一只油桶凿开了一个窟窿。

铁与铁陡然撞击，发出巨大的响声回荡在大厅里，三个人都吓了一跳，停止行动扫视四周，唯恐这声音招来巨蟒。

大厅里恢复了寂静，只是空气中渐渐弥漫起一股刺鼻的柴油味。

柴油顺着凿破的窟窿流淌出来，因为储存时间过久，原本黑乎乎的柴油已经氧化变红，而且已经挥发了一小半，全是黏稠的半液体，缓缓淌了一地。

“用柴油烧死蛇吗？”王动恍然大悟，眼光中闪出喜悦之色。一直到现在，他还是觉得四娃的弩射毒箭不太靠谱，只是不忍心再说。

“不是烧死它——”四娃迟疑地摇摇头，“说不准，可能有用。”

他还是老习惯，话只说半截。

王动却沉浸在“火烧蟒蛇”的遐想中。他从背包里掏出一大捆安全绳，解开绳扣，一股脑浸在柴油里，兴奋地说：“用这个做引线，我包里有打火机！”

四娃点点头，抬头用头灯四下打量，自言自语道：“这个大厅就是蛇的窝，蟒蛇都是黄昏开始觅食，外面下大雨，它可能会提早回来——现在几点？”

“7 点差 5 分。”王动看了手机后，吓了一跳，没想到已经这么晚了。在不见天日的洞穴里，一点时间概念都没有。有句老话怎么说的：洞中一日，世上千年。

这两天的刺激程度，抵得上我活过的所有日子。

“它快来了。我们要赶紧找个安全的地方埋伏。”四娃脸上露出焦急的神色。这里四通八达，哪里是安全的地方呢？

王动也跟着张望，头灯照射处，空荡荡的大厅里最显眼的就是成堆的水泥黄沙。

王动灵机一动。

“我们堆个战壕！”他指着成堆的水泥黄沙，低声对四娃说，“用水泥袋子把走廊口封起来，反正后面没路，我们埋伏起来没有后顾之忧！”

“好主意！”四娃的脸上难得露出笑意。

时间紧迫，说干就干。四娃首先开始扛起一袋水泥。王动则先向一旁的怀特解释了一回，怀特明白过来后，连连点头，也加入到修筑“战壕”的搬运工作。

搬水泥袋是个重体力活，健壮如四娃，高大如怀特，一袋五十斤的水泥袋扛到背上走十几米，也不算容易事。王动有伤在身，连一袋都无法搬动，只能在走廊口帮忙卸袋打打下手。好在走廊口并不大，只有大约一米五宽两米高。就算这样，他们足足用了接近一小时时间才堆了三层。这期间，每个人心里都惴惴不安，生怕巨蟒在这当口回到巢穴。

好在一切顺利。巨蟒肯定是在外面什么地方耽误了。

战壕完工了。三个人都汗流浃背，累得叉腰喘气，说不出话来。整整三层的水泥袋，厚厚实实地形成了一道屏障，只留下上面一个窗户大小的缺口。

四娃将浸了油的安全绳从油桶处拖到缺口，对王动说："你负责点火。"

王动已经趴在缺口处，使劲点点头，握紧了手中的ZIPPO打火机。

四娃爬上水泥袋，趴到王动身旁，将弩架好，拉上弦，箭袋放在边上。为节省时间，又单独抽出三支毒箭，箭头朝外平摊在水泥袋上。

头灯的光线放射出两道白色光柱，把大厅照得一片煞白。

一切准备停当，只剩下等待了。

"你肯定蛇会过来吗？"王动忍受不了难熬的气氛，小声问。

"它会来。它一进大厅就能发现我们，我们有温度。"

王动嘘了口气。没错，蛇能感知其他动物的体温，在这个空无生命的山中工程里，他们的体温是唯一能吸引巨蟒感官的目标。

"头灯要不要先关掉？"王动对大开着头灯有点不安。

"你那盏先关掉，省点电。就算没有光线，蛇也能发现我们，"四娃瞅了他一眼，摇摇头，"全关掉的话，我们就看不见它了。"

王动关掉了自己的头灯，不再问话，眼睛直视前方，脑中却在想象着巨蟒游到面前，昂起头准备进攻，接着他点着柴油，巨蟒陷入熊熊的火焰中，最后四娃一箭射中它的眼睛，它在地上扭曲挣扎……

两个猎人埋伏好了，独自缩在“战壕”后的怀特却坐立不安。他在几米的距离目睹过巨蟒，深知这个用水泥袋搭建的临时战壕只能抵挡一时，或许能抵挡住狮子老虎的攻击，但是，绝对抵挡不了一条身长 20 米的巨蟒。

内心深处，他又希望两个土著猎人能顺利杀死巨蟒，这样一来，绿宝石矿的一大障碍就将消失，不过，又有新的问题出现……

时间一分一秒过去，等待的时间显得格外漫长。正当王动渐渐陷入困倦的时候，四娃“嘘”了一声，压低声音说：“它来了！”

巨蟒

那个庞大身影赫然进入了视线。

它游得很慢，很慵懒，S形的身躯在白光下显得黝黑粗糙。

空气里不时响起“嘶嘶”的瘆人声响。

王动脸上的肌肉瞬间僵硬了。他张大嘴巴，眼睛瞪得发直，强压住涌到喉咙口的惊叫。

这是他第一次目睹巨蟒。尽管从四娃和怀特的描述中，他已经知道这是一条巨型蟒蛇，自认为做好了心理准备，但真正看到巨蟒门板一样的头颅和粗壮的躯体，还是不敢相信自己的眼睛。

天啊！它这么大！王动头脑一片空白。

人类能够成为地球上的万物之主，凭借的不是力气和凶狠，而是凌驾于其他生物的智慧，换言之，人类之所以能站在金字塔尖，在于其可以掌控一切的能力。但个体超大的生物永远是例外，它们巨大的体型已经超出人类的掌控范畴，所以人类会萌生恐惧。当因纽特人的祖先第一次发现座头鲸，东南亚人第一次目睹巨型咸水鳄，非洲部落第一次接触非洲象群，他们都会生出因恐怖带来的膜拜之心，因为，那些动物代表着人类无法预知无法控制的巨大野性。

巨蟒游到了大厅中央，已经能看见身上的黑绿色斑纹。突然它慢了下来，头颅微微昂起，两只冰冷的眼睛盯住了走廊。

它发现了我们！王动的心脏一瞬间停止了跳动。他扭动僵硬的脖子瞥了一眼四娃。四娃已经在用弩瞄准了。

它太大了，毒箭没用的！王动苦涩地想到。

可是，四娃的毒箭没有射出——他在等巨蟒靠得更近。

巨蟒再次游动起来，这一次它游到了柴油桶前面突然停下了，暗红色的蛇信左右弯曲吞吐。像是觉察到什么异样，它开始有点焦躁不安，看来，刺激性的柴油味干扰了它。巨蟒开始高耸起头颅，伸展开脖子，露出了灰白色的胸腹部。

“崩——”弩发出沉闷的一声低响，四娃射出了毒箭。

几乎同时，巨蟒猛烈抖动一下身躯，飞速游向走廊。转眼间，嘶嘶之声大作，它巨大的头颅猛冲向水泥袋战壕。在这次猛烈冲击下，外层的十几包水泥袋一下撞散了，水泥粉尘飘洒半空。

四娃和王动被撞得差点摔下去，四娃爬起身跪在沙袋上，冲王动大喊：“我射中它了！点火！”一边急忙上箭拉弩，准备发射第二箭。

王动慌乱之中手指颤抖，打火机居然第一下没打着。

巨蟒似乎认准了侵犯者来自水泥袋后，它扭动身躯再次攻击，火车头一样的头颅猛地撞在缺口处，灰尘飞扬中，整整三层、重达数百公斤的水泥袋多米诺骨牌一样坍塌了。

他们辛苦了一小时的战壕，在 20 秒之内被摧毁了。

四娃和王动随着水泥袋的坍塌，皮球一样滚倒在走廊的地面，四娃被好几包水泥袋压住一时爬不起来，弩也不见踪影，嘴里却在嘶哑着大叫：“快……点火啊！”

王动后脑朝下摔到地面的水泥袋上，世界在旋转，好在手里的打火机还紧紧攥着。他剧烈咳嗽着爬起来，但眼睛被水泥粉尘迷住了，什么都看不见。

一股令人窒息的腥臭扑鼻而来。

巨蟒扁圆的头颅伸到了走廊口，高悬在王动头顶。

王动勉强睁开疼得发胀的眼睛，但他什么都看不清——四娃的头灯光被水泥袋挡住了。他来不及打开自己的头灯，右手大拇指狠狠把打火机的滚轮一打，他感觉到摩擦火石的震动。打火机点着了。

引线他妈的在哪儿?

一个冰冷坚硬的东西撞在王动的肩上，那是巨蟒的下颌。他跌出去好几米，同时发出一声大叫，用力把打火机向前方胡乱扔了出去。

点着的打火机击中了巨蟒水桶粗的身躯，弹起来在空中转了一圈，落在石头地上，旋转着滑向那摊黏稠的柴油。

“呼啦啦”一声，火焰腾空而起，大厅顿时亮如白昼，满是火光和浓烈的柴油浓烟。

巨蟒的头颅倏地转向后方，它被身后的熊熊大火吸引住了。接着，它开始做出反应——它扭转身躯反扑。

王动从烟尘中吃惊地看到，巨蟒攻击的目标是火焰。

熊熊燃烧的火焰!

冒着黑烟的火焰在巨蟒的扑击下熄灭了一大半，但仍然火花蔓延。突然，巨蟒疯狂地张大嘴巴扑咬起油桶。四个油桶在满是火焰的地上翻滚着，炙烤着。

“轰”的一声巨响，一个油桶爆炸了。接着又是两声。

在封闭的空间里，三个柴油桶的连环爆炸威力无比。大厅里烟雾弥漫，火苗四溅，一大股火焰夹带着浓烟顺着岩壁猛地扑进走廊。刚刚从水泥袋中挣扎出来的四娃被爆炸气浪卷起，狠狠地摔向几米外的岩壁。四娃惨叫一声跌在地上，他的衣服被燎着了，勉强滚动身体扑打。

王动被震得坐倒在地，呻吟着勉强爬起身，朝大厅看去。大厅里除了浓烈的火光黑烟，没有其他动静。

“它……被烧死了……哈哈！”王动悲喜交加，说话声带着哭音。

“小心……”身后的四娃嘶哑着大喊。

烟雾中，巨蟒庞大的躯体陡然冒了出来，但只是大半个身子——它被炸成了两截，尾巴那截断在地上。在熊熊烈焰中，巨蟒身体发出噼噼啪啪的爆裂声，蛇头蛇身血迹斑斑，满是余火，但是它仍然在疯狂搏斗，它的巨口咬住了那个燃烧的空油桶。“吱呀”的牙齿咬合金属声中，火焰从它口边喷出。

它就像是一头西方传说中的喷火恶龙！

王动和四娃呆呆看着这惊心动魄的一幕，忘记了逃跑。

但这是巨蟒的垂死挣扎，突然它扭成一团，接着像触电般发出一阵抽搐，巨大的身躯松开了，软绵绵地瘫下。

火焰吞噬着它的残躯，发出滋滋的令人心悸的脂肪燃烧的声响，空气里除了浓烈的柴油味，又增添了一股难闻的焦煳味。

巨蟒死了。

相隔四五米，四娃和王动瘫倒在地，满头满身的水泥粉尘混合着汗水，他们被这一场短暂而惊险的恶战弄得筋疲力尽。

“它死了。”喘息了好一会儿，四娃先开了口。

“死了……”王动惊魂未定地盯着巨蟒的尸体。

四娃想站起身，却被腿上一阵剧痛疼得大叫一声。油桶爆炸时，他的位置不巧，被热浪冲击后砸到岩壁，右腿膝盖受到重创。

“你受伤了?!”王动吃了一惊，打开头灯开关，灯却没亮——在刚才的剧烈碰撞中，头灯线路出了故障。他一把扯下汗淋淋的头灯，跌跌撞撞走到四娃面前坐下问道。他的情况好些，除了肩膀蹭破了皮肉，腿上没伤。

“撞到腿了，很疼……”四娃疼得冷汗直冒，咬紧了牙关，“可能膝盖骨断了。”

“哎呀！”听到这番话，王动一阵紧张，四处寻找自己的背包，包里带有外伤药。

“那个外国人呢？”王动找包的时候，四娃问道。

“对了——”王动冲着走廊里面用英语大喊，“喂！美国人！”

连喊了几遍，走廊深处终于传来怀特慌张的回答：“我在这里——你们杀死蛇了？”

“它死了！”王动高声回答后，皱起了眉头：他居然躲得那么远！不过，看看满身硝烟的自己，再看看遍体鳞伤的四娃，心里油然生出一股自豪感：是的，我们勇敢地杀死了那头怪物！

王动不再理会怀特，翻出了埋在水泥袋中的背包，取出云南白药、酒精、止血带，开始给四娃包扎。四娃的右膝惨不忍睹，鲜红的肉翻了出来，露出白涔涔的骨头，酒精清洗、喷白药、扎止血带，四娃疼得汗珠直冒，勉强半靠在地上，咬着牙关任由王动忙碌。

伤口包扎好了，王动一屁股坐在地上，累得大汗淋漓。

“谢谢你。”四娃低声说。

“什么？”王动没听清。

“谢谢你——幸好你跟来了，是你杀死了它！”四娃诚恳地看着王动。

王动一怔，看着四娃胡子拉碴的脸，布满血丝的眼睛，不禁心头一暖，眼眶发热。为了掩饰自己的激动，他取出水壶递给四娃，接着提出一直不解的疑问：“它发疯了吗？为什么要攻击油桶？”

“它不是攻击油桶，它是攻击火……”

“攻击火？为什么？”王动更加不解。

“火的温度高，它以为火是敌人，大致是这样。”四娃抿了一口水，慢慢解释道，“我们饲养的蛇中，有一种毒蛇有扑火的习性，叫烙铁头。”

“烙铁头我知道，是一种毒蛇。它扑火？像飞蛾扑火吗？”王动大起兴趣。

“差不多，就像发疯一样。有次我们在老家的养蛇大棚不小心失火，才发现烙铁头这个习惯，它对着火堆拼命扑咬，直到最后被烧死。”四娃边回忆边摇头，“反正后来，三叔——我叔叔在它面前，连抽香烟都不敢。”

“真不可思议！所以你想到了用火来对付它，让它自寻死路。”王动感叹地点点头。作为生物学硕士，他对冷血动物的习性有些了解，知道像蝮蛇、烙铁头这样夜行性的蛇类，都对体温超过自己的物体特别敏感，无论捕食还是抵御天敌，没想到发展到极致居然不惜扑火。真是世界之大无奇不有。

“我们是运气好。”四娃却摇摇头，眼睛盯向巨蟒的尸体。此刻火焰已经渐渐熄灭，大厅里横着巨蟒黑沉沉的巨大躯体，看上去像一截倒下的电线杆，四娃长长地吸了口气，接着说：“我养过好几条大蟒，蟒蛇都是怕火怕烟的，但这条蛇不晓得是什么种类，天知道它是什么，等会儿你扶我去看看。”

“这么大，不是蟒蛇是什么？最大的蛇类——”王动说到一半停住了，他看到怀特终于出来了。

“噢——那个狗娘养的！上帝！你们真的做到了！”怀特顺着四娃的头灯一眼看到巨蟒的尸体，惊喜不已地嚷起来。

夜宿

在四娃和王动展开人蛇大战的时候，怀特一直躲在他原先藏身的石屋最深处。他丝毫不想参加这场实力悬殊的战斗，虽然明白如果战斗失败，两个土著青年被蛇咬死，他也凶多吉少，但起码还有一线生机。

这不是在宴会上为女士让座，没必要绅士。

“你怎么样？”王动压抑住心头的不快问道。

“我很好。”怀特走到近前才发现四娃受了伤，赶紧蹲下身问，“你怎么样？被蛇咬伤了吗？”

“腿骨折了。”王动代替四娃回答。

“我们马上出去吧！”怀特看着王动急切地说。既然大蛇死了，他一分钟都不想呆在这个让他心惊肉跳的洞穴里。

“现在几点？”四娃问。

王动拿出手机看了看：“九点半——真不知不觉啊！”

“太晚了，外面在下雨。我们在洞里歇一夜，明早出去吧。”

“嗯，只能这样了。我等会儿去打电话求援。”王动犹豫了一下，虽然四娃的伤势越快送到医院越好，但天色已晚，外面又下着大雨，再不甘心也只能等到白天。

怀特却坚决反对在洞里住一夜，他大声嚷起来：“相信我，这里不安全！万一还有别的野兽！我发誓有人正在外面寻找我们，我们可以先出去看看，如果没有救援，再回来。”

王动冷冷地看着这个大叫大嚷的美国科学家，他从包里掏出那支神火手电递过去：“OK，那你先出去看看！”

怀特没有接手电，他意识到不能在这时得罪这两个青年，脸上露出尴尬的微笑：“好，听你们的。”

走廊里还是弥漫着硝烟味，王动和怀特抬起四娃转移到通风的岔道边上，三人靠着几个沙袋躺下。为了节省电，四娃关掉了头灯，黑暗中怀特很快倒头发出鼾声，四娃却不肯睡，半靠在岩壁上眼睛呆呆盯着大厅。

王动浑身酸痛，心情却前所未有地舒坦。他双臂支头靠在岩壁上，主动聊起了家常：“四娃兄弟，你姓韩，大名是什么？”

“韩建军。”

“哦，我知道了，你排行老四，还有三个哥哥？”

“嗯，我们是按照族里排行的。”

“你养蛇抓蛇的本领是和家里人学的吗？”

“是的，我三叔玩了一辈子蛇，组织了一个蛇展巡回团，我小时候不好好上学，只有跟着我三叔干这行了。”杀死巨蟒后，四娃阴郁的心情明显好转，话匣子终于开始打开，“这会儿，我三叔还不知道急成什么样！我在外面两天没回去了！”

“别急，明天白天我们就出去了。对了，那条蛇死透了吗？”王动还是有点不放心。

“都烧得黑乎乎了，还不死？说实话，真没见过这么厉害的畜生，以后告诉三叔他肯定不信。”

“没错，太变态了，就像电影里的怪物一样。”

“它就是怪物！”

“对了，你射了它一箭，不过它是被火烧死的，不知道毒箭有没有起作用。”

“肯定起作用！爷爷说过，天上飞的，地上走的，水里游的——没有动物能逃过这毒箭！”

“但愿如此。”

“可惜弩臂刚才给压断了，再不能用了。”四娃惋惜地摸摸身旁断了臂的弩，箭袋里的毒箭倒是不少，还剩下五支。这些残损的物品是刚才王动从狼藉的地面收拾出来的。

“带走还给爷爷，他应该能修好吧？”

“爷爷见过这蛇。”四娃没有回答，却突然冒出一句。

“啊？”

“他告诉我，说那是山神，不能杀——爷爷是土家人，他们信奉蛇，从来不杀蛇。”

“真的吗？”王动有点不信，“武陵山蛇这么多，他们平时要是遇见蛇咬人，难道也不打不杀？”

“是真的。他们最多会烧草药把蛇熏走——你知道土家人的房子为什么都是吊脚楼吗？”

“我看过介绍，说是由于历代朝廷对土家族实行镇压，把土家人赶进了深山老林，地少山多，不得不修建吊脚楼。”

“你说的这个我不知道。爷爷告诉我，土家人造吊脚楼是为了躲避蛇——房子不悬空的话，毒蛇会钻进去。”

“对，有道理。”王动直点头，“那为什么爷爷同意把弩借给你？”

“他舍不得我，宁可冒犯山神。爷爷一辈子没成家，当我是亲孙子一样。”

“嗯，老人都是这样。”

“我们玩蛇的，被人看不起，像我活到这么大，只有爷爷、三叔和小玉心疼……”四娃的声音忽然变得哽咽，说不下去了。

黑暗中，王动感到了四娃的哀伤，知道他是想起了惨死巨蟒腹中的女友。这件事无可安慰，他只得暗中叹了口气，抽回被压得酸麻的手臂，却被肩上斜挎的葛藤条挡了一下。

“哎，这个藤条现在没用了。”王动一抬手取下了葛藤。

“别取掉——这是蛇洞，它能辟邪！”四娃阻止道。

“对了，刚才没来得及问，你说蛇害怕葛藤？为什么？”

“不是所有蛇，就是蟒蛇。我们饲养蟒蛇时，周围都不能有野葛，蟒不喜欢它的气味，会变得惊慌远远避开，什么原因不知道，但就是怕，玩蛇的好多人都知道。”四娃说得郑重其事。

这个经验之谈超出了王动的生物学知识范围，但蟒蛇惧怕葛藤的气味，其实不止是饲养者发现，在古籍中也有记载。清朝的文人李调元在《南越笔记》里，就曾记载过岭南人利用葛藤捕捉蚺蛇（蟒）的过程：“蚺蛇，粤西及南海州县有之。大者长十余丈，围七八尺，多在树上候獐鹿，过者吸而吞之……捕之之法，度其出入之地，先钉罗桩数行，狭仅容其身，壮士持橄榄棍，其中一人出外，妇人裙以招之，蛇望见即昂头，高五六尺来逐。人退入罗桩内，蛇到狭处，蜿蜒屈伸间，人持棍击之，且退且击。视其首俯地，则无惧矣。以葛藤系其颈而牵之。”

清人的笔记流于玄幻，用葛藤套在蟒蛇脖子上像牵牛一样牵走，有点神乎其神，但蟒蛇惧怕葛藤的气味却是确实无疑。

王动重新套好葛藤，无意中碰到口袋里一个硬东西——那是他的手机。

王动“哎呀”一声站起身：“说话说忘了，我要去打电话！”他叮嘱四娃躺着别动，打开了手电。

洞里手机信号隔绝，要打电话只有到洞外。王动快步穿过岔道走到洞口，见洞外已是暮色重重，仍然风雨交加，大风带着阵阵雨点不时吹进洞内。

王动打了个寒噤，靠在岩壁上连续拨打明明的手机，还是停机。他想了想，拨打起那个保护区保卫处的号码。

嘟——电话通了。

江大林

办公桌的电话铃声惊醒了躺在沙发上酣睡的江大林。

他们回到普陀景区已经有两个小时了。

普陀景区已经变成了一个临时野战大本营，十几顶军用帐篷支在空地上。电压依旧不稳，每个路口都架设了临时电线杆，十几盏100W的照明灯泡被高高吊起。办公楼一层被临时改造成一个由武陵市武警、消防、公安组成的救险指挥中心，几十个身着警服的干警和几个白大褂医生穿插其间，忙着调集车辆和抢救伤员。一层大厅里，堆放着大批医疗设备。另外，当地驻军部队也调派士兵赶赴保护区各个景区，他们的任务除了帮助抢救，还负责消灭、清理残余的毒蛇，不过，从中午以后蛇群已经过境，少数几条迷路困住的蛇被一一发现打成肉酱。

今早以来，突如其来的蛇灾让武陵山保护区成了新闻的焦点，全市所有机构都行动起来。到了下午，堵塞的山道被清障成功，一排排警用车辆开抵各个景区，开始有条不紊地运送伤员，最后，部队冒雨出动了一架直升机，抢运一批重伤员，到了傍晚，保护区绝大多数伤者都被顺利运送到市区医院——白石镇的医院和卫生所早就人满为患。

陈阿南作为危重病人，被送进了直升机。轻伤的彭三妹和米切尔也随着救护车离开了景区，只有明明不愿离开。在回来的车上她已经从江大林口中得知了王动打来过报平安电话，激动得不能自已，当场大哭。

江大林从救险指挥中心得知，一支由武警和消防队组成的荷枪实弹的队伍，已经冒雨前去蝴蝶泉，搜寻考察队的其他失踪成员。

直到这时，江大林才松了口气，和小张、明明一起回到自己的办公室。

白天充作临时病房的办公室，此时终于恢复了宁静，只是还残留着一股酒精药水的味道。疲惫不堪的江大林和明明一进门，就毫不客气地一人占住一个长沙发，倒头酣睡。小张则坚守在电话机前。

“保卫处。”小张接起了电话。

“啊，是你啊！等等——”小张只听了几句，就向江大林连连招手，“江头，是那个落崖的青年！”

江大林腾地跳起身，一个箭步冲过去接过话筒。

“我是保卫处江大林。你是王动?!”

“是的！我是王动！你好。”

“你好！你能活着真是老天保佑！”江大林笑着说，他是发自内心为这对年轻情侣高兴，“听我说——你的女朋友明明就在这里！她很好，正在休息。”

“太好了！谢谢你……谢谢……”电话那端的声音哽咽起来。

“她一直在找你！你等等，我喊她——”江大林放下话筒，走到沙发面前使劲摇晃明明。比起打扰她的睡眠，他觉得接这个电话对明明更重要。

“电话！你男朋友的！”江大林大声对迷迷糊糊的明明说。

明明惊喜地“哇”了一声，跑到办公桌前，一把抓起电话：“喂喂！”

“明明！”

“啊……王动……王动……呜呜呜……”明明泣不成声，说不出完整的话。

江大林坐回沙发上，点燃一根烟。听着明明的哭泣声，他沉闷已久的胸膛却有一种说不出的放松。哭吧，年轻人，这是劫后重逢的喜极而泣，是幸福的。

“江大哥！他要和你说话——”明明喊他。

江大林起身接过话筒。

“我是江大林。”

只听到一半，江大林的眼睛瞪大了，手指不自觉地用力，香烟断成了两截落在地上。他瞥了一眼一旁的明明，欲言又止，只是短促地说：“我在听，你继续说！”

又听了一会儿，江大林大声问：“你知道山洞的具体位置吗？从哪儿进去？”

得到答复后，江大林皱起了眉头，随即脸色恢复了平静，对着话筒说：“好，我知道了。你们呆在那儿，千万别乱走，放心，我保证能找到。明天一早，我就去接你们！”

他刚想挂电话，又想起一件事：“等等，你存下我的手机号码——我一会儿打过去，你不用接。”最后，又叮嘱了一次：“记得手机保持畅通！”

江大林挂上电话，眼睛盯着窗外若有所思。他被王动的来电内容震惊着。他们杀死了那条巨蟒！但他们被困在盘龙岭一个军事工程里，可惜他搞不清具体位置。

“江大哥，有什么事吗？他在哪里？”明明脸上还挂着幸福的泪花，问道。她刚才问起王动在哪里，男友却叫她喊江大林来听。

“他和两个同伴在一个山洞里避雨——没事，他们很安全。”

“你不是说他在一个土家村寨吗？”

“村子就在山上。”江大林含糊其辞，他不想把电话内容告诉明明，免得她担心。

“他没事吧？江大哥，你别瞒我！”

“放心，明天一早，我就去把他接来，让你们小两口团圆！”江大林开起了玩笑，同时从抽屉里找出自己备用的手机，打过去后听到响了两遍，才合上机盖。

明明笑了笑，重新回到沙发上窝着。亲耳听到男友的声音，令她彻底把担忧了两天的心思全抛到九霄云外，一会儿工夫，她带着兴奋的微鼾进入了梦乡。

江大林却睡意全消，打手势招呼小张一起走出办公室，关上门，站在门口开始对话。

“什么?！盘龙岭有一个军事工程？”小张听了他的话，大吃一惊。

“显然是有，他没必要编造。”江大林仰头看看夜幕中盘龙岭的方向，叹了一口气，“其实，我早就知道武陵山中有一个秘密军事工程，就是不知道它居然在盘龙岭肚子里！”

小张看着江大林，等待他的故事。

“那是我复员第二年，春节时候我去我爸爸的一个老同事家拜年，他是 1938 年生人，今年已经快 70 岁了。他告诉我，60 年代有一支部队，大概一个营的兵力，秘密开到山中，不知道执行什么任务。他当时是民兵连长，负责给部队提供粮食物资，亲眼见到大卡车运来很多发电机、挖土机、洋镐、铁锹。他没敢问，也不会有人告诉他。凭经验他觉得是来挖掘工程的，当年搞备战备荒，全国搞了很多防空洞。我听说这件事后一直挂在心上，到保护区工作后还在留心这事，但是打听了很多人，没有一个人知道具体情况。没想到是在盘龙岭！

更没想到它居然成了那只大蟒蛇的老窝！”

“大蟒蛇？就是那条吃人的蟒蛇？”小张在路上知道了巨蟒的事情，但是不知道王动的电话内容，不由诧异地问。

“刚才那个落崖青年王动来电话，他们用火烧死了那条大蟒蛇——真不敢相信！他一个，一个江西小伙子，还有一个考察队的老外，就是今天陈教授他们那支考察队！”江大林对巨蟒的死感慨不已，有八成是发自内心的欣慰，有两成则是不能亲手干掉它的遗憾。

“好极了！他们现在人还在那个工程里？我们怎么进去？”小张接着问。

“就是这点麻烦。他说有两个洞口，但说不清方位，我们要自己找。外面雨太大，今天太迟了没法过去。明天一早，你陪我去接他们。”江大林朝办公室一挥手，“早点休息吧，天一亮我喊你。你睡沙发，我睡地板。”

“我睡地板！”

“好，随你。”江大林笑了笑，把小张推进屋。

他又点上一根烟，思考明天的路程。抽完烟，正准备进屋，却见办公楼前一个穿着雨披的干警一路小跑过来，边跑边冲着他喊：“哪位是保卫处江处长？”

“我就是。什么事？”江大林不认识来人。

干警递过来一部手机，匆匆忙忙地说：“我是指挥中心的，你有个电话，是市立医院打来的，说有要紧事找你！”

“医院找我？”江大林有点莫名其妙地接过手机，“喂”了一声。

“你是江处长吗？”电话里的声音很陌生。

“我是江大林，你是哪位？”

“我是市立医院的值班医生，是这样——有个昏迷的病人，姓陈，听说是个教授，今天天黑前刚刚入院，是被直升机送来的。”

“陈教授！他有什么事？”江大林开始紧张，难道他终于没支持下去？

“他没事，只是轻度肾衰竭，还有肋骨骨折，没有生命危险——他刚才苏醒过来，拉着我，叫我打电话给你，说事情紧急。你听着，我复述他的原话——”

“我在听！”

“他说——他明白了，那条袭击值班室的蛇，和先前的不是同一条，叫江处长他们千万当心！”

“什么?!”江大林脑袋“嗡”的一声，脊背透出一阵冷汗。

“我也不懂是什么意思，说完这句话他又昏迷了——我想，他大概是说，一共有两条蛇——我的老天！今天被蛇咬伤的病人太多了！他一定要我转达你，我找了好久才要到指挥中心的电话……”

后面的话江大林已经完全听不进去了，他的脑袋像遭受雷击一样发蒙。

两条巨蟒！

明明的男朋友，他们还呆在蛇窝里！

母蛇

王动打完电话后，心情畅快地回到岔道口，却发现四娃不见了，只剩怀特一人躺着酣睡，忙四下寻找，看到头灯光在巨蟒的尸体旁边亮着。

四娃瘦削的身影孤零零地坐在蛇尸旁。

叫他别动就是不听，肯定是自己爬过去的！王动一阵恼火，走了过去。靠近巨蟒冒着焦煳味的残躯时，还是有点心惊肉跳。

四娃抬起头，借助惨淡的灯光，王动先是看到他脸色发青，接着发现他浑身是血，手里拿着那把短刃猎刀，刀身沾满了暗红的血迹。

“你干什么？”王动吃惊不小。

“我剖开了它的肚子，你瞧。”

王动这才吃惊地发现，巨蟒烧得露出骨架的腹部被四娃切开了一个大裂口，一大摊血肉模糊的东西淌了满地。

王动一阵恶心，脱口问道：“为什么——”忽然他倒吸一口凉气。他猜到了四娃的目的，脸色变得惨白。

果然，四娃轻声回答：“我想找到小玉，我要带她回去。”

他说得很平静，王动却眼眶发热，忍不住劝道：“兄弟，你节哀——”

“没找到。蛇肚子里没有小玉。”四娃摇摇头，打断了王动的话。

他的话让王动糊涂了。

“那……这些是？”王动指着地上血肉模糊的一摊东西，结结巴巴地问。

“是蛇卵。”

“蛇卵?!”

王动瞪大了眼睛，四娃用刀尖从血团中挑起了一根细细长长的东西，头灯照在上面：“看见了吗？是条小蛇。”

果然，那是条几十公分长的幼蛇尸体。

“这是条怀孕的母蛇。它再过一个月就要生小蛇了。”四娃的声音变得干涩无比。

王动彻底傻了。没错，和五步蛇等蝮科、蝰科等卵生的蛇类不同，蟒科、蚺科的蛇类都是卵胎生——其他蛇是生蛋，而蟒蛇的蛇卵是在雌蛇肚子里发育破壳，最后雌蛇直接产下幼蛇。他突然明白这件事意味着什么，已经干透的脊背倏地渗出冷汗，失声叫道：“难道，还有一条公蛇?!”

“当然有公蛇，不然母蛇怎么怀孕？”四娃的口气丝毫没有开玩笑的意思。

“天啊，有两条蛇！他妈的……”

“两条蛇。”四娃脸色阴沉地重复，“是那条公蛇吃了小玉。”

王动被这个残酷的事实打击得失去了方寸。

他们千辛万苦，弩弓毒箭，战壕柴油，费尽心力才侥幸杀死了巨蟒，而且付出了四娃重伤的代价。现在，还有一条巨蟒。

“我们怎么办？”王动的声音在颤抖，他扭头看看黑沉沉的大厅。冒险从原路出去吗？那条公蛇随时可能回窝，况且四娃腿断了，靠两人抬着无论如何也无法走出那么长的山洞……

四娃盯着面前的母蛇尸体，咬咬牙。

“你和那个外国人回走廊，回那个最里面的石屋躲起来，蛇头太大，进不去。”

“那你呢？”

“我留在这儿——这里有更安全的地方。”

“哪里？”王动惊奇地问。

“母蛇肚子里。”

“你疯了！”王动听到这个骇人听闻的主意，眼珠都瞪圆了。他不由自主扫了一眼血淋淋冒着恶臭的母蛇腹部，简直无法想象四娃藏在里面的模样。

“行的！我了解蛇，公蛇对怀孕的母蛇很害怕，就算母蛇死了，公蛇也不会攻击它的。这里其实最安全。”

王动给四娃匪夷所思的理论说愣了，但还是坚决反对：“干吗要冒这个险！我们一起躲到石屋，就一晚，我打过电话了，明早就有人来救我们了！快离开这儿！”

“我腿断了，不想走。”

“我背你！”王动急了，伸手去拉四娃的胳膊。

四娃却推开他的手，一挺腰，上半身钻进母蛇血淋淋的肚子里，这个动作牵动了伤腿，他的脸疼得变形了。

“四娃！”

“快走！”四娃看也不看王动，挥起沾满血的右手。

王动见他如此倔强，无可奈何地往回走，又忍不住扭头咕哝一句：“蛇肚子脏死了，臭烘烘的……”

“我闻不到，早习惯了。”四娃笑起来。他趴在母蛇的肚子里，强忍着浓烈的腥臭，看着王动叫醒怀特后并肩走进走廊。等到手电的灯光完全消失后，他松了口气，将一直缩着的左手舒展开来。

他的手里紧紧攥着一把毒箭。

“小玉！等着你四哥。”他低声说。

王动和怀特重新回到走廊。

听到还有一条巨蟒，怀特一边喃喃咒骂，一边直奔最里面的石屋，他还是觉得那里最安全。王动没有随他进去，继续往前走，他想看看前面还有什么地方。

绕过弯道，一堵混凝土墙横在面前。

毫无疑问，当年部队放弃了这个尚未完工的工程，临走时用黄沙水泥混成的混凝土封死了入口。

王动呆呆地看着粗糙厚实的墙面，忽然一股怨气迸发。光堵死入口有个屁用？为什么不索性炸掉这个山洞一了百了？要不是部队挖出这么一个大洞穴，也不会有这么大的妖怪蟒蛇了！四娃的女友……四娃兄弟太可怜了！

王动越想越恨，破口骂了一句粗话，一拳狠狠砸在墙上。

泥沙簌簌而落，墙面凹陷出一个深深的拳窝。

王动愣住了。他抬起尚未松开的拳头，看了看，又看看墙面的窟窿，记忆开始复苏。

这一幕，他在昨天见过。

土匪洞里，那个借火的工人。

王动和那个工人都没有练过铁砂掌，把混凝土墙面一拳打出一个窟窿，第一说明由于年代过于长久，在长期荷载作用下，混凝土结构已经松弛变形；第二，这不是巧合，他们打的是同一堵墙。

这里正是盘龙岭山腰，墙对面就是土匪洞！

王动恍然大悟。笨蛋，我早该猜到，土匪洞才是这个山中工程的真正入口！

那个工人的话同时清清楚楚浮出脑海——“要不了一天，就能挖开”。

就像黑暗中陡然见到一丝光明，王动兴奋不已，立刻拿出手机，还是没有信号。他一路冲出走廊，进了岔道口，拨通了江大林的手机。

江大林

雨越下越大，普陀景区沉浸在哗哗的雨声中。

因为蛇灾造成的混乱局面已经得到控制，大多数伤员被送走，有限的伤员也得到有效医治，一层的救险指挥中心此刻已经安静下来，间或闪过工作人员的身影。

忙碌了一天的人们都在享受难得的夜间平静，除了江大林。

接到王动电话前的半个小时里，江大林正在疯狂地拨打电话。

首先，他拨打王动的手机，但死活打不通！他明白肯定是山洞屏蔽信号的原因，暗暗叫苦。

他第二个电话打给了奔赴蝴蝶泉的救援队，救援队的队长就是消防支队队长老高。他大声告知了有两条吃人巨蟒的新情况，然后从老高口中得到了一个令人沮丧的消息：这场强降雨使得蝴蝶泉水流暴涨，上游的沿岸出现了山体滑坡，泉水夹杂着泥浆形成了局地山洪，原本可以行走的溪谷成了一片沼泽地。老高在电话里很无奈，解释这样恶劣的条件下无法继续下去，救援队已经在岸边临时搭帐篷夜宿，搜救行动只有到白天进行。

遇险者电话打不通，救援队依靠不了，所有最坏的事都发生了。江大林呆立在寒风中，茫然无措。

就在这时，手机铃声划破了黑暗。他低头一看号码，欣喜若狂——

王动打来的！

江大林轻手轻脚回到办公室，小张瘦长的身体横躺在沙发上，双脚搭在扶手上发出微鼾，另一张沙发上，明明则蜷缩成一团，背心轻微地耸动。江大林无声叹了口气，在茶几上轻轻拿起越野车的钥匙，退了出来。

小张还是个孩子，不能让他冒险。明明更不用说，她受的委屈已经够多了。已经深夜了，不需要惊动任何人。江大林决定一个人摆平这件事。

土匪洞。真没想到——这个年初开放的山洞景点，居然是军事工程的大门。我这个保卫处处长真是他娘的饭桶。

越野车就停在门口。

他用钥匙解了锁，掀开越野车后门。然后冒着雨快步走到储藏室门口，开了门，径直走到墙角最深处。

墙角平放着一个带锁的长方形大木箱。

江大林用一把小钥匙打开锁，掀开盖子，拿走最上面的一层厚厚的泡沫板，凝视着箱子里油光锃亮的武器。

一门 60 毫米肩扛式单兵灭火弹发射器。

这种远程森林灭火武器，是今年年初刚刚诞生的新产品。它的形状与肩扛式防空火箭发射器非常相像。它的工作原理是这样的：利用压缩空气从设在炮筒尾部的套筒进入炮筒内，经过柱塞上的通孔将柱塞前端的灭火弹高速发射出去，自动引爆释放固体灭火剂，准确射程在 150 米之内，爆炸后抛洒的灭火剂能扑灭三四平方米的失火面积。

今年三月，八门发射器派发到负责武陵山森林消防的消防支队，队员们将它称为“灭火炮”。江大林在试射现场有幸见识到它的威力，利用老关系软磨硬泡搞来了一支。毕竟，保卫处也有预防森林大火的职责。

从用途来说，这不是武器，而是一种新式消防器材。但是从威力看，灭火弹的爆炸效果不亚于手榴弹。

这是江大林所能搞到的威力最大的武器。

圆筒形的灭火弹只有四枚，每枚重达 10 几斤，江大林分两次将灭火炮和灭火弹搬进屋外的越野车里。

雨水丝毫没有减弱的趋势，普陀景区淹没在哗哗的雨声中。

他坐进驾驶室，系上安全带后，看了看手表，晚上 11 点。

该死的雨。他估计到达土匪洞要一个小时。

江大林发动了汽车。两盏大灯的白色光柱利剑一般射向前方。

公蟒

王动收起手机，如释重负地松了口气。江处长在电话里说立刻赶往土匪洞，那里有挖掘工具，很快就能挖通——王动清楚这一点——让他们先找地方躲起来。可是王动却打算自己先动手挖起来。

双管齐下，会师土匪洞！反正洋镐和铁锹多得是。

一阵寒风从山腰猛烈吹来。王动缩了缩身体，禁不住看了一眼洞外黑洞洞的天空。雨下得真大，但愿那条公蟒正在哪个地方避雨。

他转过身，刚迈了两步，就觉察到有什么不对劲。

洞口的风停了。

他陡然扭头。

一个巨大的黑影遮住了洞口。

王动身体僵硬地站着，手电筒甚至没敢照过去。不用照，他已经知道那是什么。

那条公蟒的头颅。

它怎么会出现在这里？底下是悬崖啊——天啊，我完了！

黑影慢慢变大，那是公蟒的头颅一点点往前移动。王动几乎怀疑它会撑破这窄小的洞口，一种自感渺小无力抗争的压迫感击倒了他。他想大喊，喉咙却被堵住发不出任何声音。他一屁股坐在地上，手电耀眼的光线照在巨蟒的头上。

王动用几近呆滞的目光盯着这头恶魔。黑色的头颅，三角形的嘴尖，死板的眼睛——王动忽然发现它的左眼血肉模糊，瞳孔中已经溃烂成洞。啊，它瞎了一只眼。

公蟒仅有的一只眼睛，冷漠地盯着地上的人。

王动不能动弹。

民间传说中，狮、虎、豹、狼等猛兽的眼睛凝视猎物的时候，猎物会像被催眠一样失去抵抗，这当然是讹传，但来自巨蟒的“凝视”更加阴森无情——蛇眼没有活动的眼睑，只有一层半透明的薄膜，所以无法闭合只能永远睁开。

公蟒的上下颚突然无声无息地张开。

尖利的獠牙，赤红的肌肉，它张大的嘴巴像是一个血洞，长长的蛇信“嘶嘶”地探了过来。蛇信又粗又长，暗红色，尖端有个分叉，它灵巧地在王动头部上方扭曲伸展，一股热乎乎的带着腥臭的气息喷出来。

一条黏糊糊的唾液滴在王动脸上，滚烫且带着腥臭。王动紧紧闭上眼睛，身体剧烈地颤抖了一下，喉咙发出呼哧呼哧的喘息声。

王动的血液凝固了。他知道，死期到了。

但是公蟒没有咬下去，蛇信像跳舞一样来回伸缩，头颅则像是触电一样猛地往后一缩，沉闷地撞在岩壁上。

公蟒显然遭到了什么困扰，身体在退缩，头颅在烦躁地摆动。

王动呆呆地看着公蟒奇怪的举动，突然想起来：我身上的葛藤！蟒蛇害怕它的味道！

但是，这小小的葛藤真的能挡住巨蟒？不，我要快逃！

王动像濒死的人一下复苏过来，憋在胸口的一口浊气吐了出来。他爬起身，脚下打了个趔趄，然后拼命奔向大厅。

身后响起索索的碾压声，但公蟒没有扑过来。他知道那是岔道的狭小限制了巨蟒的行动，黑暗里，他凭着记忆开始在岔道里冲刺，一口气跑到大厅。

“四娃！它来了！”王动上气不接下气地大喊。忽然他的脚被一个水泥袋绊了一下，随着一声惊叫，他重重摔倒在地，脑袋正好撞在坚硬的岩壁上，一时头昏眼花爬不起来。

“快逃……快逃……”远处似乎传来四娃的回应，但王动听不清，他的脑袋仍然眩晕着。他倒在岩壁边的地上，呆呆地看着公蟒的头颅缓缓伸出了岔道口，接着是粗长的躯体。

柱子一般粗大的躯干挡住了王动的视线。王动注意到它的腹部圆鼓鼓地凸起了一大块，心里一阵恶心，不禁闭上眼睛，蛇鳞摩擦地面发出的索索响声却不受控制地传入耳中。

公蟒根本没有理会倒在地上的王动。

大厅残留的硝烟气味干扰了它。它焦躁不安地扭动着头颅，嘶嘶之声大作。突然它耸动身体，以惊人的速度游向母蟒的尸体。

重达数吨的庞大躯体从王动身边掠过，就好像一列高速行驶的列车一样。王动顿时觉得气喘不过来。

它发现了四娃！王动心里着急，一使劲颤巍巍站起来，手电光照向公蟒。

两头巨蟒小山一般的躯体，让宽阔的大厅一下变得狭小了许多。

公蟒停在伴侣烧焦的尸体旁，昂起脖子紧张不安地摇晃着头颅——伴侣身上的焦臭味和地面血肉模糊的幼蛇尸体都让它烦躁，蛇信嘶嘶盘旋着。它似乎想搞明白发生了什么。然后，它突然伏下头颅张开嘴巴，下颌搭在地面上，粗长的腰腹开始抽搐。从王动的角度看，它的胸腹部就像有什么活物一样在慢慢蠕动。

它想干什么?！四娃可千万别动啊！

王动屏住呼吸，惊恐地注视着，接下来发生的一幕让他永生难忘——

公蟒张大的口中缓缓冒出一团圆圆的东西，一寸，两寸，终于，那东西随着唾液滑溜溜地吐在地上——那是一团血肉模糊的人尸！接着又是两团。

天啊！那是它吃掉的人！王动浑身汗毛竖起，四肢发抖。

四娃血淋淋的双臂突然从母蟒开了膛的腹部冒出，两只手各攥两三支毒箭，狠狠扎进公蟒的躯干，与此同时，传来捕蛇青年凄厉的一声怒骂："狗日的！"

公蟒在一瞬间陷入了狂暴状态。

它的血盆大口张开成了180度，盲目地对着空气咬了一口。同时，它受袭击的巨大躯体猛烈扭动，20米长的躯体像一根突然展开的弹簧一样，飞速扫向四周，重重撞击在岩壁和岩顶上。

王动发出的尖叫，瞬间淹没在大厅噼啪作响的剧烈震动中。他跪倒在地，手电被震落了。

黑暗中，洞穴里风声大作，仿佛有十几个魔鬼在恶斗。

等王动摸索到手电，再次照去时，却赫然发现大厅里已然空空荡荡，地面只有母蟒的残尾和三团血肉模糊的尸体泡在一大摊乱七八糟的血污之中。

公蟒不见了。

四娃不见了。

母蟒的尸体也不见了。

"四娃!!"王动带着哭腔喊道。他不明白刚才发生了什么，为什么两条巨蟒突然不见了？四娃人呢？难道——

他终于明白为什么四娃要执意躲在母蟒肚子里，他根本就没打算躲避，而是一直在寻找复仇的机会。他手里的毒箭戳进了公蟒的身体，王动看得清清楚楚。

他对吃掉爱侣的公蟒做出了最后一搏。

这个倔强的家伙！

王动不敢细看三具尸体，他用手电照亮四周，却发现一条明显的血污痕迹，那无疑是母蟒尸体留下的。母蟒已死，肯定是公蟒拖走了它的尸体。四娃会不会还在母蟒肚子里？他说过公蟒不会攻击母蟒，但愿他没说错。王动一边盘算，一边顺着血痕蹒跚而行。他的脑袋剧痛未消，两条腿也沉得只能挪动，但丝毫没有停步，也失去了顾忌之心。此刻的王动，已经对恐惧麻木了，全部的心思只有一个：找到四娃。

血痕通往他们进入大厅的洞口。

手电光陡然照到了地面一团隆起的黑影。

王动大叫一声，踉踉跄跄走过去。

那是四娃血淋淋的身躯。

第三日

土匪洞

江大林减速拐过一个弯，车轮吱吱打滑碾过泥浆。

这是海拔 500 米以上的盘山道，路面只有四米多宽，刚好能容纳两车对开，道路左边是黑沉沉的盘龙山体，右边则是悬崖，只是在崖边象征性地拦了一排低矮石桩。

雨夜中在这样险峻的山道行驶，就连老司机都没这个胆量，一旦出现闪失掉下悬崖，势必车毁人亡。

江大林双手牢牢把住方向盘，眼睛紧盯前方，不敢有丝毫分神。

雨刷来回刷动雨水，重复着单调的“哗哗”声。

远光灯下，前方山坡上突然蹦出一个黑乎乎的东西，砸在路上，接着径直飞向车头。那是一块坠落的山石！

江大林本能地踩了一脚刹车，同时向右打了一把方向。“砰”的一声闷响，脸盆大的山石擦着左侧车身滚到车后，但车轮却在湿滑的泥浆里剧烈打转，后车身甩向崖边！好在一个石桩卡住了后车板，“咣”的一声，车身剧烈震动了一下，停了下来。

江大林狠狠拉上手刹，熄了火，抓起手电筒跳下车察看。

石桩断裂成两截，后侧翼板被撞得凹进去一大块，车的右后轮已经一半悬空！

江大林的心怦怦乱跳。好险！生死只差一线。

车厢里突然传来一声呻吟。

江大林大吃一惊，几乎不敢相信自己的耳朵。

“谁?!”他大喝一声，猛拉开后门。

“江大哥……”手电光下，明明怯生生地看着他，她蜷在座椅下方，像一只受惊的小猫。

“你!”江大林又惊又怒，一时说不出话来。

该死！这丫头什么时候溜上车的?

“江大哥！你……你别骂我。”明明避开手电光，用手揉着额头，刚才她的头部撞到了座椅下方，红肿了一大块，“我听到了你打电话——王动他们被困在蛇洞里，就在土匪洞深处！你没告诉我……后来看到你拿了车钥匙，怕你不带我，我就悄悄先上了车。”

原来在我进库房拿灭火炮时上的车，怪不得没发现她。江大林解开了谜团，却怒气不减：“我不告诉你是怕你担心！你这个不懂事的妹伢子！”

“我就知道你会骂我，骂吧！反正我来也来了。”明明竖起眉毛，一副死猪不怕开水烫的神态，接着又催促道，“江大哥，快上车吧，你都淋湿了。”

“你就是在添乱！”江大林恨恨地握紧拳头，板着脸重新回到驾驶室。

对这个完全不服从指挥的姑娘，他一点办法都没有。现在已经快开到土匪洞了，他不可能再把她送回去。

江大林点火发动汽车，重新上了路。

“江大哥，他们危险吗?”明明忍不住问。

“你都知道了?巨蟒的事?”江大林本不打算理她，但沉默了一会儿，还是闷声闷气开了口。

“我听到你说的——他们困在一个山洞里，有两条巨蟒！”

“你不怕？”

“不怕！我看到你拿了火箭筒，炸死它们！我知道那个，我打过CS，还有黑鹰坠落！”

从不玩游戏的江大林根本不明白她说的是两款著名的对战游戏，不过他不想再详细解释那不是火箭筒。

“不见得用得上——把他们接出来就行。”

“对，我们就是去救他们！”明明口气坚决。

“我们？你能干什么，只能是累赘！”江大林毫不客气地下了结论，“等会儿到了，你不许出来，就呆在车里！听到了吗？”

“听到。”明明顺口答应一声，随即又找了个理由，“我不下车，谁帮你照手电筒？”

“不用你照！我有头灯！”

“那……我帮你拎炮弹！”

江大林哼了一声，没再搭理她。他也知道让明明呆在车里不可能，说了也白说。

车速减慢了。山道到了尽头，再往前是一片黑沉沉的岩石群，在雨天的夜幕中像一群怪兽般狰狞。

江大林在一片泥泞的草地刹住车，熄火。

土匪洞到了。

他扫了一下夜光表：12:05。

临下车前，江大林拨打了王动的手机，传来的却是“您拨打的电话不在服务区”的答复。他不想浪费时间，立刻开始行动。

江大林戴上头灯，调节到强光，把手电丢给明明，随即将三枚灭火弹放进一个帆布包斜挎在肩上，另一发灭火弹则已经安装在灭火炮的前膛里。

他扛着灭火炮跳下车，朝 20 米外的土匪洞大步走去。明明打着手电一路小跑跟在后面。

雨势减弱了一些，但还是很细密。短短几十步路，两人还是被淋得半身湿透。

野藤遮蔽中的土匪洞洞口一片漆黑。自打前天雷暴雨后，盘龙岭的所有景点就紧急停止了开放，所有工作人员连同施工工人都撤回到景区中心地带，而土匪洞里的几盏电灯也因为电压器短路失去了作用。

在午夜时分，再次进入阴森森的土匪洞，明明心里既紧张又兴奋。见江大林毫不犹豫深入洞中，她忍不住提醒："江大哥，这个洞里面是堵住的！有一堵墙！"

"我知道——可以挖开，有现成的机器。"江大林已经盘算好了，工人虽然撤走了，但挖掘设备肯定放在原地，特别是电钻机，他在当兵时就熟知那些机器。

头灯的光晕不断探射到土匪洞的石桌石凳上，夜里看起来更显得粗重生硬。这些乱七八糟的东西不知道是哪个部门搞来的，也不知道是真是假。江大林一边小心前进一边皱起眉头，突然光线照到了一盏不亮的灯泡，他才豁然反应过来，暗骂自己憨头——既然没电，电钻机怎么用?

没多久，他们走到了洞的尽头。

地上靠岩壁旁乱七八糟地堆放着一批工具：电钻机、电动机、电缆线、铁斗车，那堵混凝土墙已经被凿下了一米多深，露出支离破碎的干燥墙体，墙边半人高的土堆上竖插着一柄圆头铁锹。

江大林暗叫一声侥幸。

他放下灭火炮和挎包，抄起了铁锹。

明明瞪大眼睛，不解地问道："这……就是你说的机器？"

江大林苦笑一声，从口袋里掏出手机递过去：“打给你男朋友，一直拨！”随后往手心狠狠吐了口唾沫，抡起铁锹开挖。

铁锹是工人用来铲碎土的，实在不是挖掘墙壁的合适工具，但江大林此刻没有别的选择。好在这堵混凝土墙已经挖了很深，土质也果然如王动在电话里所说的那样松散不堪，一锹下去就碎块纷落。

明明靠在铁斗车旁，一手拿手电照亮，一手用手机拨打起王动的手机号。短促的嘟嘟嘟声音，无信号显示。她没有泄气，一遍又一遍继续重拨，眼睛却盯着江大林挥动的铁锹，心怦怦乱跳：他就在墙对面！快了，快见到他了！

蛇鳞

王动从血泊里扶起双眼紧闭的四娃，惊喜地发现他还在喘息。

“喂！喂！”王动大声喊了两遍，四娃猛然睁开双眼，两臂下意识地挣扎了一下，看到王动后才松弛下来。

“你怎么样?!”

“没事……那蛇呢？”四娃刚才被暴怒的公蟒连同母蟒尸体一同拖走，却在中途从母蟒腹中滚落下来，好在虽然受了撞击憋住气晕过去，却没受到严重伤害。

“不知道——它把母蛇尸体拖走了，真见鬼！”

“我刺中了它……五支毒箭！”四娃嘴角露出一丝微笑。

对毒箭的效果，王动始终不如四娃那么有信心，望着黑洞洞的前方，还是心怀不安。他俯下身背起四娃：“走，我们先躲到石屋里。”

四娃虽然不是个大块头，但王动脚伤未愈，只走了几步就疼得直嘘气。四娃在他背上喘息道：“放下我，我自己能走……”

王动咬咬牙没有理会，相信四娃确实能手脚并用地爬过去，但他不愿意四娃这么做。虽然相识只有短短半天时间，他和捕蛇青年却产生了患难与共的兄弟友情，这是一起经历过生死的人才有的深厚感情。见到四娃居然从公蟒口中逃了出来，他心花怒放，哪怕一直背他走断腿也心甘情愿。

他一边强忍脚痛慢慢走，一边断断续续地告诉四娃，走廊通往外面一个山洞，那堵墙可以挖通。保卫处江处长一个小时前就上路了，救援人员应该现在已经开挖了。

四娃心里却是五味杂陈。

他是个万事不求人的硬汉子，这样无能为力被人背着走，成年后只有被蛇咬后爷爷背过的那次。现在，背着他的人是个素不相识的大城市青年，一个心甘情愿陪他踏入险地的好伙伴，他实在又感动又惭愧。

而对于保卫处、森林警察这样的部门，以前他总是怀有抵触心理，捕蛇时都是唯恐避之不及，现在则是衷心盼望见到他们的身影——不能再拖累王动了。

走走歇歇，终于到了大厅的西边。前面是刚才生死搏斗的地方，那三具蛇口中吐出的尸体，仍然触目惊心地横在血泊中。

王动故意绕远了走，他不想引起四娃的注意。但四娃却抓紧了他的肩头，低声说："王动，停一下。"

王动只得停下脚步，他感觉到四娃的身体在轻轻发抖。

"再近点——"四娃松开双手一只脚下了地，王动只好扶着他慢慢走近，手电照向三具尸体。

只看了一眼，王动就胸口作呕差点吐出来，低头干咳了一阵，再也没有勇气看第二眼。那绝对是他平生见过的最恶心的景象。

严格地说，那已经不算是尸体。

衣服、碎骨、血肉被压缩成一团，呈扁圆形，只有坚硬的头盖骨还保持原形，人脸五官已经糜烂变形，蟒蛇的胃液严重腐蚀了他们。

"三个男的。"王动听到四娃在自言自语。

王动心一紧。这么说，四娃的女朋友还在公蟒肚子里。它到底吃了多少人？

“这个人还戴着眼镜……都是才死不久——狗日的东西！”四娃喃喃骂道，声音变得干涩。

王动突然想起一件事，赶紧告诉四娃：“对了，我刚才看到，公蛇瞎了一只眼！”

“是吗？可能是这些人临死时反抗的。”四娃摇摇头，“不知道这些是什么人……”

“别看了，我们快走——”说了几句话后，王动感觉心头好受一些，催促四娃上路。忽然想起这件事的蹊跷，不禁问道：“它为什么把这些人……吐出来？”

“它吐出来喂母蛇。”四娃冷冷回答。

“啊？！”

“母蛇怀孕了，没法捕食。”

王动心里一凛。所以公蛇到处吃人来吐哺母蛇。

自然界里，雌性动物怀孕后，由雄性伴侣肩负起捕食工作并不稀罕，像绝大多数鸟类，还有狼、鬣狗、狐等哺乳动物。但是蛇是低等的爬行动物，一般来说，它们不具备这样高级的行为模式。比如，公蛇完成交配后就扬长而去，母蛇一旦怀孕也是离群索居独自产下蛇卵，孵卵时它尽责尽力，但只要幼蛇一破壳，母蛇就不会再承担保护者的角色。这一点，比起同为爬行动物的鳄鱼，蛇显得更加残酷无情——鳄鱼妈妈总是照顾小鳄鱼到能独立捕食为止才离开它们。所以，动物学家普遍认为，蛇是一种缺乏群体合作的低等动物。“冷血”这个词汇，并不仅仅是形容它们的体温。

但这两条巨大的蟒蛇显然是例外。公蟒虽然见到母蟒已死，但仍然盘桓不走，条件反射地吐出食物，甚至带走了伴侣的尸体！

王动甚至生出了这样的念头：从巨蟒的角度看，所有其他动物都是食物，人也不例外。它并没有跑到城市去吃人，相反，是人类闯进了它的地盘……

“吃过人的动物就会再吃人，它要不死的话会祸害更多人！”四娃怨气冲天的话让王动一瞬间产生的怜悯心烟消云散。

是的，它是危害人类的怪兽，最大的罪过就是不该长这么大。它是不应该存在的生物。

王动重新背起四娃，刚迈出一步，脚上却踩到了一个滑溜溜的东西，打了个趔趄差点摔倒。他低头用手电一照，不禁倒吸一口冷气。

“这么大的蛇鳞！我的天！”

这片椭圆形的蛇鳞大约有二十公分长，就像水果摊上的海南椰子一般大小。

王动弯腰捡起冰冷滑腻的蛇鳞递给四娃，四娃用手指捏着它的厚度，脸色变得越来越阴沉。

“不好！”

“怎么了？”

“从没见过这么厚这么硬的蛇鳞！”四娃的声音低低的，“我担心毒箭……没有刺进去。”他清楚地记得毒箭刺中公蟒躯干时的手感，肯定刺中了，但毒箭会不会只是刺进坚韧的鳞片缝隙而没有深达肌肉？这样的鳞片贴在巨蟒身上，就像披上一层铁甲一样。

王动呆在了原地。

“快离开这儿！”四娃将那片硕大的蛇鳞揣进怀中，头却扭向后方。

王动机械地迈开步子，心头冰冷。如果毒箭没有刺中要害，那条公蟒就不会死，也就是说，它还可能回来！天啊，这还有完没完！

一阵凉风悠悠从岔道口吹过，王动浑身一颤。

刚进走廊口，身后黑洞洞的大厅就响起了簌簌的响声。

索命的响声。

它来了。

通道

“快……开门！怀特先生！”王动气喘如牛，焦急地大叫道。

他背着四娃踉踉跄跄爬过地上横七竖八的水泥袋，走到那个发现怀特的石屋，却吃惊地发现狭窄的门洞居然被一大堆水泥袋堵得严严实实。

那个美国人堵住了门！他疯了吗！

“快打开门！让我们进去！那蛇要过来了！”

王动一边大喊大叫，一边用手捶打水泥袋。

沉重的水泥袋固然丝毫不动，石屋里也一点动静都没有。

“混蛋！”王动怒极大骂，脸色涨得通红。他第一次见识到这样的背叛行为，而且发生在生死关头！一时间，他对石屋里那个同类的愤怒远远超过了对吃人巨蟒的程度。

“其他石屋挡不住它，往前走！”四娃咬牙道，黄豆大的汗珠从额头滚落。他的伤脚已经支撑不过，彻骨的疼痛几乎击倒了这个坚强的年轻汉子。

绕过那个弯道，王动手电光迅速照向前方——他满心希望看到一个挖掘机的钢铁长臂正在破墙。但什么都没有。

那堵混凝土墙依然原封不动地矗立着。

无人来救。

无路可退。

王动失望之极，身体再也支撑不住，腿力一松坐倒在地。

四娃滑落在地，疼得眼泪差点冒出来，但敏锐的鼻子闻到一股腥臭从走廊飘来，他知道那是公蟒的气息。它追来了。

四娃双手支地，拖着伤腿往外爬了几步，拔出腰里的弯刀。

他挡在了王动身前。

“我们逃不掉了！”王动绝望地看着眼前的墙壁。到了这时，他已经完全放弃了抵抗的心思，只是觉得无比疲累，无比厌倦。

让这一切结束吧。落崖不死的幸运儿，不可能永远幸运。

“别泄气！它瞎了一只眼，我再扎瞎它另一只！”四娃却没有放弃。

“四娃……”

走廊里簌簌的爬动声更响了，王动下意识将手电光照向弯道口。突然，一团巨大的阴影降临了——公蟒的头颅赫然探出弯道，暗红的蛇信嘶嘶吞吐。它的身体太长，无法全部钻到最后这段通道里。

公蟒的嘴边血迹斑斑，仅剩的一只眼依旧毫无表情地盯着两人。

四娃死死盯着它，手里攥着猎刀，红着眼吼道：“老子抓了二十年蛇，还能怕你这个杂种！想吃我吗？狗日的，来啊！”

一个遍体鳞伤、右腿骨折的人，一只前所未有的巨蟒，在武陵山深处的这个幽暗山洞里，相隔五六米对峙着。

王动浑身热血上涌。他虽然不是手无缚鸡之力的白面书生，但在人生中，从没见过四娃这样强悍的男人。此时此刻，血淋淋的四娃，瘦削而坚韧的江西小伙，就是一尊浴血的战神。

尽管和巨蟒体积相差数十倍，巨蟒的一扑就会终结这场实力悬殊的对峙，但面对螳臂挡车一样的四娃，巨蟒却没有攻击。

它的头颅拖在地上，半张的嘴巴呼哧呼哧喘气，声音像一台老旧的风扇转动一样。

四娃熟悉蟒蛇的身体语言，这样的喘息声只有在它遭受重创时发生。他突然明白过来，大叫道：“它中毒了！毒箭刺中了！”

公蟒瘫在地上，但蛇信还在弯曲蠕动，并没有中毒垂死的迹象。

四娃在喘气。

公蟒在喘气。

时间就像凝固了一样。

灭火炮

王动听到自己的心脏越跳越快，简直像鼓点一样透过后背震动着墙壁。

“怦！怦！怦！”

不对，那不是心跳，是有人在砸墙！王动大喜过望，正要回头，却觉得后背被猛然一撞，滚倒在地。身后的墙壁突然发出一声轰响，一整块土散落下来，墙壁露出一个水桶大小的缺口，一柱强烈的光线射进来，接着一个霹雳般的声音吼道：“趴下！趴下！”

王动机械地趴倒在地，瞪圆的眼睛看到一支粗大的钢管伸出缺口。接着，“咣”的一声金属撞击声，铁管射出一枚黑乎乎的东西，掠过四娃头顶，正中公蟒的头颅——

“轰！”

爆炸的巨响回荡在狭窄的通道，震得每个人耳朵隆隆作响。灭火弹的火药爆炸后，弹筒里携带的干粉灭火剂瞬间飘洒在半空。

通道里白茫茫一片，就像下了一阵暴雪。

硝烟中，江大林扛着灭火炮从缺口处钻了进来。

“快出去！”他一边大叫，一边将另一枚灭火弹装上了膛。

王动被这突如其来的变故惊得目瞪口呆，在硝烟和干粉的干扰下，他看不清眼前的情况，呼吸也变得困难，但还是能反应过来——救兵来了！

他和江大林的眼睛不约而同盯着前方。公蟒被炸死了吗？

四娃的身影倒在地上，身上铺了一层厚厚的干粉。

“咳咳……四娃……”王动爬过去在烟尘中抱起四娃，四娃的身体软绵绵的。显然他被剧烈的爆炸震昏了。

“你们快出去！”江大林蹲下身，准备第二次发射。

墙壁的缺口过于狭窄，王动大喊一声，使出全力托着四娃推了过去，他感觉手上滑腻腻的，是四娃的血！

一双小手接过了四娃，同时一个带着哭腔的声音在大喊：“王动！王动！”

“明明！是你！”王动惊喜无比。

明明怎么在这儿?!

这当口来不及多想，王动钻过那个狭小的缺口时，突然山洞响起一阵不祥的嘎吱声，一层泥土碎渣扑簌簌落下。

王动大惊，回头大喊：“不好！山洞要塌了！”

“你们快走，快出洞！”江大林焦急地回应，眼睛却一刻也没离开白茫茫的前方，手指扣紧扳机，防止巨蟒反击。他明白这颗灭火弹的火药威力有限，并不足以炸死那么大的蟒蛇。

王动刚钻出缺口，身子还没站稳，一双手臂猛地抱紧了他。

望断秋水的一抱。

“明明！”王动回抱着明明温软的身体，心头一阵热流迸发出来，泪水疯狂涌出。

明明泣不成声，脸贴着王动满是灰尘的脸，双臂死死抱住他的腰，指尖都陷入肉中，仿佛一松手就会再次失去他。

王动疲惫不堪的身体无法承受这样的拥抱强度，摇晃着差点跌倒，脚尖却触到躺在地上的四娃，猛然一惊，松开明明。

“我们快出去！”也不知哪来的力气，在这当口他居然俯身一把抱起四娃，踉跄着往洞口奔去。

明明跟在旁边用手电照路，却不放心地回身高喊：“江大哥，快走啊！”

“就来！”江大林的声音遥遥传来，一会儿工夫，他也钻出缺口跟了过来。

“蛇……死了吗？”王动气喘吁吁地问。

“不知道，看不到它了，”江大林一边不时回头察看，一边问道，“他怎么样？炸伤了吗？”

“心脏还有起伏，昏过去了——他就是四娃！”

“你就是王动吧，我是江大林！”

“谢谢——”

“先出洞再说！”

土匪洞并不长，快步走了一百米就看到了洞口。

手电光照到了洞外的雨夜。

江大林忽然停住脚步：“你们不是三个人吗？还有个外国人呢？”

王动这才想起怀特，恨恨地回答：“那个老外，真是个混蛋！居然见死不救！”

“他还在里面？！”江大林心急如焚。

“对，他在里面一间石屋里，堵住了门！”

“拿着！上了膛的！你们在外面等我！”江大林将肩上的灭火炮递给王动，转身重新往缺口跑去。

“要塌方了！太危险！”王动被沉甸甸的灭火炮压得胳膊一沉，见到江大林的举动，心里也是一沉，忍不住大叫。

“江大哥！别去！”明明也在高喊。

江大林没有停步，转眼间，头灯光消失在黑暗中。

山洞又发出嘎吱嘎吱的断裂声。

塌方

江大林一口气跑到混凝土墙缺口处，先用头灯往里照射了一回，通道内仍然烟雾弥漫，没有巨蟒的身影。他迅速钻进通道，一边小心往前巡视，一边扬声大叫："Hello！Hello！"

这是他会说的为数不多几个英语单词之一。

他的喊叫立刻有了回应——

"Help me！"一个外国人的惊恐低叫从洞内传来。

江大林冲了过去，刚拐过弯道，就看见那个高个外国人狼狈地紧贴着岩壁，动弹不得——因为走廊被公蟒粗长的躯干占据了。

怀特是迫不得已出来的。

自打进了石屋后，等了半天也没见王动进来，他开始坐立不安，怀疑是否他们已经丧生巨蟒口中，怀疑这间石屋挡不住巨蟒。恐慌中他灵机一动，效仿两个土著青年把门洞用十几个水泥袋牢牢堵死。这项工作消耗了不少体力，却使他安心许多。他独自缩在石屋深处，竖起耳朵倾听外面的动静。

王动背着四娃叫门的喊声他听见了，但同时听出了喊声的惊恐——巨蟒在追击他们。怀特打定主意不开门，他不能冒险。

很遗憾。但是必须如此，总要有人填饱巨蟒的肚子——换作他们也会这么干的。一切都会好的。熬过这倒霉的一天，等到白天，救援队伍就会降临，我就会安然无恙回到酒店，洗个热水澡，喝上冰镇威士忌。

隔着水泥袋，他听到了两个土著青年的逃跑声，也闻到走廊里巨蟒散发出的臭味，最后在心惊胆战的等待中，却迎来了一声震耳欲聋的爆炸。

一股黄色的火药烟雾从水泥袋的缝隙涌入，他被呛得大声咳嗽，接着听到山体发出的嘎吱声响，作为地质学家的他立刻做出了判断：一定是爆炸发生在山洞的承重结构周围，打破了山体的压力平衡，这将很快波及整个山中工程，最后导致山洞的所有支撑结构发生剧变——倒塌！

怀特万分惊恐地意识到：他再不出去，就有可能被活埋在这里。

他费力地把堵在石屋口的水泥袋搬开一个缺口，浓烟夹杂着泥沙扑面而来。他奋力钻出去跳下，却没能完成这个动作，他的膝盖顶到一个粗糙而有弹性的冰冷躯体上，身体被挤到岩壁边上。

他猜到那是什么，瞬间惊出一身冷汗。

巨蟒就横在走廊里！

黑暗中，他缩在巨蟒和岩壁之间的狭缝，不敢进一步行动，正在进退两难，却陡然听到江大林如同天籁般的呼喊。

江大林心悬到嗓子眼，慢慢走近，头灯扫视着前方。

公蟒黑沉沉的躯体毫无动静，像死了一样。它粗大的尾巴堵在了石屋门口，身子和头部在走廊那一端。

在灯光下，怀特看清了眼前的情景，惊恐地张大嘴巴，再也不敢挪步。他看到那个戴头灯的中国人对他做出一个“慢慢走过来”的手势。

上帝啊！

怀特鼓足勇气，贴着岩壁开始移动，身体几次摩擦到公蟒粗糙的躯干。他不敢大口呼吸，只是祈祷着自己不要突然晕过去。

终于，他的脚迈过了公蟒圆锥形的尾尖——突然，那截尾巴甩动起来，像一个重锤一样抽打在怀特的小腿上。

怀特失声惊叫，差点摔倒。

江大林及时伸手，有力地拖住他的胳膊，与此同时，公蟒的躯干开始起伏扭动，簌簌的摩擦声响起。

不好，它醒过来了！

江大林拖着怀特冲进弯道。

混凝土墙的缺口近在咫尺。

江大林忍不住回头扫了一眼，正好看到公蟒的嘴巴伸进弯道，它已经扭转了身子！

"快——"江大林正要提醒怀特钻进缺口，却不提防怀特突然用力一拉，迈开长腿超过了他。

江大林猝不及防，失去重心被拉倒在地。

"你个砍脑壳死的！"他大骂一声，双手支地刚要爬起，却泥塑一样呆住了。

公蟒的头颅已经伸到了他脚边。

煞白的头灯光打在巨蟒布满暗黑色碎鳞片的头颅上，这头巨兽似乎浑然不觉——它仅剩的那只眼睛也已血淋淋破裂了，三角形嘴尖沾满了黑色的血污，混杂着白色的干粉，看上去十分诡异。它在粗重的喘气，但发不出"嘶嘶"声——它的长舌头断了，只冒出血淋淋的一短截。

它瞎了！它受了重伤！它活不长了！江大林盯着这个垂死的怪物，心中充满了胜利的喜悦，浑然不觉自己命悬一线。

我终于打败了你！

轰隆隆——山体猛烈震动了一下，仿佛发生了八级地震，岩壁的上下左右都抖动起来，无数泥沙灰尘落下。江大林双手一震，背部滚落着地。

公蟒的头颅像遭到雷击一样剧烈扭动，可是狭窄的通道不容许它做出更强烈的反应，它猛然张开血盆大口狠狠咬下——

但是，这一口落空了！它的嘴尖距离江大林还有十几公分。

狂怒的公蟒再次张大巨口猛咬，但还是只咬到了空气。

江大林被它的奇异举动惊呆了，随即明白过来：山洞塌方了，它留在后面的身体被压住了！它动不了了！

公蟒遭到一连串的打击，已经陷入了癫狂状态。它两只眼睛都瞎了，什么都看不见，用来分辨气味的舌头断了，躯体被坍塌的岩石压住了——此刻，它只是凭借本能向造成这一切的敌人展开报复。

江大林飞快爬起身，倒退几步，离开了公蟒的头颅。

接着他听到一声惨叫。

是那个外国人的惨叫。

江大林看见怀特倒在了混凝土墙的缺口处，腿上血肉模糊——一块坍塌的石块着着实实砸中了他的脚，骨断筋折，他的脚踝扭曲成可怕的角度。

“你娘的自作自受！”江大林恨恨地骂了一声，跨过他的身体，钻出缺口。

“救救我！”怀特抱着脚打滚，疼得疯狂乱叫，眼睛变得通红。

江大林粗重地喘息了几声，还是不忍就此不顾，回到缺口处，伸手抓住怀特的衣领，使劲将他从缺口处拖了过来。

山体破裂的闷响越来越剧烈，四周的岩壁开始吱呀断裂，头顶上已经不是在掉泥沙，而是夹杂着拳头大的石块，眼看山洞随时将坍塌。

江大林拖着怀特朝洞外奔跑，但多带一个人的重量严重妨碍他的速度——没走几步，身后的混凝土墙轰然倒塌，随即感觉手中一轻，怀特被一股惊人的力量拽走了。

江大林回过头，看到公蟒正咬住了怀特的大腿。

它挣脱了岩石，撞碎了混凝土墙。

“上帝啊——”怀特只嚷了一声就发出撕心裂肺的惨叫。

江大林一把抓住怀特挥舞的右手，使出全力拉扯，但毫无效果，眼见着怀特的身体一寸一寸滑进公蟒的口中。他已经叫不出声，只能发出微弱的呻吟，眼睛开始变直。

江大林的身体被带倒了，但抓住怀特的手还是牢牢不放。巨大的力量把他带到了公蟒的嘴边，他用脚死命蹬在公蟒的下颌边。

怀特死鱼般的眼睛直勾勾看着这一切，仿佛和自己毫不相干。此刻，他的眼神已经涣散，胸腔在巨蟒的口腔压力下已经停止了血液供应。

“不！不！”江大林喉咙迸出绝望的喊声，他明白，他救不了这个外国人了。

“快松手！”突然，一个男人的声音在他身后响起。

是王动！

江大林一分神，手再也抓不住松开了，最后一眼见到的是怀特僵直的右手缓缓滑进巨蟒张大的口中。这一幕在他未来岁月的噩梦中多次出现。

灭火炮的军绿色炮筒伸到了公蟒嘴边。公蟒闪电般一口咬住了炮筒，钢管在巨齿间嘎嘎作响。

王动闭上眼睛，狠命扣动了扳机。

爆炸声极其沉闷，就像一只轮胎放气的声音。公蟒的头颅被炸得四分五裂，血肉横飞，溅了两人一脸一身。

灭火炮“咣当”一声掉在地上，王动愣愣地站着，脸色如同公蟒断裂的躯体内喷溅出来的干粉一样雪白。

“快跑！”江大林大叫一声，拉住他拼命往洞口跑去。

头顶的碎石纷纷落下，两人用手遮着头，忍住疼痛疯狂奔跑，身后的岩壁发出此起彼伏的坍塌声。

两人蹿出洞口，双双栽倒在泥泞的草地上，与此同时，山洞像不堪重负一般发出一声低沉之极的呻吟，轰然崩塌。

沙土飞扬中，纷落的岩石泥沙完全堵住了洞口。

盘龙岭完成了一次小小的地质突变——骤压之下坍塌的山体巨岩，将这处掩藏了无数秘密的山中军事工程毁于一旦。

雨水唰唰地打在两人身上，但他们丝毫没有力气起身。

鸡公蛇

“给油！”江大林一边用肩膀顶住车身，一边大喊。

越野车内的明明战战兢兢将脚踩上了油门。马达“轰”的一声，把明明吓了一跳，下意识缩回了脚。

车身晃动了一下，重新回到原位。

“缓缓给油！不要猛踩！”江大林抹了一把脸上的雨水，无奈地低头看看后轮。

两个后轮深深陷进了泥浆中。

这是他们没想到的意外。盘龙岭的军事工程坍塌后，连带着把山腰的这片坡地震松了，土质下沉了几公分，原本平稳停好的越野车变得倾斜，滑到了这片小腿深的稠密泥浆里。

车子开不上去，只有靠人硬推，但是，现在只剩下江大林一个人还能坚持。

四娃仍然昏迷不醒，王动的伤腿在最后的冲刺后扭伤抽筋，丝毫无法动弹，两人现在都躺在路边的雨中，身上盖着明明从车里找出的宽大雨衣。

“再来！”江大林喊。

明明是今年春天刚刚拿到驾照的新手，尽管在王动的车上练过不少次，但碰到这样的麻烦还是头一遭。特别是，在车头灯的照射下，她能清晰地看到男友躺在地上，心如刀绞一般，根本集中不了注意力。

油门发出轰鸣，江大林使出全力硬推，后轮疯狂地打转，几乎要冲出泥坑，但还是在最后一刻倒退回原位。

只差一点，要是再有一把力就好了。江大林喘着粗气，遗憾地想。

车灯照射下，王动爬了过去。他双手撑地，僵硬地拖着两条腿。

“王动！”明明看到后大惊失色。

“没事……”王动努力挤出笑脸，脸部肌肉却丝毫不给面子，疼得扭曲起来。

“来吧，就差一把力！”江大林硬起心肠。这时候如果不能早点把车子推出泥浆，后果只会更糟。

王动爬到车后，半个身子陷进了泥浆中。他吐了一口溅到嘴中的泥水，用没受伤的右腿死死蹬住身后的一块石头，双手抓紧车尾的防撞栏。

“明明，给油！”

两人同时用力，车子往前缓缓移动着，突然王动的支撑脚在石头上一滑，身体扑倒在地。

又失败了。

“就差一点了！再来一次！”江大林叫道。

王动回过头想重新找一个支点，却在车尾灯的光线下恍惚看见石头边晃过一道小黑影，接着耳边传来一声轻微的吱吱叫声。

像是鸡叫。

“什么东西？”王动脱口而出，脑子还没转过弯，就看到那个小黑影蹿到他腿上。那是条红色的蜥蜴，四条腿。

江大林一巴掌挥去，蜥蜴“扑”的一声跌在泥浆中，转瞬逃走了，但与此同时，江大林沉闷地哼了一声，缩回手就着灯光一看，右手的中指尖上两排浅浅的牙印。

那个蜥蜴咬了他。

“他娘的！”江大林骂了一声，弯弯手指，没觉得什么异样，冲王动大声说：“这次脚要顶住！听我口令，一起推！”

随着江大林一二三的大喊，王动也大叫一声，两人奋力推动车身。

明明同时踩下油门。

车身一阵挣扎，后车轮终于摆脱了泥浆的束缚，冲上了坡地。

“成了！”江大林气喘吁吁地从泥浆里抱起王动，走向车子。

明明停住车，拉上手刹，跳下车跑到两人身边。

王动已经成了泥人，累得只能喘气说不出话来。

江大林依次把王动和四娃抱上车，抱四娃上车的时候不小心把四娃的头撞到了车门，四娃睁开了眼睛。

“你终于醒了！怎么样？”江大林大声问。

“……蛇……”四娃有气无力地吐出一个字。

“死了！它被炸死了，埋在山洞里了！”王动已经恢复了力气，在车内大声回答。

四娃“啊”了一声，无力地闭上了眼睛。

“坐好了，我们准备回家！”江大林跳下车，打算关上车门，自己去开车。不料腿一软一屁股坐在地上，他感觉右手手指剧烈疼痛，脸色变得煞白。

“怎么啦？江大哥！”明明惊叫道，过来扶住他。

“他娘的……手指头疼得厉害！”江大林的额头滚下豆大的汗珠，脸色变得难看异常。再看受伤的中指，短短几分钟时间，指尖居然变得红肿鼓胀，活像只胡萝卜。

“是那只蜥蜴咬的，可能有毒！”王动回想起来，叫道，“明明！快挤一挤毒液，再用酒精消毒！”

明明手忙脚乱到车内找酒精，江大林在一旁忍痛指点。

“什么……蜥蜴？”四娃低声问。

“全身红色，是个大蜥蜴，可能我蹬到的石头是它的窝！”王动匆匆回答，“对了，它好像还会叫，叫声像鸡叫一样。”

“头上……是不是……红颜色？”

“对，红色的——那是什么？”

“那是……鸡公蛇！”四娃声音微弱地回答。

王动从没听过什么鸡公蛇，江大林却心里一凉，他当然对武陵山鸡公蛇的传闻耳熟能详，但从来没见过，也只当山野传闻来听。

“那不是蛇，是条蜥蜴！我看得很清楚，四条腿！”王动反驳道。

“快……打火机！”四娃却不理会，努力挣扎着想起身。

“你别动！明明——”王动按住了四娃的肩膀。

王动的 ZIPPO 已经在烧死母蛇的搏斗中损失了，明明想起在中控台前看到一个一次性打火机，她找了出来。

“胸口……痒……”江大林哼道。这时，他已经勉力进了车厢就地坐下，半个手臂开始麻木，而且，他感觉身体发软，胸口似乎像无数蚂蚁爬过一样，奇痒无比。

“用火烧伤口！”四娃的声音很坚决。

明明点着打火机，火焰撩了一下指尖，就移开了。

“对准烧……不要拿开！”四娃放大了嗓门。

“烧一下消消毒就行了吧。”王动有点纳闷。

“你们不懂，只能用火烧！别的方法都没用！”四娃大声道，他的头上青筋直冒。

明明不知所措地看看江大林，又转向王动。

"听四娃的！"王动相信四娃对蛇的了解。

火焰再次烧到了江大林的指尖，江大林紧咬牙关，一声不吭，但是手臂不由自主地弯曲起来，脸上的肌肉一阵阵抽搐。

明明不忍心看，按打火机的手微微颤抖。

"别动！"四娃喊道。

车厢里散发出焦煳味。

"再烧一会儿！"

江大林终于忍不住呻吟起来，座椅压得吱吱乱响，手指尖已经被烧得黑乎乎的。

"好了！"

明明大大松了口气，飞快丢下滚烫的打火机，转身拿出毛巾帮江大林抹去脸上的汗。

"江大哥，你感觉怎么样？"明明焦急地问。

"手指疼——咦，胸口不痒了。"江大林抽着凉气回答。说也奇怪，他原本肿胀的指头虽然黑乎乎的被烧焦了一块，却忽然间消减了许多。手指依然火辣辣地疼，但那是烧伤，而非刚才的一阵阵麻木。最关键的是，胸口那种蚂蚁穿心的感觉一下消失了。

"到底怎么回事？鸡公蛇是什么？"王动总算有机会提问了。

"老百姓传说是种最毒的蛇，说它头上长着公鸡一样的鸡冠，会学鸡叫，还会飞——总之，说碰到它就完蛋。"江大林忍住疼，悻悻地回答。

"哪有这样的蛇！"王动忍不住笑了，"都是编造。而且，这明明是条蜥蜴！"

"它就是鸡公蛇，头上有鸡冠的。"四娃郑重地说。

"我不知道它的学名，不过很多蜥蜴的牙齿和唾液都带有细菌，会带来过敏感染，比如科莫多巨蜥。"

“我三叔也被鸡公蛇咬过，这是他告诉我的，这种蛇不是剧毒，比不上五步蛇和蝮蛇，但是人被咬后如果不治疗，会半身麻痹最后瘫痪。”

“那为什么要用火烧？”

“三叔说，因为公鸡怕火。”四娃却说不出所以然。

王动想了想，点点头：“我猜原理是这样——蛇毒的成分就是蛋白质，蜥蜴的毒也一样，因为异性蛋白造成对人体细胞的破坏。用火烧，其实是用高温破坏蛋白质！”他扭头对明明笑笑，“还记得煮鸡蛋吗？不能煮太久，煮久了就破坏蛋白质没有营养了，一个道理。”

“别瞎扯了，我去开车。”明明下车关上车后门，慌慌张张跑到驾驶座坐下。心里却还是紧张不已，这车上除了自己，所有人全都要送医院。

“系上安全带——小心开。”王动叮嘱。

“我知道，但是我不认得路——江大哥你坐前面吧，来指路。”明明发动了汽车。

江大林这时疼得好些了，勉强笑笑：“好的。”心里却涌起感激之情，想起自己说过她是累赘——想不到最后大家还是靠她。

车灯晃动，越野车载着三个伤员驶往普陀景区。

医院

陈阿南昏沉沉醒来后，第一眼看到的是对面墙上的石英钟。

下午 2 点。

手术后，自己已经睡了整整四个小时。

他的手腕上悬着吊针，腹部裹着绷带，既无法转身更无法行动。他感觉很不舒服，不满地哼了一声。

耳边，一个姑娘惊喜的声音传来:“陈老师！”

他微微转动头部，看到了说话的人。

“三妹！你怎么在这儿？”见到熟人，陈阿南很高兴。

“我也是病人啊，我的小臂骨折了——瞧。”彭三妹坐在病床旁边的椅子上，晃晃她缠着石膏的左胳膊，表情居然兴高采烈。

“啊，你也是被房子倒塌时砸伤的？”

“是啊——想想那时真害怕，我还算幸运。”彭三妹说起昨天的事，还是心有余悸。

“其他人呢？山姆？米切尔？”陈阿南失去知觉过早，甚至不知道山姆的死讯。

“米切尔很好，她回酒店了。山姆……他死了，被那大蛇……”彭三妹声音变低，有点说不下去。她想起了山姆骨断筋折的惨状。

陈阿南心一沉，痛苦地闭上眼睛。

“哎呀，忘了告诉你——”彭三妹忽然恢复了笑容，“那条大蛇死了！还有，江处长和明明也在医院！”

什么！陈阿南大吃一惊，身子忍不住想坐起却没有做到，疼得呻吟一声。

“别动啊，你才做完手术！”彭三妹赶紧站起身，紧张地问，“不舒服吗？我叫护士！”

“不用——”陈阿南连连摆手，他被彭三妹带来的两个重磅消息震惊着，急切想知道详细，“那条巨蟒怎么死的？还有一条呢？江大林也在这里？他受伤了？”

彭三妹被这一连串的问题弄得有点发蒙，愣了愣，先回答了后两个：“他们是中午被急救车送来的，江处长和明明，还有另外两个人，有一个人很严重。”

“巨蟒有两条，他们知道了吗？”陈阿南焦急追问。

“两条？我不知道——我只和送他们来的人说过几句。”彭三妹有点紧张，她觉得听到巨蟒已死的好消息后，陈阿南并没有她预想中的兴奋。

“他们在哪儿？病房还是急诊？”

“哦，就在骨科病房，走廊最里面，508。”

“你送我过去！这床可以推的，”陈阿南脱口说出后，又有点歉意，“不好意思，你一只手不方便吧？”

“没问题。”彭三妹却爽朗地一笑，用右手拉动了活动病床，“就怕护士看到会骂！”

“没事，骂只会骂我。”

彭三妹拉着陈阿南顺利出了门，两分钟后，进了508病房。

下午的阳光透过纱窗照进了这个双人间病房。

窗外，武陵山市的天空湛蓝一片，丝毫看不出连下两天两夜倾盆大雨的迹象。

病房里的六个人——江大林、王动、明明、小张、陈阿南、彭三妹，或坐或躺，已经相聚了快一个小时。这期间，一个小护士慌慌张张来找陈阿南回去，却被好说歹说，最后总算同意暂不移床。

六人中，明明和小张是陪护，其他四个是病员。

王动和江大林都满身纱布躺在病床上，王动是左脚踝骨骨裂，江大林则比较轻微，趾骨骨裂，另外，两人都带有比较多的身体肌肉挫伤，遍体鳞伤。

江大林被鸡公蛇咬伤的中指已经在医院做了进一步消毒处理，除了中指尖和指甲被严重烧伤外，没有其他不良反应——当然，有一个最大的后遗症他这时还不知道：以后他再也不能吃烧烤了，因为闻到那烤肉的味道他受不了。

四娃不在这间病房，他的伤情严重，除了膝盖骨折外，胸肺部出现淤血——那是爆炸的后遗症，已经做了紧急抢救，目前还在危重病房里 24 小时监护。

“这是我听过的最离奇的故事！”陈阿南下了结论，“你是个非常勇敢的青年。”

此刻，王动的叙述刚刚结束。他这三天不到的遭遇，一波三折惊心动魄的程度，远远超过所有人的想象。

说者动情，听者惊心。他叙说的过程中，明明一直眼含热泪，双手紧紧握住男友的手，既为他揪心也为他骄傲，更多的却是后怕——老天！发生了这么多可怕的事，我居然还能握住他的手！

王动憔悴的脸上露出一丝微笑：“最勇敢的是四娃，他才是我从没见过的男子汉！还有江处长——”

“我非常惭愧！”江大林的声音却充满颓废之意，“死了这么多人，我没法交代。”

“那不是你的责任，要不是你，还会死更多的人！”明明为他辩护道。

江大林苦笑一声，没说话，心里却打定了主意，一出院就要提交辞职处分报告。他当然不是因为巨蟒吃人而辞职，但盘龙岭的匆匆开放，这么多条生命的消失，特别是两个下属的死，让他郁郁难解。他不敢想象如何面对死者的家人。

“那两条巨蟒肯定死了吧？”彭三妹转移了话题。

“山洞全塌了，压成泥了！”江大林挥了挥手，似乎要挥去那个梦魇一般的怪物，接着他想起了一个沉在心里的疑问，问道：“陈教授，你怎么想到巨蟒有两条的？”

“我只是奇怪，为什么巨蟒要追击我们？按照蟒蛇的习性，它一般不在白天攻击猎物，而且，它已经吃了好几个人，按说应该慢慢消化才对——”陈阿南缓缓整理起自己的思绪，“当时，当它攻击值班室时，我一直在想，这里面一定有个可以解释的地方——后来到了医院醒来后，我才想到。”

“是什么？”

“其实是最简单的答案：食物对于巨蟒来说，还不够。我一开始没想到有两条，直到那条攻击值班室的巨蟒展开了身体，我当时被压在床下，正好看到它的下腹部露出两条小爪子！”

“小爪子？”江大林瞪大了眼珠：蛇有什么爪子？

“其实，那是退化的后肢。蛇是爬行动物，最早是有四肢的，就像鳄鱼和蜥蜴一样。”陈阿南解释道，“后来由于生活习性的变化，它逐渐进化成细细长长的身体，靠肌肉和腹部鳞片收缩行动，四肢却退化直到消失，但是蟒蛇这种大型蛇类，在泄殖腔孔两侧还残留着两条爪状的后肢残余——雄性蟒蛇更为明显。”

“哦，它是条公蛇？”

“对，所以我怀疑起来，要么我们先前看到的不是一条，要么它是为自己的伴侣寻找食物，只能这么解释。我们一开始都被它的体型吓住了，没有想到这么大的动物，居然还不止一条！”

“没错，四娃也说了，因为母蛇怀孕了无法捕捉食物，所以要靠公蛇来喂它。”王动补充道。

“先前我就奇怪那条从瀑布钻出来的巨蟒为什么喝那么多水，原来它怀孕了，需要大量补充水分！”陈阿南感慨不已。

“太可怕了！”彭三妹眼珠瞪得滚圆，“幸好它们都死了，不然还会生出更多的巨蟒，天啊！”

“不会再有了。它们藏身的巨大洞穴塌了，这样的环境不存在了。”陈阿南摇摇头，“我想，我也知道了为什么这两条蛇会长得这么大。”

江大林和王动几乎同时开口：“为什么？”

这是迄今为止，最困扰他们的问题。为什么在武陵山区，会出现这样巨大的蟒蛇？

“因为辐射！它们是遭到辐射产生了变异！”陈阿南提高了声音，缓缓说道，“蝴蝶泉，隐藏着一个巨型铀矿——就是制造核武器的铀元素——一个放射性极强的天然矿。”

所有人都震惊不已。

王动首先发问：“蝴蝶泉有铀矿你是怎么知道的？”

“我本来不知道，是我无意中听到了那些美国人的谈话——你们见到的怀特，其实不是个动物学家，他和哈姆森、盖尔三个人是美国一家大型矿产公司的矿产专家，他们假借科学考察名义，却来武陵山寻找铀矿，而且，他们找到了，就在蝴蝶泉！一个储量巨大的富矿！”

“啊，怪不得哈姆森带着那个辐射探测仪器！”彭三妹想起了那个电吹风一样的古怪仪器，接着又问，“那山姆呢？还有米切尔和肖博纳博士呢？他们也——”

“肖博纳和米切尔都是搞动物研究的，他们肯定不知情，就连山姆我估计也被蒙在鼓里——不过，在值班室的时候，我吃不准，所以没提这件事。”

“我想起来了！当时你就说还有一种猜测——”彭三妹的记忆力很好，她想起了当时陈阿南未说完的话。

“是的。我当时就有怀疑，听了王动的故事，知道那个军事工程是蟒蛇巢穴后，我更肯定这点——它们在洞穴里长年受到铀矿辐射，机体产生了变异。”

江大林脸色变得铁青，闷声问道：“也就是说，这些外国人打着科学考察的名义到武陵山，其实是在欺骗我们？”

“还不止欺骗——知道我为什么掉下水潭吗？是被盖尔推下去的！因为我听到了他们的秘密，他们想杀人灭口！”直到现在，陈阿南终于可以一吐心中的郁闷。

“砍脑壳死的——”江大林喃喃自语，却没有继续骂下去。他想起了怀特最后的命运。

“怀特说过哈姆森也被蛇咬死了，还有盖尔不知道怎么样了。”王动回想起来。

“盖尔是不是瘦小个子？”小张突然插话。

“是的，个头不高。”陈阿南回答。

“我中午接到办公室电话——江头，你在睡觉我还没告诉你——搜救队在保护区西南的路上，离值班室不算远，发现了你那辆北京吉普，车下有一具尸体，被蛇咬得不成人形，是个小个子外国人！我开始以为是个游客。”

“又是蛇……”江大林怔了怔，轻轻摇头，“原来是他偷开了我的吉普！”

“我知道了，那个冲下瀑布的人，就是盖尔！那个瀑布通往山洞，他们在山洞里遇到了巨蟒！哈姆森被咬死，怀特跑进军事工程，盖尔却被瀑布冲下蝴蝶泉下游。”陈阿南感慨不已。虽说三个美国寻矿者算得上咎由自取，但毕竟是三条人命，而且除了他们，山姆和何再复也相继丧生，加上谢书成、彭三妹、米切尔和自己的受伤——这支中美联合考察队，损失空前惨重……

“陈教授，我还是不明白。铀矿的辐射，真的能使动物机体产生这么大的变异吗——就像科幻电影里哥斯拉那样？”王动还在思考辐射变异的话题，此前，他对这种好莱坞电影采用的原理持怀疑态度。

“其实，生物学家的实验室里，早就用小白鼠证明了辐射对机体免疫功能有刺激作用，比如短期辐射后，小白鼠的血红细胞、血红蛋白含量明显升高，只不过限于辐射的当量和时间，小白鼠从没有变成大怪物。”

“但是，蝴蝶泉的铀矿存在了无数年，这期间对周围生物的影响范畴应该远远不止这两条巨蟒，为什么我们没有看到其他异变？比如巨大的猕猴？或者巨大的娃娃鱼？”王动继续提出疑问。

“事实上，还有一个被我们忽视的异变现象。”陈阿南微笑道。

“什么？”

“我问你，蝴蝶泉为什么会聚集这么多的蝴蝶？那里并没有提供给蝴蝶的花粉食物。”

“哦，武陵山最多的蝴蝶品种是蛱蝶，还有少量凤尾蝶。蝴蝶大量聚集主要是选择温度湿度适宜的栖息环境，用来过冬，还有产卵繁殖。”王动说起昆虫的习性来如数家珍。

“没错。你没看到蝴蝶泉边的植被，除了蕨类植物，只有一种植物疯狂生长——箭叶堇！我没记错的话，堇菜科植物的叶片正适合蝴蝶产卵。而这些堇菜科植物，正是铀矿的次生物，你知道箭叶堇还有一个绰号叫铀草吗？”

“箭叶堇！原来如此！”王动感慨道。

“不过，现在没有蝴蝶了！”明明插话道，“我和江大哥一路从溪谷走，没看到一只蝴蝶。”

“我推测，那是因为箭叶堇叶片上附着的铀元素过多，使得蝴蝶最终放弃了这里。”陈阿南沉吟了片刻，继续说道，“不止蝴蝶，还有蝴蝶泉里的其他生物，我们发现泉水的活性元素过量，蛙类、水生昆虫都消失不见了，这也就是这几年的变化。除了巨蟒，其他微小的生物都选择了放弃。”

“它们也放弃就好了。”王动叹息一声。

陈阿南和江大林也同时在心里叹息一声。

“你们别伤感了，现在总算搞清了巨蟒的秘密，值得庆祝！”彭三妹看出了三个男人的沉重心思，故意调节气氛。

“不，我还是有疑问，这两条巨蟒究竟是什么品种？它们的纹路和亚洲岩蟒毫无一致，而且头颅那么巨大……”陈阿南轻轻摇头，对这一点他百思不得其解。理论上，只有巨型蟒蛇间的杂交才可能造成体型的变异，但武陵山不可能有诸如南美森蚺等外来的巨型蟒蛇进入。

不过，不管怎样，巨蟒的秘密总算有了个可以接受的解释，病房里的人都是心情一松。

“但是，那么多毒蛇和铀矿没关系吧？它们为什么突然冒出来？它们要到哪里去？”小张突然冒出另一个疑问。

大家的眼睛一齐转向陈阿南。

陈阿南却苦笑一声，回答：“我真的还不明白。”

满怀希望等待答案的众人都很失落，连爬行动物专家都不明白，这场蛇灾可算是无妄之灾。

鼠灾

“换药——”一个小护士推着小车走进来，见病房里这么拥挤，嘟起嘴巴，“谁让你们病人乱窜房间的，快离开！”

“好的，就走。”小张连声答应，一边和明明一起推起陈阿南的病床。

“给你添麻烦了——我们是难友，在一起说说话的。”陈阿南路过门口时，对小护士歉意地笑笑。

“哦，你们都是保护区送来的，”小护士点点头，脆生生地说，“我们这里闹蛇灾，洞庭湖闹鼠灾——这世界真乱套了！”

“什么？”陈阿南一愣。

“鼠灾啊！你没看这两天报纸——电视新闻现在正在播，洞庭湖田鼠成灾，吃了好多庄稼！”

“洞庭湖田鼠成灾?!”陈阿南一下愣住了，眼睛直勾勾地盯着天花板，一团迷雾中浮现出一丝光亮。

“快，开电视！”他激动地叫起来。

明明在床头找到遥控器，对准悬挂在墙上的电视机按动开关键。屋里其他人都被陈阿南的反应弄得摸不着头脑，眼睛齐刷刷地抬头望向电视画面。

电视上正好是湖南省台重播的“关注洞庭湖鼠灾”特别报道，画面上是记者站在田埂上采访一个村干部，村干部愁眉苦脸地述说整个村子在连续两天内遭受到无数田鼠的袭击，近千亩八月份即将收割的稻田都被糟蹋干净。接着画面拉近到田边，一群褐色的田鼠正在田头、垄沟乱窜，看上去密密麻麻不可计数。记者拿着话筒，满脸严肃地表示：洞庭湖区岳阳、益阳几个县，连续两天遭受到东方田鼠的突然袭击，这是该地区 1949 年以来遭受到的最严重鼠灾，从目击来看，田鼠总数量至少在数十万只以上。

画面切到演播室，一个省农业大学的白发教授作为嘉宾正在接受采访。陈阿南认得他，他是国内知名的鼠类专家。

老教授严肃地分析道，东方田鼠的大爆发，出自几方面的综合原因。首先受长江上游泄洪影响，湖区水位迅速上涨，迫使栖息在数百万亩湖洲上的东方田鼠陆续外迁；其次，湖区大量围湖拦坝造田，成为田鼠避洪的安全岛，而湖边种植的大片芦苇正好是田鼠喜欢的食物；第三，生态环境遭到了破坏，围湖造田使田鼠的繁殖面积增大，却破坏了蛇类天敌的生存环境，比如猫头鹰、老鹰、蛇类等数量锐减……最后，老教授忧心忡忡地判断，数百万亩湖洲的东方田鼠全部约有 20 亿只……

“原来是洞庭湖！”陈阿南叫起来，脸上泛出兴奋的红光，“这里有地图吗？省内地图——”

“办公室里只有市区交通图，行吗？”小护士很热心，但她不明白这个病人为何如此激动。

“医院门口报摊有卖地图的，我去买！”小张急忙出了门。

王动隐隐约约猜到些什么，大声问：“陈教授，你怀疑武陵山的蛇灾和鼠灾有关系？”

“对！”陈阿南简洁地回答一声，“你们发现了吗，武陵山这次的蛇灾，数量最多的是三种：五步蛇、蝮蛇和菜花蛇，菜花蛇学名是黑眉锦蛇。我估计还有王锦蛇、乌梢蛇。而其他种类的蛇却很安静，比如银环蛇、翠青蛇、竹叶青，这说明什么问题？”

屋里除了王动，其他人都对蛇的种类不甚了解，王动想了想回答：“它们都是中大型蛇类。”

“对，它们都是大蛇。但最主要的原因是——它们都是以老鼠为主食的！”陈阿南脸上泛出红光，“除了这些蛇，还有何博士提过的长耳鸮和黄鼠狼，它们都是老鼠的最大天敌！”

“没错！五步蛇吃老鼠最厉害，还有菜花蛇。”江大林插话。

“啊，难道它们都是因为老鼠而迁徙？”王动恍然大悟。

“它们都是去东面！”陈阿南大声说，“我肯定它们的迁徙方向就是洞庭湖！”

“但是，它们怎么知道洞庭湖发生鼠灾呢？”明明插了话。

“王动，你是学生物的，知道动物种群的反馈机制吧。”陈阿南满脸笑意，他这会儿解开了谜底，心情愉快，就像在课堂提问学生一样。

王动回想起书本上的知识：“种群的反馈机制分为正负两种，是动物根据环境和食物的变化而形成的相适应能力，比如根据食物的增加，种群会突然爆炸性繁殖，反之，称为负反馈机制。”

“对，刚才电视上已经说了，东方田鼠之所以突然泛滥成灾，一个原因就是芦苇滋生，食物的丰富一下刺激了田鼠的繁殖力，比如公鼠的睾丸增大，可以随时交配。这就是一种正反馈机制。”陈阿南侃侃而谈，“反过来，对于蛇、猫头鹰和黄鼠狼来说，突然繁殖的东方田鼠也是食物，田鼠的大量繁殖也刺激了它们天敌的繁殖，这在生物学上可以解释，在历史上也是有很多先例的。”

“怪不得我掉进那个蛇窝里，看到那么多蛇在交配！它们本不该在六月份交配的！”王动的思绪回到了那个阴暗的蛇窟。

“你的意思是，它们事先就觉察到洞庭湖发生鼠灾？动物难道可以预知未来吗？”明明还是不明白。

“动物在很多方面的能力远远超出人类想象，地震、洪水、火山，动物都是预示专家——比我们人类专家灵得多！不过，我宁可相信这不是预知，而是经验，在它们的基因里，存在着这样的记忆模块——洞庭湖鼠灾不是第一次，是有周期性的。1949年以来，发生过多次，仅从80年代至今，洞庭湖区就暴发过5次较大的鼠灾，每次都有它们天敌的踪影存在！我相信古代更多，因为那时候没有人抛洒农药，田鼠的天敌更多，只不过史料的记载都是泛泛带过，古代知识分子更愿意相信鼠灾的灭绝是天意——”

陈阿南话没说完，小张气喘吁吁跑进房间，手里举着一幅地图，嚷道：“买到地图了，陈教授！”

“来，我们看看蛇的迁徙路线。”陈阿南勉强抬起头，接过地图，急忙在身上展开。

地图上，武陵山的余脉蜿蜒向东，过渡到洞庭湖的那个以平原和岗地为主的地带，停留到由沅、澧水汇聚流经的常德一带。

“西洞庭湿地！”陈阿南的手指点到地图上的一块不动了，“看来战场将在那里展开！”

西洞庭因地处洞庭湖西畔而得名，位于湖南省常德市汉寿县境内东部，总面积3.568万公顷，境内河汊纵横，洲岛密布，广阔的湖面上星罗棋布地散布着140个人迹罕至的湖洲和湖岛，是中国最著名的重要湿地之一。

“但是，电视上为什么没有出现老鼠的这些天敌？”彭三妹问道。

“你忘了它们都是夜间捕猎的动物。”陈阿南笑道，“电视台的记者如果在夜间，就能看到另一幕景象。”

王动盯着地图上洞庭湖的蓝色标志，想象着数万条蛇、黄鼠狼和猫头鹰共同捕猎的宏大场面：夜色笼罩下，地面上万蛇攒动，四处吞食着田鼠；黄鼠狼则是灵活地跳跃着，尽情杀戮着毫无抵抗的对手；空中的猫头鹰悄无声息地滑翔着翅膀，每个爪子都抓住一只田鼠——那该是多么壮观的一幕，可惜，这一幕只能想象。

“大自然真是神奇！”王动感慨道，“人类剥夺了许多动物的生存权，它们却毫不计较，反过来协助人类维持平衡！”

“是的，我搞了半辈子研究，研究两栖爬行动物，越研究心越凉，我老在思考，我们研究的目的究竟在哪里？我们疯狂地围湖造田，拿洞庭湖来说，20 世纪 30 年代的洞庭湖最大水域面积还有近 5000 平方公里，号称中国第一大淡水湖，现在呢？只剩下 800 多平方公里！我们对山林疯狂开发，名为保护区实为破坏区！湖南人爱吃蛇，广东人爱吃蛇，如果不是这么多当地的老鼠天敌都被人类杀掉，我相信田鼠不会造成这么大的灾害。但是，我们宁肯相信鼠药！”陈阿南说得激动起来，胸口起伏不定，“大自然本来是个和谐的整体，可恰恰是号称万物之灵的人类，在肆意破坏着这个整体。自打工业革命以来的不到 500 年时间，地球上的物种以每天 30 种的速度在灭绝，远远超过了以往的所有时期，有多少人知道？有多少人在乎？人类能灭绝一切，唯独不能灭绝自己的私欲！”

屋里陷入了寂静，每个人都在回味陈阿南的这席话。

巴蛇

“洞庭湖和蛇有缘啊——”陈阿南沉默了一会儿，转移了话题，“《淮南子》里有一段文字，说羿断修蛇于洞庭，修蛇就是巴蛇，是传说中的巨蛇，因为危害百姓，被后羿用箭射死——其骨若陵，故曰巴陵。这个故事很多人知道，现在岳阳还有一尊后羿斩蛇的石雕。”

“我记得李白有首诗写过巴蛇，”爱好古诗词的明明朗声背诵起来，“巴蛇横洞庭，吞象临海岛，遗骨化巴陵，此言闻楚老。”

“陈教授，我突然产生一个想法，有点疯狂。”王动盯着陈阿南，“除了你推测的铀矿辐射之外，会不会还有一个可能？”

“哦？”陈阿南看着眼前的青年，他很像年轻时候的自己，充满自信无所畏惧。

“有没有可能，这两条巨蟒就是一个种类——巴蛇！”王动的声音带着激动，“古书上说，巴蛇是黑蛇青首，头颅巨大，正好和这两条巨蟒一样！巴蛇并没有灭绝，千万年来一直繁衍着——武陵山茫茫十万公里，地质古老，距今有超过 10 亿年的历史，环境适宜，人烟稀少，食物众多，连白垩纪时代的许多珍稀物种，红豆杉、珙桐、银杏、鹅掌楸都能存活至今，完全可能容纳这种古老巨蛇的存在。如果不是我们闯入了它的地盘，我们迄今也不知道它的存在。”

这个大胆的想法让大家一片哗然。

“巴蛇是传说，神话，又不是真的！”明明首先投了反对票。

“我们看到的巨蟒，难道不是真的？它的舌头还舔过我——”王动笑起来。

“我不懂这些传说，我还是觉得陈教授说得靠谱。”江大林也表示反对。

陈阿南沉吟片刻，微微一笑：“我对三妹说过，巴蛇的传说绝对不是臆想，我个人相信古代的武陵山区存在巨型蟒蛇。正如王动所说，武陵山地质年代悠久，没有受过第四纪大陆冰川的侵袭，所以遗留下许多古老的类群。如果这两条巨蟒真是巴蛇，对巨蟒种类的疑问倒是不存在了——这个结论很有趣，但无法证明，因为从没有人发现过真实的巴蛇，活体、骨骼、照片都一无所有，无从印证，除非这两条巨蟒的尸体还能找到，但这是不可能的。”

“我也知道无法证实，但是——”王动还在思考。

“但是——要真是这样，武陵山岂不是可能还有巨蟒？比如它们的父母和兄弟姊妹？”彭三妹接过了话，却把思路带到了另一个角度。

“这个……理论上可能性极小。”陈阿南不禁莞尔。

“不管怎样，反正武陵山我是再也不会踏上一步了！”彭三妹嚷起来。

“我也一辈子不再去了！”明明附和道。

“我呢，还想去一次。”王动笑起来。

“不许去！你真想找巴蛇啊？”明明轻轻捶了他一下。

“不，”王动笑嘻嘻地回答，“我想捉一只大蝴蝶——上一次为了捉它，我差点送了命！”

尾声

两个月后的一天，晚饭后，王动打开笔记本上网。

一天前，他在国内一家著名的爬虫论坛上发了一个帖子，标题是：来看鸡公蛇的真面目。

从武陵山回来后，他就从大学资料库中找到了那种咬伤江大林的蜥蜴。那是一种遍布全国各地的变色鬣蜥，体形不大，背部有一列扁平直立的脊突，和鸡冠确有几分相似，在4—10月的发情期雄性的头部和背部会变成红色，牙齿里的唾液有引起过敏的细菌病毒，如果不及时治疗会引起感染导致内脏衰竭死亡。在帖子结尾处，他特意提醒可以用“火烧伤口”的简易疗法，帖子上同时链接了一条变色鬣蜥的清晰照片。

惊心动魄的武陵山之旅后，顺带解开这个传说中的“蛇王”秘密，王动内心颇有几分得意。不料看到网友的回应后，他却哭笑不得。

回帖不少，但内容却是王动始料未及，几个跟帖者反驳坚称确有其蛇，并津津有味地叙述起他们的家人亲戚亲眼见到“红色鸡冠，会飞”的鸡公蛇的经历，引起后续者热烈讨论，甚至有人贴出了明显PS痕迹的鸡公蛇照片。

自以为是揭秘者的王动，却尴尬地起了抛砖引玉的作用。

王动推开笔记本，怏怏不乐：“居然没人相信！”

“那当然，你说的既不八卦，又不玄幻，谁会感兴趣！”明明一贯以打击他为乐。此刻她正坐在沙发上看电视嗑瓜子。

“但这是真相！你们这些砍脑壳死的！”王动彻底学会了这句湘

西粗口。

“你个憨头——没人相信，就不是真相。”明明笑着回应。

王动瞪了她一眼，不说话了。明明说出了实质。

武陵山蛇灾事件之后，有关部门进行了一次走过场的调查，最后见诸媒体的说辞是这样的：武陵山的蛇类因为连续雷暴雨袭击，从而大量迁徙，沿途咬伤数十名游客，但在市领导主持得当、消防武警官兵出击及时、医疗人员积极抢救下……最后，只有一名老年游客因过敏反应而致死，其他病人都化险为夷。至于巨蟒的事情，媒体根本提都没提，彭三妹所在的林业局写了一个详细的事故调查，对四名美国专家和一名中国专家在考察两栖动物时遭遇山洪丧生的意外事件深表悲痛。

保护区发言人对媒体称，保护区各景点已经恢复正常营运，只有盘龙岭景区因为电力故障暂停维护，预计国庆节前重新开放。今夏出了这些事故，让保护区方方面面忙得焦头烂额，但说来难以置信，群蛇涌现事件让保护区名声大热，游客数量不减反增。唯一令保护区感到痛心的是，蝴蝶泉因为山洪塌方，已经毁于一旦，丧失了未来的一大潜力景点。

王动伤愈出院时，江大林早已出院一周，所以他只有与尚住院治疗的陈阿南和四娃告了别。陈阿南邀请他来年春天去家中做客，他愉快地答应下来。四娃则靠在病床上，紧握他的手，憨厚地祝他和明明早成眷侣。

四娃的伤势复原很快，没有留下任何后遗症，一个说话喜欢摇头的中年人陪在四娃旁边，那是四娃的三叔。他告诉王动，再过两周四娃就能出院，他们不再到处跑巡演了，回家搞种蛇养殖。

临别时，四娃把一个用纸包裹得严严实实的东西塞到王动手中，微笑道：“这个你留下做纪念。”

王动摸到圆圆的外形，就猜到那是什么，满心欢喜地留下了，但没告诉明明。

现在，他决定拿出来刺激女友一下，不料走到抽屉前翻了半天却没找到，忙问："明明，看到抽屉里一个大纸包吗？圆圆的？"

"你说那个啊——里面包着一块干巴巴的东西，臭烘烘的，前两天收拾屋子我给扔垃圾桶了！"

王动目瞪口呆，嚷道："扔啦?！怎么不先问我？"

"家里不许放这些脏兮兮的东西！"明明语气很强硬，虽然还是女朋友，但她早已行使起主妇的职责。

"嗨！你知道那是什么吗？"

"什么啊？看你气急败坏的！"

"是——"王动刚想说出"蛇鳞"两字，突然一泄气，叹了口气，"算了，扔了就扔了，反正没人信……"

"那到底是什么玩意儿，你当个宝贝似的？"

"那是——一件纪念品。"

"纪念品？纪念谁？男的女的？"明明不依不饶。

"男的！可能是他们种族的最后一个雄性。"王动说完，看看莫名其妙的明明，悻悻地加了一句，"你眼睛瞪大凶巴巴的样子，有点像他！"